蒙哥马利作品精选 ⑤

艾米莉的幸福

Emily's Quest

（加）露西·莫德·蒙哥马利［著］ 李常传［译］

21 二十一世纪出版社集团
21st Century Publishing Group
全国百佳出版社

图书在版编目（CIP）数据

艾米莉的幸福/（加）露西·蒙哥马利著；李常传
译. -- 南昌：二十一世纪出版社集团，2017.3（2022.4重印）
（蒙哥马利作品精选）
ISBN 978-7-5568-0173-2

Ⅰ.①艾… Ⅱ.①露… ②李… Ⅲ.①儿童小说 – 长
篇小说 – 加拿大 – 现代 Ⅳ.① I711.84

中国版本图书馆 CIP 数据核字 (2017) 第 043829 号

艾米莉的幸福

（加）露西·莫德·蒙哥马利 [著]　李常传 [译]

策　　划	张秋林	
责任编辑	刘　刚　敖登格日乐	
出版发行	二十一世纪出版社集团（江西省南昌市子安路 75 号　330025）	
	www.21cccc.com　cc21@163.net	
出 版 人	张秋林	
经　　销	新华书店	
印　　刷	三河市人民印务有限公司	
版　　次	2017 年 10 月第 1 版　2022 年 4 月第 2 次印刷	
开　　本	880mm×1260mm　1/32	
印　　张	8.75	
字　　数	181 千字	
书　　号	ISBN 978-7-5568-0173-2	
定　　价	24.00 元	

赣版权登字—04—2017—173
凡购本社图书，如有缺页、倒页、脱页，由发行公司负责退换。服务热线：0791-86251207

序

曹文轩

何为上乘小说？

可能会有各种各样的评价标准，但无论如何，大概总要承认，它之所以称得上上乘，最重要的标志就是它塑造了一个乃至几个永不磨灭的形象。作为一部穿越了时空，在今天，在世界的任何一个地方都会熠熠生辉的作品，蒙哥马利的"安妮的世界"系列为世人塑造了一个叫安妮的女孩的形象。这个形象，始终占据世界文学长廊的一方天地，在那里安静却又生动无比地向我们微笑着，吸引我们驻足，无法舍她而去。从阅读"安妮的世界"系列的第一本《绿山墙的安妮》开始，就注定了在掩卷之后我们要不由自主地回首张望，向那个让人怜爱的孩子挥手，再挥手。我们终于离去，山一程，水一程，但不知何时，她却悄然移居我们心上，在今后漫长的人生岁月中，不时地幻化在你的身边，就像她总也离不开风景常在的"绿色屋顶"一样。她的天真纯洁，会让你感动，会让你的灵魂不断得到净化；她柔弱外表之下的那份无声的坚韧，会让你在萎靡中振作，让你面对困难甚至灾难时，依然对天地敬畏，对人间感恩。这个脸上长着雀斑、面容清瘦、一头红发的女孩，是你的"绿色屋顶"，而你也是她的"绿色屋顶"。一个形象能有如此魅力，可见这部塑造了她的作品在文学史上举足轻重的地位。

有一些作品，即使是一些被文学史家和批评家们津津乐道的作品，我们阅读它们时总是很难进入，它们仿佛被无缝的高墙所围，我们转来转去，还是无门可入，只好叹息一声，敬而远之。即使勉强进入，总有一种挥之不去的距离感，读完最后一页，我们依然觉得那书在千里之外冰冷着面孔，像尊雕塑。阅读《绿山墙的安妮》却是另样的感受——说不清的原因，当年我在看到书名时，就有了阅读它的欲望。看来，一部书有无亲和力，单书名就已经散发出来了。接下来就是流畅的毫无阻隔的阅读。这部书是勾魂的。它以没有心机的一番真诚勾着你。它在叙述故事时，甚至没有总是想着这书究竟是给谁读的，作者只是把心中想说的话说出来。这是倾诉，也是亲和力产生的秘密：倾诉就是对对方的信任，这时，你与对方的距离感就消逝了——所有的人都是喜爱听人倾诉的，因为那时他有一种被信任感。蒙哥马利的作品大都带有自传性，是在说她自己的故事，现在她要把它们诚心诚意地讲出来。我们在听着，出神地听着。

除了《绿山墙的安妮》系列之外，蒙哥马利还写了一个叫艾米莉的女孩成长的故事。

同安妮一样，艾米莉也生活在风景如画、民风淳朴的爱德华王子岛；有着阳光般美好的性格和浪漫的情怀；也爱幻想，幻想使她的精神世界异彩纷呈，使她在绝望中看到了生路。而艾米莉对写作的痴迷和追求更像是蒙哥马利本人。当伊丽莎白阿姨让艾米莉放弃写那些无聊的东西时，她说："我是不能放下写作这件事情的！因为，我的身体里面流有那种爱好写作的血液。"正是这种对写作强烈地热爱，使艾米莉的人生更加丰富生动，最终成为当地人人皆知的作家。

还有，就是它的无处不在的风景描写。离开风景，对于作者来说，几乎是不可想象的。

今天的小说，很难再看到这些风景了，被功利主义挟持的文学，已几乎不肯将一个文字用在风景的描写上了。"艾米莉的世界"也离不开风景，离开风景，就会失去生趣，甚至生命枯寂。艾米莉说："有生命的礼物最叫人感到高兴！"她有很多朋友，有猫咪麦克和索儿、有呼呼叫的风姨、"亚当和夏娃""松树的公鸡"，以及温柔宜人的桦树太太……万物有灵，一切都是她生命的组成部分。她是自然的孩子，自然既养育了她，也教养了她。

无论是安妮还是艾米莉，她们的人生称得上是完美而理想的人生，她们是我们所有愿意更好地活着的人的榜样。

目 录
Contents

第一章

　　挥别了高中生涯，艾米莉从修鲁斯贝利回到了新月山庄。回家后，她在自己的日记簿上面写道："我再也不喝那种小孩喝的甜茶啦！我要跟它说声再见！"

　　这是一种象征。伊丽莎白阿姨之所以允许艾米莉喝真正的红茶并非偶然，而是天经地义的一件事情，是因为艾米莉已经长大成人了！其他人在更早之前，就承认了艾米莉已经成年的事实。尤其是表哥安德烈和佩利，老早就认为她已经成年，以致争先恐后地向艾米莉求婚，想不到，艾米莉却无情地拒绝了他们！

　　伊丽莎白阿姨知道了这件事情以后，立刻醒悟到，不该一味地叫艾米莉再喝那种小孩子喝的甜茶了！虽然伊丽莎白阿姨的标准已经放宽许多，但是，艾米莉仍不敢奢望可以穿丝绸的袜子。丝绸的衬裙穿在身上，尽管会发出煽情似的摩擦声，然而由于衬裙是穿于里层的，或许可以获得伊丽莎白阿姨的允许。

不过换成丝绸袜子的话，那未免太不保守了！

　　无论是艾米莉认识的人，还是她不认识的，看到她时都会交头接耳地说："那个姑娘会舞文弄墨呢！"同时，大伙儿也把艾米莉当成新月山庄的一位"妇人"看待。

　　以新月山庄来说，一切都和艾米莉刚来时一样，一点儿也没有改变！记得艾米莉刚来此地的那一晚，她曾经喜滋滋地看着食器橱上面的装饰——手工雕刻的爱比西尼亚人——投射在墙壁上的奇妙的影子，如今它仍然在那儿。在往昔有着辉煌全盛时代的家族，如今都变得非常地静谧，而且带些微神秘的色彩。

　　有些毕雷瓦多与修鲁斯贝利的人认为——新月山庄对于年轻女孩来说，丝毫没有助益，因为它是个毫无生气的地方，也是没有丝毫变化可言的地方。他们都说艾米莉简直笨得无药可救啦！竟然连珍妮小姐给她的在纽约的工作机会都放弃了，她实在是笨得叫人笑掉大牙呢！为何要抛弃能够成名的机会呢？

　　然而对于自己的将来胸有成竹的艾米莉，并不认为住在新月山庄对她不利，更不认为停留在这儿，就会丧失攀登上"阿尔卑斯山"的机会。

　　艾米莉凭着神圣的权利，使自己晋升到古代高贵的说书阶级。如果她早生数千年的话，很可能会跟着人们，围着火堆，说一些动人的故事，叫他们感到如醉似痴呢！

　　既然艾米莉生于现今的时代，她就得透过种种的媒体"说"出故事，否则的话，听众是无法一饱耳福的。不过话又说回来

啦！不管是在哪一个时代、哪一个场所，编织故事的材料都是相同的，那就是——出生、死亡、婚姻及丑闻，以这个世界来说，真正有趣的事情只有这些而已！

不过，她并非为了名誉而从事写作工作——因为对艾米莉来说，写作并非是一件很荣誉的事；她只是认为自己非从事这件工作不可！任何一件事情，不管是美是丑，除非把它们全都"写出来"，不然她都会觉得坐立不安。生就幽默而心思敏锐的她，对于人生的喜剧或者悲剧，都有着很深刻的感受，以致非透过笔尖把它们表现出来不可！那些跟现实隔着一层薄幕的梦想，为了要求复活和刻意的解释——时常以一种不可抗拒的声音，呼唤着她。

光是单纯地活着，就足够使艾米莉的心灵充满青春的喜悦。她感到人生是永远快乐的，因为它不停地指引着她向前行进。艾米莉非常清楚，想要不断向前行进，就非得不停地战斗不可！

那些前来拜托她写追悼文的人们，一旦听到她用一些他们听不惯的字眼时，常常都会表示不悦地说："她又在说一些自以为了不起的话了！"艾米莉也知道，她必须积攒一堆被退回来的稿件。有时候，她也会萌生一种江郎才尽的感觉，认为自己再也写不出什么东西来了！不管如何地努力都是徒然！碰到这种场合，编者最喜欢使用的文句——大作并非不好——最叫艾米莉受不了！有时，她也想效法玛莉，把滴答滴答响的时钟，抓起来抛到窗户外面。

艾米莉也知道人生的诗歌里面，隐藏着小说一般的真实。然而，有时这种信念，也会发生动摇。又如对于她很喜欢听的"神的声音"，有时她也会认为那是人类的耳朵和笔尖所无法接纳并且表现出来的，以致嘲笑自己。

伊丽莎白阿姨解除了限制艾米莉书写东西的禁令，不过，这并非表示她赞同这件事情。（在修鲁斯贝利高中的最后两年，艾米莉凭她所写的诗歌和小说，获得了不少稿费，以致让伊丽莎白阿姨感到惊讶不已！于是，伊丽莎白阿姨就解除了这方面的禁令。）

还有一个原因，那就是伊丽莎白阿姨不喜欢遭到身边人的排斥。正因为如此，当她获知艾米莉在新月山庄和毕雷瓦多拥有另外的世界时，感觉非常地不愉快，还有，对于那个艾米莉能够自由自在地出入的星空王国，不管伊丽莎白阿姨再怎么努力，却总也进不去！如果艾米莉的眼睛并没有追逐着梦一般美妙的东西的话，或许，伊丽莎白阿姨会同情艾米莉的野心的。其实，别说是自信满满的新月山庄的伊丽莎白，就是我们任何一个人，也不会喜欢自己被人排挤到圈外的。

跟艾米莉走过新月山庄和修鲁斯贝利岁月的读者们，想必您已经很清楚艾米莉的外貌。（请参阅《新月山庄的艾米莉》）

不过，为了让第一次碰到她的人，对她能有个比较完整的印象起见，我愿意再把她描写一次——艾米莉是一个窈窕的年轻淑女。她的头发仿佛黑色的丝缎一般，灰色的眼珠稍带紫色，不过，当她犯了伊丽莎白阿姨的大忌——很"罪恶"地浪费时

间，写下了故事，或者完成了故事的大纲以后，她的那双眼睛看起来就更为幽邃、更为迷人了！

在她朱红色嘴唇的两侧，有着马雷一族特有的皱纹；她那对稍尖的耳朵，以及嘴边的皱纹，很可能会叫人联想到一只小猫儿；她的颈部与下巴的线条很优美；她那种充满了俏皮的微笑，跟别人不同，在别人方才感觉她的唇角稍微绽开时，它却一下子就变成百花缭乱似的笑容；她的脚踝尤其别致，就连普利斯多的南施姑奶奶也称赞不已呢！她丰满的双颊不时泛着淡淡的玫瑰色，偶尔也会染成绯红色。

引起艾米莉面貌变化的因素，实在不胜枚举，例如从海滨吹来的风儿，突然浮泛于小丘的青色光芒，缤纷灿烂的罂粟花，晨雾中从港口开出的白色帆船，在月光下闪现银色的海水，古老果树园的蓝色蔓草，以及从高个儿约翰树林那儿传来的口哨声等，都会使她的脸在瞬息之间产生变化。

把上述的这些特点集拢起来——看起来是否很标致呢？关于这一点我实在说不上来。如果毕雷瓦多举行选美大会的话，艾米莉可能会榜上无名；不过，只要看过她一眼的人，绝对忘怀不了她的面孔。

第二次碰到艾米莉的人，绝对不会如此地说："你看起来好面善，可就是想不起来在哪儿见过——你到底是谁呀？"

她的先祖中出过好几代美女，这些祖先们都给了她某种遗传与性格。她的娴静优雅就仿佛流水潺湲一般；但是，一旦某种思维占据她的心灵时，它就会如强风一般摇晃着她。对于她

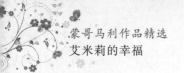

来说，每一种感情，就仿佛狂风摇荡玫瑰花，往往会叫她浑身打起哆嗦。

她就仿佛一只野生的动物一般，浑身充满了生命力，好像不可能会发生死亡这种不幸的事情。事实上，她就以赫赫的马雷一族为背景，闪闪地发亮，有如一颗钻石。固然有很多人喜欢她，但也有不少人讨厌她，因为没有一个人能够对她视若无睹。

艾米莉在幼年时跟着父亲，居住在五月木的一栋小房子里。她的父亲就是在那儿去世的。在居住于五月木期间，她曾经很天真地追寻着彩虹。那时，她的胸怀中充满了希望，走遍了潮湿的荒野小径和山丘。结果呢？在她连走带跑地追赶时，那迷人的彩虹消失了——它逐渐变薄——终于完全地消失……

那时，艾米莉已经弄不清楚自己的家在哪一个方向了。她独自伫立于陌生的山谷中。在那一瞬间，她的嘴唇颤抖起来，眼眶里噙满泪水；不过几秒钟以后，她终于破涕为笑，以雄壮的声音对着苍穹说："虽然这道彩虹消失了，但是还会有另一道彩虹的。"

艾米莉就是彩虹的追逐者。

到了新月山庄，生活改变了，艾米莉不得不使自己适应那种改变；同时，艾米莉还得忍耐刻骨铭心的寂寞。

相处七年的好友——伊儿雪，即将到蒙特利尔的"文学与表现"学校继续深造。两个少女以纯情的眼泪与誓言惜别。想必，她俩再也不能以相同的立场相逢了！这又是为什么呢？

　　两个朋友，就算是最亲密的朋友，或许愈亲密愈是如此——分别重逢后，必定有着或大或小的变化。不管是哪一方，绝对不可能再跟以前完全相同，因为人会随着时间的推移而不停变化。这是很自然的现象，我们是奈何不了它的。

　　所谓"人情"这种东西，不是不停地前进，就是逐渐地往后退——它绝对不可能静止不动。虽然我们深深懂得这种道理，然而，当我们感到朋友跟往日不同时，真的能够不感到丝毫的失望吗？就算那种改变是往进步的方向，我们仍然免不了会有几许的感伤。

　　艾米莉的人生经验尽管不足，但是，她可以依靠"直觉"来补充。她就凭这种直觉认为——伊儿雪即将永远地挥别新月山庄和修鲁斯贝利的岁月了！

　　佩利在往日，虽然只是新月山庄的一名长工，但是如今他却以模范生的身份，毕业于修鲁斯贝利高中，而且又在夏洛镇的律师事务所做事，将来更准备在法律方面占一席之地。佩利并不希望得到神话中的金壶，或者去追逐彩虹，因为他知道，他自己所追求的东西，正在前面等着他。他有自信，自己必定能够抵达那儿。

　　以艾贝尔法律事务所的书记，跟加拿大最高法官相比，两者之间实在有着天壤之别，就仿佛现在的书记跟烟囱管镇的赤脚小孩子一般。

　　至于迪迪呢？他一向拥有追逐彩虹的雄心。如今，他正准备展翅高飞呢！他想要进入蒙特利尔的设计学院继续深造。他

蒙哥马利作品精选
艾米莉的幸福

也非常清楚，长年以来他已经悟出了这个道理，他能够切身地感受到追逐彩虹的欢喜、迷惘、绝望，以及痛苦。

在迪迪将要离去的那个夜晚，他跟艾米莉在北国漫长的黄昏里，在紫罗兰色天空下，徘徊于新月山庄的庭园。他如此对艾米莉说："就算我们得不到彩虹，但是寻找的过程，可能要比达到目的更富有刺激性呢！"

"不过，我们一定会得到的啊！"

艾米莉看着在"三个公主"上面闪耀着的星星如此说。迪迪所说的那一句"我们"，给了她一种近乎麻痹的快感。自始至终，艾米莉对自己的感情都很忠实。她一直不否认迪迪是她心目中最为重要之人；但是，她在他的心目中又如何呢？是否只有少许的重要？或者非常之重要？还是根本就不重要呢？

艾米莉并没有戴帽子，只是在头发上面插了一些小菊花。那天她挑来挑去，终于选择了这件玫瑰色的洋装。她很满意自己的外表。不过话又说回来啦！如果迪迪根本没注意到她的穿着的话，那就一点意思也没有了！迪迪对于艾米莉的一切，总认为是"理所当然"的，这点最叫艾米莉感到不以为然。换作狄恩的话，他一定会察觉到艾米莉的任何变化，当然也不会吝于给她一些称赞。

"关于这一点嘛……我并没有十分的把握！"迪迪看着艾米莉的猫儿——达菲进入树林里以后，把自己当成老虎般作威作福的德行，再如此说："我实在没有把握呢！每次想好好地干起来时，我……我就会产生一种毫无力气的感觉；有时，我甚至

认为自己根本就没有能力做出一些有价值的事——虽然我会描一些画儿，那又如何呢？尤其是在午夜梦回时，我时常萌生那种念头。"

"嗯……我能理解你的感受，"艾米莉说，"那夜，我曾经为了创作吃尽苦头。在受到几个小时的痛苦煎熬之后，对自己感到非常地绝望——我再怎样尝试也无济于事，我甚至获得了一个结论，那就是自己根本不行！以致悲悲切切地哭湿了枕头。有时，我会勉励自己不要哭！因为我认为眼泪跟笑声、野心相同，都是愚蠢的东西。有时，真的是连自信和希望都变成零了呢！但是，当我在黎明时分醒来时，就会萌生一个新的故事结构。所以，我奉劝你，别为了午夜梦回时的那种感觉，叫自己的心灵感到闷闷不乐。"

"可是，我几乎每天都会在半夜醒来一次啊！"迪迪如此地说，"在那段时间里，我都会认为抱持过大的愿望，将使我一无所有。如今，我渴望的事情只有一件——成为一个大画家。可是，我又非常地害怕呢……因为万一我不能成功的话，一定会成为笑柄的！届时我的母亲一定会大失所望。如你所知，我的母亲很不高兴我背井离乡。万一我离开故乡后，又一事无成，到时候我有什么脸回来啊！依我看，还是别去为妙！"

"没那回事！"艾米莉很热情地说，"迪迪呀，你千万别害怕！我爸爸在临终时，一再地叮咛我别害怕任何事情。爱默生不是也曾说过：做你所忧惧的事，则忧惧必然消失！"

"我时常在想，爱默生一定是在自己不再害怕任何事情时，

才能说出这句话。一个人在解除武装时，总是会变得很勇敢的。"

"我说迪迪啊，你想必也知道，我一直相信你的才华吧？"艾米莉柔情万种地细语着。

"嗯！我当然知道。只有你和嘉宾德老师，相信我会有美好的将来。就拿伊儿雪来说，她相信佩利的前途比我乐观呢！"

"可是，你跟佩利不同。你所追逐的是人生金色的彩虹啊！"

"如果、如果我追不到金色彩虹的话，如果我使你感到失望的话，我必定会感到非常地难过。"

"你绝对会成功的。你就瞧瞧那颗星星吧！迪迪啊，就是在最年轻的'公主'上面闪耀的那一颗。我一向最喜欢那颗星星。你还记得吗？很久以前，你、佩利、伊儿雪与我曾坐在那古老的果树园里面，看着吉米煮马铃薯给猪吃时，你不是针对那颗星星说了一个故事吗？你说，在你来到这个世界以前，曾经在那颗星星上面生活过。你难道忘了吗？我想在那颗星星里，没有所谓的'午夜梦回'吧！"

"那时的我们，真是又天真又烂漫啊！"迪迪仿佛是历尽沧桑的中年男子一般，追怀着无忧无虑的青春时代。

艾米莉如此地说："迪迪，你能够答应我吗？当你看到那颗星星时，你一定要想起我，我一直相信你将来一定会成功的。"

"你能不能也答应我，看到了那颗星星就想到我？"迪迪说，"不如这样吧！看到那颗星星时，我俩就彼此地想念吧——不管何时，不管何处，只要我们还活着，就彼此想念吧！"

"好的！我答应你！"艾米莉很激动地说。她实在很喜欢迪

迪用那种眼光看她。

这真是一个富于罗曼蒂克的盟约。它到底意味着什么呢？艾米莉实在说不出来，但是有一件事她很清楚，那就是迪迪就要走了，她深感人生的空虚和荒凉。她知道高个儿约翰的树林子里，从海湾吹来的风儿，正一阵一阵地叹着气——夏天已经悄悄地走了！她也知道，在彩虹尽头的黄金之壶，早就已经飘游到遥远的山丘上面了！

他俩为何要针对星星说那些话呢？为何黄昏、枞树的芳香，以及秋天的晚霞，会叫人说出那种愚蠢的话呢？

第二章

一九ＸＸ年　　十一月十八日　　新月山庄

今天，刊载我的新诗——《天堂黄金》的《马克威德》十二月号，由邮差亲自交到我手里。我觉得这件事情有写入日记的价值。因为这篇诗占了独立的一页，而且还配上了插图。我的诗章破天荒受到如此的礼遇，或许它并非很出色的作品吧？当我把它朗读给嘉宾德老师听时，他只是"哼……哼……"地使用鼻音笑笑，并没有给我任何批评。

嘉宾德老师绝对不会言不由衷地称赞一个人；不过，他喜欢采取最叫人感到恐怖的方式，也就是以沉默的方式展开评价。不过，我那篇诗确实写得很不错，普通的读者很可能会认为它包含着很深的意义。编者甚至为它配上插图了呢！由此可以推测，他对我已经有了相当的信心。我在此由衷地祝福他。

不过，对于那幅插图我并不满意，因为那位描绘插图的画家并不理解我的心境。如果换成迪迪描绘的话，一定更能接近

我的心境。

迪迪在设计学院的成绩非常优异。至于我俩发誓的那颗星星，每晚都在闪动。每当看到它，迪迪真的会想到我吗？他是否有空就看星星呢？或许，蒙特利尔辉煌的灯光，将掩盖住星星的微光吧！迪迪一定会时常碰到伊儿雪。在那座全是陌生人的大城市里，能有个相识的人，实在太好了！

一九ＸＸ年　　十一月二十六日

今天天气相当晴朗——有如夏季一般的柔美、秋季一般的静谧。我独自坐在池畔的坟地，阅读书籍。伊丽莎白阿姨认为坟地叫人感到心寒。比起劳拉阿姨，她具有一种叫人感到匪夷所思的特质。其实，我真的不觉得坟地会叫人感到心寒。

从毕雷瓦多的方向，风儿不停飘送来甘醇的香味，那些已经历无数岁月的古老坟墓包围着我，散发出静谧而和平的气息——在羊齿叶覆盖之下，到处可见青青的坟头。历代先祖们正躺在那儿永眠——有胜利者，也有失败者。不过，不管他们是胜利还是失败，如今已经没有什么差异了！我在那儿时，虽然不会感到精神抖擞，但是也绝不致感到消沉。

不管是绝望还是欢喜的情绪，到了这儿都会有如烟雾般消失。我喜欢陈旧的砂石墓碑，尤其喜欢玛莉·马雷那块"我就在这儿"的墓碑。我喜欢她的老公在她的墓志铭里面，书写着的他对她的恨意。当然啦！在她活着的岁月里，他始终将这段感情隐藏着，直到她死后，方才一古脑儿地写在她的墓志铭上

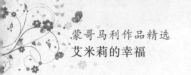

面。他的坟墓就在玛莉的旁边。我想——如今他俩一定已经彼此宽恕了吧?

或许到了月亮昏暗的夜晚,他们夫妻俩还会翩然地回到人间,阅读他俩的墓志铭而大笑吧!黏上细小青苔的墓志铭,日复一日地变得模糊。到最后青苔可能会完全覆盖住整个墓志铭,使古老的墓碑上面只留下青色、红色以及银色的斑纹吧?

一九XX年　　十二月三十日

今天发生了一件天大的事情,叫我感到非常地兴奋。《马帝森》杂志终于刊登了我的作品。这件事情实在值得用好多个感叹号呢!如果嘉宾德老师不骂我的话,我就要大举使用着重点了!不仅要使用着重点,我更希望那篇东西,能用最大的字体印刷出来呢!

坦白地说,那家杂志社并不轻易使用新人的稿件。在这以前我已经投过好多次稿子了,每次却都只能得到"非常遗憾"这几个字。奋斗了这么久,好不容易方才敲开了那紧闭的门扉。《马帝森》杂志,竟然肯刊登一个新人的作品,那就很明显地表示——这个新人的确够格攀登"阿尔卑斯山"!编者还说我那篇是很可爱的故事呢!

他实在是一个很亲切的人。

他寄给我一张五十美元的支票。我认为不久以后,就可以还清罗丝阿姨跟华雷斯舅舅曾经为我负担的学杂费了!

伊丽莎白阿姨有点怀疑地瞧着那张支票,但是她并没问它

是否真的可以向银行换钱。劳拉阿姨的漂亮蓝眼，因为骄傲而闪闪发亮。劳拉阿姨的眼睛真的会闪闪发亮呢！因为劳拉阿姨生于维多利亚女皇时代；而出生在爱德华国王时代的人们，眼睛虽然会射出光芒，但是并不会闪闪发亮。不知怎么搞的，我就是喜欢会闪闪发亮的眼睛，尤其喜欢那双为了我的成功而闪闪发亮的眼睛。

吉米说："光是《马帝森》一本杂志，就抵得过美国所有的杂志了！"

如果狄恩知道了《马帝森》杂志刊登我的作品，不知道他会有什么感想呢？其实最近以来，对于我所写的东西，他一律都不予置评。在我心目中除了嘉宾德老师，狄恩的批评是最值得信赖的了！

不知为什么，狄恩看起来越来越年轻了！三四年前我认为他已好老了！可是现在看起来他却是不折不扣的中年人。如果再继续如此下去的话，不久以后，他就会变成年轻人了！根据我的想法，这是因为我的内心不断地成长，不停地在追赶他。

伊丽莎白阿姨仍然不喜欢我跟狄恩交往，因为伊丽莎白阿姨讨厌普利斯多家的所有人。然而，一旦没有狄恩的友情滋润的话，我就会感到生活索然无味了！因为它就好像是我生活里不可或缺的调味料。

一九ＸＸ年　　一月十五日

今天外面刮着暴风。

我认为特别好的四篇稿子，昨天全被退回来了！因此，昨夜我迟迟不能入睡。恰如珍妮所预言的一般，如今我方才体会到，没有把握住到纽约的机会，实在是非常地愚蠢。整个上午，我一直感到闷闷不乐。此时我唯一的期盼是能够收到邮件。对于邮件，我总有一种难以形容的期待与不安。

邮差会带些什么信件来呢？是迪迪的信件吗？迪迪书写的信件能够叫我感到非常地愉快。会不会是装在薄信封里的支票呢？或者是厚厚的一叠退稿？搞不好是伊儿雪的潦草书信？结果完全没有猜中，只有一封远房表姊——毕拉·葛兰德从德利寄来的信件。

我所写的《习惯之愚蠢者》，刊载于加拿大的一本农村杂志上。毕拉表姊看了这篇东西以后，责怪我不应该把她写进故事里。她如此地抱怨说："我俩一向是很要好的朋友，想不到你竟会如此对待我。我非常不习惯自己在报章杂志上面成为笑柄。以后，拜托你别为了卖弄自己的小聪明，而把我写进故事里面！"

我这个爱拐弯抹角的表姊，一向具有少见多怪的特点。她的信函里面确实有一些叫我感到抱歉的地方，然而，也有一些地方激怒了我。说实在的，我在撰写那篇文章时，根本就没想到毕拉表姊。我所写的凯德伯母，乃是一个凭空想象出来的人物，根本就不是实际存在的。就算我在撰写那篇东西时，曾经想到了毕拉表姊，我也绝对不可能把她写进我的故事里面，因为她既愚蠢又平凡，实在不适合成为故事里面的主角。

　　或许是我在自卖自夸吧！凯德伯母十分幽默，而且是一个很活跃的老淑女。

　　最叫我感到头大的是——毕拉表姊也写了信给伊丽莎白阿姨。于是，我们又召开了一次家族会议。伊丽莎白阿姨不相信我是"无辜"的说法，她一口咬定凯德伯母，就是照毕拉表姊所写的。她很诚恳地拜托我（伊丽莎白阿姨诚恳的拜托是很吓人的）——要我在以后的作品里，别再把亲戚描写成小丑的模样了！

　　伊丽莎白阿姨以一种最具威严，又堂堂的口吻宣告："马雷家的人，绝对不能如此做——以友人的癖性大作文章，借以赚钱。"

　　这也证明了珍妮的预言很正确。难道她所说的每一件事都是正确的吗？我拒绝到纽约是否全盘都错啦？

　　然而，最致命的打击却来自吉米，吉米在看过了《习惯之愚蠢者》以后，笑痛了肚子，如此对我说："我说猫咪姑娘啊，你不必在意毕拉的抗议。"他如此对我低语着："其实，你的那篇小说写得真精彩。我只读了一页，就知道你在影射谁啦！我只凭凯德伯母的鼻子，就知道你在写谁呢！"

　　"完蛋啦！"

　　原来，我把凯德伯母描写成一个"象鼻"婆子。她的鼻子不但长得离了谱，而且还往下垂呢！的确，我的表姊拥有又长又下垂的鼻子！在古代，那些在没有确切证据之下被判绞刑的人，还真不少呢！正因为如此，就算我哭成泪人儿，大喊冤枉，

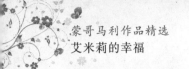

说我不是有心影射表姊的长鼻子，也不可能有人相信的。

吉米一直在傻笑，接着他悄悄对我说："你最好装成若无其事的样子。诸如这种事情，最好别嚷嚷。"

如果凯德伯母真的是跟毕拉表姊一模一样的话，那就表示我所做的事情完全失败了！不过在写完日记以后，我的内心就感到好受多了！因为我把自己内心的愤怒、悔恨以及委屈全部倾吐出来了！或许，这也是所谓日记的主要功能吧！

一九ＸＸ年　　　二月二日

今天是一个值得大书特书的日子，因为我又有三篇文章被采用了！还有一位编辑先生叫我寄更多的作品给他呢！不知怎的，我不喜欢编辑向我索稿。如果我依照他们的意思，把稿件寄过去以后，一旦被退回来，那种滋味可不是好受的。与其如此，我宁愿隔着几千里路程，把稿件寄到另一位编者的桌子上面。

因此，我决定不撰写"格式型"的文章，因为那需要很"吓人"的努力。最近，我曾经尝试过一次，以《年轻人》杂志的编辑教我的一种格式来撰写小说。谁知编辑却把它退了回来，并附了一张字条指示我作品的缺点，叫我改写一遍。我改了又改，终于，稿件有如一件破烂衣服，红蓝两色的墨水交杂在一块儿，看得我气恼万分，于是我打开灯灶的门，把它付之一炬！我奉劝各位编辑大人，不要再整人啦！

一九ＸＸ年　　二月十六日

今天《家庭周刊》刊登了我的作品《开玩笑的价值》。不过，第一页的目录并没有出现我的名字，我的名字被包含于"其他"栏里面；《少女时代》杂志推荐我为"最广为人知的热门作家之一"，我的名字还出现翌年度的投稿作者栏里面。

吉米重复念着那位编辑先生的话六遍，然后，又一面工作一面重复着"广为人知的热门作家"这个词。之后，他又到附近的文具店，购买了几本新的笔记簿给我。直到现在，我从来不曾为自己购买过任何笔记簿，因为我认为如果我那样做的话，一定会伤害到吉米的感情。

吉米时常以一种敬畏的眼光，看着那些累积在我书桌上的笔记簿。他一直相信，在我的笔记簿里，蕴藏着卓越的文学，而这些文学，是由各种美妙的文辞和人物所组成的。

我一向喜欢把自己的创作拿给狄恩看。很遗憾的是，他不是不言不语地把作品还给我，就是一味地夸奖我，其实这种做法比什么话都不说更糟。我一心一意，想书写狄恩眼中有价值的东西，而且这种想法已经变成了一种强迫的观念。如果我能够做到的话，那就表示我成功了！

一九ＸＸ年　　四月二日

一个居住于修鲁斯贝利的青年，时常来新月山庄拜访，或许是受到了春季的影响吧，竟然对我艾米莉百般热情起来。他并非马雷家族赞成的求婚者，而且根本就不是我喜欢的那种典型。今天，由于我跟他一块出席音乐会，伊丽莎白阿姨感到非常地不自在。当我回到家里时，伊丽莎白阿姨仍然端坐在客厅。

我如此对伊丽莎白阿姨说："伊丽莎白阿姨，我绝对不会跟任何人私奔的，请您放心！如果我想跟什么人结婚的话，我一定会向您禀告，待获得您的允许以后，我才会结婚。"

说完这句话以后，我也不晓得伊丽莎白阿姨是否真的放心了，自顾自地睡觉去了！

我的母亲的确曾经跟我的父亲私奔——可是，母亲私奔，又不代表女儿也一定会私奔！伊丽莎白阿姨之所以会那样想，不外乎是她太相信遗传论的缘故。

一九ХХ年　　四月二十日

今夜，我单独爬到小丘上面，在月光照耀下的失望之家周围徘徊。失望之家被建造于三十七年前——其实，只盖了一部分。它是为了那个与别的男人私奔的新娘盖的。每次我看到它时，都会悲从中来，因为它始终不曾出现过灯火，看起来仿佛是一个无主的孤魂。

这栋失望之家有史以来，只有一次很短暂地出现过灯火。这栋小巧的房子，背面有树木蓊郁的山丘，周围又覆满了针枞树的枝桠，本来是可以成为一个温馨而快乐的家庭的。它所能带来的温馨，绝非是弗雷德先生在别处所建的房子所能够比拟的。

在很久以前，当迪迪跟我仍然是孩童时，我俩曾经卸下失

望之家的窗板，从那个洞孔爬进屋子里，在暖炉里生了火；后来，两个人并肩坐下来，谈论着将来一起生活的计划，我俩曾经希望在那栋屋子里面一起生活呢！事到如今，迪迪或许已经忘记那件事情了吧？

起初，迪迪时常写信给我，信里充满了叫人感到愉快的事情。对于我想知道的生活细节，他都会毫不保留地告诉我。

但是最近，我有一种感觉，那就是他给我写的信函已经变质了！换句话说，他写给我的信件，也同样可以寄给伊儿雪。这种公式化的书信，焉能叫人感到雀跃呢！

可怜小巧的失望之家啊！或许，你将要永久地失望下去了吧！

一九ＸＸ年　　五月一日

春天再度降临人间！金光闪闪的白杨树嫩叶；在银色与紫罗兰色沙丘那边，连绵不断的海湾微波连连。尽管有过叫人惊骇的午夜梦回时分，以及叫人感到落寞的黄昏；然而，冬天还是走了！不久以后，狄恩就要从佛罗里达归来了。

不过今年的夏季，伊儿雪跟迪迪并不打算回来！听到这个消息以后，我整整失眠了两夜。据说，伊儿雪将要到滨海地区去拜访她的姨妈——这个姨妈是伊儿雪母亲的姊妹，不过到最近为止，她始终不曾关心过伊儿雪。

迪迪在纽约的一家公司获得了一个工作机会——为警官的一系列故事描绘插图，是故在这个夏季，他将到偏远地方去作画。

这是个难得的好机会——虽然我对他不能回到毕雷瓦多，

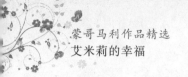

感到稍微遗憾，不过，我仍然很高兴他如此选择。想不到他一点儿也不对毕雷瓦多感到眷恋。

或许，他们对往日在毕雷瓦多所度过的日子，只当成一连串的故事，并没有刻意要去回想它吧！

想起我多么盼望伊儿雪与迪迪在暑假能回来，我感到自己似乎太多情了一些！不过也正因为有这种盼望，方才使我在冬天里，忍住了很多不愉快的事情；谁知到头来，我的期望竟然化为乌有！

想到今年的夏天，再也不可能从高个儿约翰的树林那儿，听到迪迪独特的口哨声；不可能再于我俩私自发现的小径，以及小河畔相逢；不可能再用叫心灵感到雀跃的眼光对看，我顿时感到人生所有的色彩都消失殆尽了，只残余一些褪了色的补丁和线头！

昨天，我在邮局恰巧碰到了迪迪的母亲——我做梦也想不到，她会停下脚步跟我说话。很明显，她心里仍然憎恨我。

"关于迪迪这个暑假不回来的事情，想必你已经知道了吧？"

"是的。"我简短地回答。

肯德夫人虽然一脸的寂寞，但仍掩盖不了胜利之色——不错，那一定是胜利的色彩。迪迪不为了她回来，她固然感到悲哀；但是，不为了艾米莉而回来的话，那就足够叫她感到欣喜若狂了！就凭这点，艾米莉了解到肯德夫人根本就不会为我着想。就算是这样吧！但是在春天里是不可能叫人长久感到忧郁的。

安德烈订婚啦！他是跟亚蒂舅妈挑选的姑娘订婚的。

"安德烈的新娘是我挑选的，其实，安德烈自己选的新娘子更好！"今天下午，亚蒂舅妈如此对伊丽莎白阿姨说，暗示我不该拒绝安德烈表哥。伊丽莎白阿姨很冷淡地装出了笑容。劳拉阿姨则哭了一下——每逢劳拉阿姨认识的人生了孩子、结婚、死亡、订婚、离家出走，或者第一次选择时，她都会稍微哭一下。我不曾跟安德烈订婚，的确叫劳拉阿姨感到失望。

的确，对我来说，安德烈是个很安全的丈夫。但是，他的心灵里没有丝毫的"炸药"。

第三章

　　刚开始时，谁也没想到嘉宾德老师的病情已经很严重。这几年来，他时常因风湿病而卧倒在床；但只要稍微好一点儿，他就会立刻爬起来，又对学生冷嘲热讽，说一些风凉话和刻薄的话。根据嘉宾德老师的说法，毕雷瓦多的学校实在不如往昔啦！以整个学校来说，甚至没有一个学生能够正确地读出"二月"（February）和"星期三"（Wednesday）。

　　"我感到很累，再也不想赚那份薪水啦！你想想看！把可口的清汤倒入竹篓里面，不是太浪费了吗？"嘉宾德老师有些火大地说。

　　迪迪、伊儿雪、佩利以及艾米莉都不在了——以往，这四个学生使学校充满了朝气，叫嘉宾德老师稍微感到安慰。或许，嘉宾德老师已经疲惫万分了吧？以年龄来说，他还不算很老，只是，他度过了放纵的青春时代，几乎把气力都消耗殆尽了，以致显示未老先衰的迹象。他那削瘦的老婆，于一年前的秋天，

在没有任何人知晓的情况下，悄悄地过世了。虽然他对这个老婆并没有很眷恋，但是在她去世以后，他立刻显得非常地衰弱。

嘉宾德老师动辄使性子，又喜欢辱骂学生，常叫学生大惊失色。教务委员们一直在摇头，打算这个学期结束以后，另外聘请一位新教师。

嘉宾德老师的病痛，从风湿病的发作开始，随后，心脏也出现了毛病。他虽然坚持不肯看医生，但是潘利医生还是强行为他做了诊察。事后，潘利医生摇摇头说："他连求生的意志都没有了，实在糟糕！"

德利镇的露伊莎姨妈，前来照料嘉宾德老师。想不到，嘉宾德老师竟然对她非常地顺从；然而，这并非可喜的征候，因为这无非在表示——他什么都不在乎啦！

"你就凭自己的意思做吧！如果说你的良心会感到不安的话，你就在那儿打转吧！只要你不理我，想做什么事情悉听尊便。我不要你喂我，不要你服侍我，也不要你为我更换床单。不过，我实在忍受不了你的头发，因为它们实在太直了，又那么闪闪发亮。你就把它们稍微处理一下吧！而且，你的鼻子啊，实在邪门得很！为何一天到晚都显得那么寒冷呢？"

每晚，艾米莉都会来陪伴嘉宾德老师一段时间。如今，老教师想见的，只有艾米莉一个人而已！他跟艾米莉很少交谈，但他时常睁开眼睛，仿佛心有灵犀，跟艾米莉笑笑——关于这件事情，没有一个人能够明白它个中的奥秘，露伊莎姨妈尤其觉得莫名其妙，是故，她在内心很反对他俩的行为。

露伊莎姨妈至今未曾嫁人，她处女的心胸里充满了母亲一般的爱，对嘉宾德老师很亲切；但是她实在无法理解，嘉宾德老师在临终前，何以还能够发出妖精一般愉快的笑声。

露伊莎姨妈认为——嘉宾德老师实在不该在临终时还嬉皮笑脸，应该多考虑考虑自己灵魂何去何从的问题。"天哪！我这个侄儿至今还未受洗呢！乖乖——死到临头，他仍然拒绝见牧师！"

"我这个无可救药的侄儿只欢迎艾米莉，只要艾米莉一来，他就会眉开眼笑。"在暗地里，露伊莎姨妈对艾米莉抱持着怀疑的态度，"那个女孩子不是会写小说吗？据说，她还把自己的远房表姊写进小说里面呢！看情形，她很可能也想把濒死而不信神的教师写进小说里面。因为这正是她的兴趣呀！"想到这里，露伊莎姨妈以一种残酷的眼神看着艾米莉："搞不好，她也会把我写进小说里面呢！"

在很长的一段时间内，艾米莉不忍心认为这是嘉宾德老师的临终。因为，艾米莉实在不愿意把自己敬爱的老师，想象成重病的患者。他既不会诉苦，也不会发牢骚。他还时常对艾米莉说他并不感觉痛苦，以致使她不得不相信。艾米莉实在不敢想象，没有嘉宾德老师的毕雷瓦多会变成什么样子！

在某一个五月的黄昏，嘉宾德老师看起来似乎好多了！他的眼睛再度燃烧起昔日冷嘲热讽的火焰，他的声调恢复了往日的调皮，开始揶揄可怜的露伊莎姨妈——姨妈不理解嘉宾德老师嬉皮笑脸的奥妙之处，只一味以基督徒的忍耐心，应付嘉宾

德老师。

露伊莎姨妈认为绝对不能伤病人的心。想不到嘉宾德老师还一直在说些滑稽的话给艾米莉听，然后两个人就大笑起来，几乎要使那栋屋顶很低的房子整个掀起来。

看到这种情形，露伊莎姨妈只能感到莫名其妙。其实，她不懂的事情实在太多了！不过，对于照顾病人，她的确非常在行。因此，她认为嘉宾德老师的突然兴奋并非好现象，那正是所谓的"回光返照"；但是没经验的艾米莉并不知道这点，她以为嘉宾德老师的病情真的好转了，以致蹦蹦跳跳很高兴地回家去了！

艾米莉认为嘉宾德老师很快就能回到学校了。到时，他又会对学生们大声吼叫，一面走路一面热衷于看古典文学的书籍，并对艾米莉的稿件下达幽默又尖锐的批评。想到这里，艾米莉觉得非常地高兴。嘉宾德老师实在是个很难得的朋友。

伊丽莎白阿姨在半夜的两点钟叫醒了艾米莉，因为刚刚有人来通报，嘉宾德老师想要见艾米莉。

"难道是老师的病情又转坏了吗？"艾米莉一面滑下有着雕刻柱子的床，一面问着伊丽莎白阿姨。

"他的时候不多了呢！"伊丽莎白阿姨简短地回答，"潘利医生刚刚说，他可能支撑不到天亮了！"

看着艾米莉惊讶的表情，伊丽莎白阿姨如此地说："艾米莉，你不认为这样的安排比较好吗？他年纪大啦！浑身感到疲倦！他的老婆又已经去世了——下个学期，学校也不打算再聘用他

了！真是一个寂寞的老人呢！死亡乃是最好的安排。"

"可是，我总觉得嘉宾德老师好可怜！"艾米莉哭泣着说。

艾米莉在漆黑而美丽的春天夜色中，赶到了嘉宾德老师的家。这时艾米莉已经不哭了！但是，露伊莎姨妈却是在哭泣。嘉宾德老师睁开眼睛，看着艾米莉笑笑。那是如往昔一般充满了狡黠的笑容。

"不要为我流泪，"嘉宾德老师低语着，"我临死时最忌泪水。露伊莎姨妈，请你到厨房去哭吧！我现在不需要你做任何事情啦！"

"老师，我能够为你做些什么吗？"

"你就坐在我能够看到的地方，一直到我踏上幽冥路为止吧！我的要求只有这点！我实在不喜欢单独踏上幽冥路。厨房里共有几只黄鼠狼在等着我踏上幽冥路呢？"

"露伊莎姨妈跟我的伊丽莎白阿姨，就只有她们两个人而已！"艾米莉忍着笑回答。

"就算我很少讲话，你也不要在意。我一直在说话——整整说了一辈子；可是，现在什么都结束了！任何东西都没有剩下来——我现在只有一个念头，那就是希望你能陪着我，直到……"

说到这里，嘉宾德老师轻轻闭上了眼睛，进入沉默之境。窗外已经出现了曙光，艾米莉低垂着她满是黑发的头，坐在那儿；偶然吹来有如幽灵的风，抚乱了艾米莉的头发；打开的窗子飘进六月百合的幽香；在遥远的前方，两棵相同高度的枞树，

在晨光照耀之下，笔挺地伸向银色的天空，看起来仿佛是从银雾中突出来，有点儿像天主教教堂的尖塔。

在树丛上面有一轮青色的残月，仿佛是在抚慰着照顾老师的艾米莉。不管什么事情都会过去的，只有月儿仍然是那么美丽。

露伊莎姨妈不时进入卧室，看看嘉宾德老师。每当露伊莎姨妈在卧室里面时，嘉宾德老师都闭着眼睛，待她走出去以后再睁开双眼，对着艾米莉眨眼。艾米莉虽然也对嘉宾德老师眨眨眼睛，但是内心，对自己的行为感到很惊讶，因为以马雷一族来说，在濒死者的病床边眨眼睛，乃是一件罪大恶极的事。要是伊丽莎白阿姨知道的话，又不知道会怎么说呢。只要想到这一点，艾米莉就不禁打起哆嗦。

"我感到相当愉快，"嘉宾德老师在第二次眨眼之后如此地说，"我很高兴——因为你在我的身边。"

到了三点钟，嘉宾德老师稍微失去了一些平静。露伊莎姨妈又进入卧室。

"除非到了退潮的时候，否则的话，他是死不了的！"露伊莎姨妈满脸严肃地对艾米莉低语着。

"你不要老是基于迷信，说那些无聊的话。"嘉宾德老师大声而清晰地说，"不管潮退或者潮满，要是必须死的话，谁也逃不了的！"

露伊莎姨妈感到畏惧。她说，她的侄儿已进入了意识模糊的境地，以致说出了那些莫名其妙的话。于是，她把嘉宾德老

师委托给艾米莉，匆匆地走了出去。

"你就原谅我说出那种莫名其妙的话吧！"嘉宾德老师说，"因为，我一心一意想把那女人赶出去。我实在不希望那个老女人看着我死去——如此一来，她将有很多话题可说了！我认为所谓的'等待'，实在叫人感到恐怖。话虽如此，她仍然是一个好人。正因为她太和善了，所以叫人感到厌倦。她完全没有所谓的恶意。我实在不知怎么形容才好。不过，一个人最好在性格里面掺上少许的恶意，就像调味要用少许食盐……"

说到此地，嘉宾德老师又沉默了一阵子，接着语重心长地说："啊……不妙啦！本来只能使用少许食盐，我却放了一大把……唉……我是个没有经验的厨师呢。以后的子孙也许有人会出人头地，但是必须经过好几代呢……"

艾米莉感到，现在方才是嘉宾德老师意识变得"模糊"的时候了。不过，他仍然对着艾米莉微笑。

"我很高兴你能在此地陪我——小小的同志啊，你不会讨厌待在此地吧？"

"我才不会讨厌呢！"艾米莉说，"马雷一族的人说'不讨厌'就是不讨厌。"

又是一段时间的沉默。不久之后，嘉宾德老师又继续说下去。这次，他并非是对另一个人说话，而是在自言自语："我要走出此地——进入那边。我认为必须通过破晓的晨星，到另外的一个地方，这乃是一件非常恐怖的事情。其实这件事情并不可怕，于今想起来实在太好笑了！在刚才那几分钟之内，你知

道我学到了多少事情吗？艾米莉！我要比活着的人更为聪明！如今我已经没有什么好奇心了，如今，我对于人生的好奇，只是想体会死亡的经历而已。艾米莉啊，再过数分钟，我就可以知道真相了！不用再去想象！

"我现在如此地想着——如果我能够再年轻一次的话，那又将意味着什么呢？关于这点，你是不会懂的。年轻的你，不可能会了解它的含义。"

嘉宾德老师的声音变成了深沉的低语，不过，只隔了一会儿，又变得非常地清晰。

"艾米莉，你就答应我吧！你答应我——写作是为了使自己高兴，并非要使别人高兴——你就答应我吧……"

艾米莉迟疑了一下："这种诺言到底意味着什么呢？"

"你就答应我吧！"嘉宾德老师一面咳嗽一面低语道。

艾米莉答应了他。

"那样就好！"嘉宾德老师心安地吸了一口气。

"你一定要遵守诺言哦——其实，你无法取悦所有的人，即使你想取悦评论家也不行！戴来戴去，还是自己的帽子最好。你就戴着自己的帽子活下去吧……你千万别为了写实主义者的骚动而改变心意。你要牢牢记住——松林跟猪舍都是真实的东西；不过，松林住起来比猪舍舒服多了！你一定会抵达你的目的地——只是早晚而已！因为你拥有成为大作家的素质。不过，你不能把一切都向这个世界吐露出来。这也是我们搞文学的人的缺点。我们已经丧失了神秘沉默的魅力。我还有一件事情要对你说——那是很平常的一件事，可是，我一时想不起来。"

"老师，您就不要费劲地想啦！"艾米莉很温柔地说，"因为那样的话，您会感到非常疲倦的。"

"我并不疲倦……我再也……不会疲倦啦……我的疲倦即将成为过去啦！我就快要踏上幽冥路了——我的这一生是彻底的失败，有如老鼠一般的可怜呢……不过，艾米莉啊……我还是感觉我的一生很快乐！"

说罢，嘉宾德老师闭起了眼睛，一张脸看起来仿佛死人一般。艾米莉惊讶得站了起来，想不到嘉宾德老师又举起了他瘦弱的手臂。

"艾米莉，拜托你别去叫那个女人！你千万别去叫那个动辄哭泣的女人。只要有新月山庄的小艾米莉，伶俐的艾米莉在这里就够了！咦？我想要对你说的，到底是什么事情啊？"

经过一两秒钟，嘉宾德老师睁开了眼睛，以清晰的声音说："艾米莉，快把门儿打开吧！不要让'死神'在外面等太久！"

艾米莉跑到小小的门扉前，把它尽量地往外打开。强风从灰色的海面吹了过来。露伊莎从厨房奔进卧房。

"潮水已经退了——他就要跟着潮水去了——他已经走了吗？"

然而，嘉宾德老师还没有走。艾米莉把她的面孔靠近嘉宾德老师时，他浓眉下面的眼睛，又再度地睁开来。他有意要眨眼睛，但是他已经心有余力不足了！

"我想起来了……我要对你说的事情是——不要动辄……不要动辄使用着重点！"

　　说完这一句，嘉宾德老师留下了恶作剧似的笑容——生前喜欢恶作剧的嘉宾德老师，一面笑着，一面说出"着重点"三个字后就死了！或许，嘉宾德老师是在说梦话吧？然而，露伊莎姨妈时常说，那是一种想不开的死法。

　　艾米莉飞奔着回家，进入自己的房间里，浑然忘了自我，痛苦万分地为故友哭泣。她不知道是在黑暗里面还是在日光照耀之下，但是能够以开玩笑的方式慨然赴死神之约，实在需要很大的勇气。如此看来，不管嘉宾德老师有什么缺点，他绝对不会是一个卑鄙的人。

　　嘉宾德老师走了以后，艾米莉知道自己就要面对一个寒冷的世界了。在她的感觉里，在黑夜里从新月山庄走到老师家，似乎是发生在好久以前的事情了。内心里，她深切感到自己又走到了人生的转折点。

　　表面上，嘉宾德老师的死，似乎不曾给艾米莉带来什么变化；可事实上，嘉宾德老师就像一个路标一样，对艾米莉有着某种启示。后来，艾米莉回顾往事时说："走过了那个路标以后，什么都改变了！"

　　到今日为止，艾米莉都是受到眼前之物的感触而生活着的。在经过多年宁静而没有变化的生活之后，她突然跟"过去低矮的天花板"分手，跨入了"崭新的宅第"，看到了过去不曾进入的宽敞境地。不过在刚开始时，她时常对变化产生恐惧，并且感到自己有所损失。

第四章

　　嘉宾德老师过世的那一年，艾米莉宁静地生活着：她抑制着"太单调"的念头，宁静无风浪地生活着。伊儿雪杳如黄鹤，迪迪也无声无息，嘉宾德老师则已进入了另外一个世界，只有佩利时常会到新月山庄看望艾米莉。在整个夏季，狄恩都待在毕雷瓦多。还好狄恩的身边始终没有女朋友。如果他有要好的女朋友的话，每逢他单独去旅行的时候，她势必感到寂寞难当呢！

　　自从狄恩从危险的山崖救出艾米莉以来，他跟艾米莉就变成了一对莫逆之交。（请参照《可爱的艾米莉》）狄恩的一个肩膀低了一些，稍微跛脚，绿色的眼珠予人一种不快乐的感觉；但是艾米莉完全不在乎！甚至世界上没有任何人比狄恩更叫她喜欢。想到此地，艾米莉时常给"喜欢"加上着重点。原来，有几件事情是嘉宾德老师浑然不知的！

　　伊丽莎白阿姨始终不欢迎狄恩。反正啊，对于普利斯多家

的人，伊丽莎白阿姨始终没有好感。马雷一族跟普利斯多一族之间早有一道鸿沟，他们彼此不兼容。有时，这两族之间虽然有婚配的机会，但是到头来都会"吹掉"。

"什么！普利斯多一族？哼！"

伊丽莎白阿姨摇着纤瘦但是不漂亮的马雷家的手，从头到尾把普利斯多家的人，贬得一文不值："普利斯多家的人……哼……"

"马雷族是马雷族，普利斯多族是普利斯多族，这两族的人是不可能碰在一起的。"

"你在普利斯多的南施姑奶奶，也一向很讨厌我，"狄恩有些不悦地说，"你的伊丽莎白阿姨、劳拉阿姨看到我时，仿佛是看到很讨厌的敌人一般，始终用冷淡的礼节接待我。我当然知道她俩何以会如此。"

听了这句话，艾米莉满面飞霞，感到羞涩万分。因为她也知道，两位阿姨何以比从前更冷淡地接待狄恩。其实，艾米莉很不愿意抱持这个疑问。每逢这种思维进入她的内心时，她就会立刻把它驱散，再紧紧地闭起心扉。不过，那种念头仍然会在心扉外面徘徊，实在很难把它彻底赶走。

跟所有的事情、所有的人一样，狄恩似乎也在一夜之间改变了！到底他的变化意味着什么呢？会叫人联想到什么呢？艾米莉并不准备回答。因为如果说出这个答案的话，未免太愚蠢了，而且也会叫人感到不愉快。

狄恩会从朋友摇身一变成为艾米莉的情人吗？那是不可能的事，根本就是不可能的。艾米莉并不希望狄恩成为她的情人，

但是她非常希望他当她的朋友。她绝对不能失去他的友情，因为，他的友情实在太宝贵了。不仅充满了刺激性，而且非常地悦人，实在叫人感到不可思议。为何会发生那种"恶魔"一般的事情呢？每当艾米莉情不自禁地想到此时，都会尽快地停下来。当她想及这件"恶魔"一般的事情，如今就要开始，或者已经开始时，她的内心就会感到骇然。

在十一月的某个黄昏，狄恩不经心地说了一句话以后，艾米莉终于放下了一颗忐忑不安的心。

"我也应该考虑明年的行程了。"

"这个冬季，你打算到哪儿去呀？"

"我想去日本，因为我连一次也不曾去过呢！事实上，我也并非每年都要到外国度假不可！但是，待在此地并没有什么意思啊！在整个冬季，你喜欢我俩在阿姨们听得到的客厅里交谈吗？"

"我才不要呢！"艾米莉假装打哆嗦的样子，笑着回答。

因为艾米莉想到，曾有一个秋天的夜晚，因为外面刮着大风，不便到庭园徘徊。那时，伊丽莎白阿姨和劳拉阿姨，正在客厅编织毛衣和花边。因为无处可去，艾米莉跟狄恩就在两位阿姨的桌子旁边交谈着。

那次的交谈叫艾米莉感到非常地不愉快。为什么呢？为何不能有如在庭园里徜徉一般，无拘无束，想到什么就说什么呢？答案并非他俩谈及有关性方面的问题，而是狄恩跟艾米莉所谈论的事情，不能叫伊丽莎白阿姨理解；而且他俩交

谈的内容，很可能是伊丽莎白阿姨无法同意的事情。不管理由如何，为了跟狄恩能尽情地交谈起见，他最好是在世界的另外一边。

"所以嘛，我还是出去走走比较好！"狄恩说罢，期待着高挑白皙的妙龄少女说出那一句——"你不在时，我会感到寂寞难当。"每年的秋季狄恩临走时，她都会如此说；可是，这一回她并没有说。因为她不能说啊！

那又是为什么呢？

狄恩能够透过他的眼睛，把他的温柔、悲哀以及热情全都表现出来。现在，他就以夹杂着这三种感情的眼光看着她。他很想听艾米莉说那句话——他走了以后，她将感到非常地寂寞。今年的冬天，他之所以要出国去，真正的理由，不外是想知道——没有了他以后，艾米莉是否会感到寂寞？

"噢……那还用说吗？"

艾米莉淡然地回答——她甚至回答得有点冷漠。往年，她都表现得又诚恳又真挚。对于这种变化，狄恩并没有感到遗憾。他以为她获知了一件事情——那就是他长久以来一直想隐藏，一直在压抑的一件事——获知了又如何呢？她那种冷淡的态度，是否意味着，她不想承认狄恩不在时，她会感到寂寞的事实呢？或者，那只是女人的直觉，不想被对方看穿她的心境呢？

"今年的冬天不仅你不在，伊儿雪跟迪迪也不打算回来，所以嘛……我不要再想这个问题了！"艾米莉说，"去年的冬季，

我已经感到非常地不好受。今年的冬天哪，我比谁都明白——我将会感到更不好受。不过，我还有一些活儿要做，所以还过得去。"

"嗯！你确实有活儿可做。"如此回答的狄恩，恰如每次艾米莉说她的涂涂写写"工作"时，他所表现出来的爱怜一般，这句话多多少少带着一些揶揄的味道。

狄恩认为，可爱的小女孩需要别人的一些逢迎。听了狄恩这句话，感情纤细的艾米莉的工作与雄心，顿时变成了孩子在办家家酒似的，谈不上任何的价值。

艾米莉一直认为狄恩的意见非常宝贵。她一直都在心灵深处认为——她非得做出一件让狄恩认为是很了不起的事不可，否则的话，她是不会原谅自己的。

"亲爱的史达小姐，我不管走到哪儿，都会带着你的照片。"狄恩如此说。狄恩最喜欢以史达（Star）称呼艾米莉。这并非他喜欢把艾米莉的姓跟星星混淆在一起，而是她总会叫他不期然地想到星星。

"只凭你的这一张照片，我就可以看到你坐在古色古香的窗户旁，编织着美丽的蜘蛛网；或者瞧见你在古老的庭园里徜徉、徘徊；甚至可以想象你在'昨日的小径'流连忘返，或者在海边沉思。反正啊，世上所有美丽的东西，都只能充当标致女人的背景罢了！"

"美丽的蜘蛛网"吗？啊……形容得很贴切，但是叫艾米莉感到些微的失望。艾米莉所听到的只有这句，甚至狄恩称她为

美女的那句话，她也不曾听进去呢！她断断续续地说："狄……狄恩……你认为我所写的东西只是……只是蜘蛛网吗？"

"我说星星啊，你还巴望它是什么东西呢？你到底有什么想法呢？我很高兴你以笔耕的方式欢娱自己。培养这种趣味是很高尚的，况且又可以赚到一些金钱，对于这个世界的人不无利益；不过，我不希望你把自己幻想成布兰黛（英国女作家）或者奥斯汀（英国女作家）——待从现实醒过来以后，再悲叹着那被空耗的青春。"

"我从来就不敢奢望，自己能跟布兰黛或奥丝汀相提并论呀！我说狄恩啊，往昔你不曾说过类似的话啊！你难道一点也不认为——我能够成就某些事情吗？"

"因为我们不忍心，叫来做客的孩子受到伤害。"狄恩如此说，"可是，一直等着孩子的梦想成熟，实在是愚不可及的一件事儿。你必须面对人生的事实。我说艾米莉啊，你很擅长于撰写梦一般美丽的小说，这本来就是一件好事，你应该以它为满足；你最好不要憧憬那一辈子也爬不到的高峰，或者浪费时间去捕捉永远逮不到的彩虹。"

说这句话时，狄恩并没有看着艾米莉。他一面瞧着陈旧的太阳时钟，一面皱着眉头，说了一些本来不想说，但是基于自己的义务又不能不说的话。

艾米莉愤然地说："我并不以能撰写梦幻般的故事而感到满足。"

狄恩凝视着艾米莉。如今，她已经长得跟他一般高了——甚至比他稍高一些。只是，狄恩并不承认。

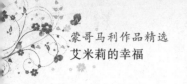

"你不必变成你自己以外的人，"狄恩以低沉而富于磁性的声音说，"新月山庄从来就不曾出现过像你这般的女性。我想，你能够凭你的眼睛——你不时在微笑的眼睛，做一些比写作更伟大的事情。"

"你呀！实在像极了我的南施姑奶奶！"艾米莉以一种邪恶、嘲弄的口吻说。

不过，狄恩并没有邪恶地嘲弄艾米莉。在那一天的午夜梦回时，艾米莉睁大了眼睛，独自沉浸在苦海里面。她面对着两项可憎的宣告，度过了不能合眼的数个小时。其中的一项是她无法从事价值连城的笔耕工作，另外一项是她必须抛弃跟狄恩之间的友情。因为，除了友情，艾米莉不能给狄恩任何东西。偏偏狄恩不能以友情感到满足。到头来，免不了会伤到他的心。"狄恩已经被苍天残酷地折磨成那种样子，我怎能忍心再伤害他的心呢？"艾米莉曾经板着面孔对表哥安德烈说"不"，也曾笑着拒绝了佩利的求婚。可是，这一次的情形全然不同！

在一片伸手不见五指的黑暗中，艾米莉在床上坐了起来，发出了近乎绝望的呻吟。也许三十年以后，她会对自己发出呻吟感到不可思议，但是在目前来说，她的呻吟确实充满了绝望。

"在这个人世上，为何要有烦人的恋爱和情人呢？如果没有这两样东西，那该有多好！"她在内心里如此想着。

其实每个人都是一样的——艾米莉当然也不例外。那就是在白昼里面，不可能跟黑夜一般，以悲剧的方式思考事物；而且那些面额不小的支票，以及感谢的信函，也都会再度唤回她

的自尊心和雄心。

或许，她已经认真地想过了狄恩的弦外之音吧？她再也不要考虑太多了——不管老少，凡是喜欢跟她交谈的异性，以及在暗淡的月夜里，接近她的男性，都对她有所希求，想到这里，她不禁暗暗地骂了自己一声——别往自己脸上贴金！不过，话又说回来啦！再怎么说，狄恩的年龄已属于艾米莉的父亲辈了。

狄恩丝毫不表露感伤地出国了！更增强了艾米莉的这种想法。于是，她就毫不掩饰地表露出他不在时的寂寞。的确，狄恩的远走叫她感到非常地孤寂。那一年，秋野上潇潇的雨叫她感到悲伤；同样的，从海湾漫过来的雾霭也叫她感到凄凉。正因为如此，当瑞雪再度降临时，艾米莉感到欣喜异常。从此以后，她每夜都伏案到很晚方才上床。劳拉阿姨开始担心艾米莉的健康，而伊丽莎白阿姨则抱怨灯油费又增加了！艾米莉因为早就预料到这一点，并且多付了灯油费用，因此并不理会伊丽莎白阿姨的抱怨。

艾米莉为了偿还华雷斯舅舅，以及萝丝阿姨以前负担的学杂费，拼命地写作；劳拉阿姨也不断地鼓舞她。马雷家的族人都十分富有独立心。大家都在议论纷纷，马雷的家族每逢大洪水时，都有自己专用的方舟（旧约《圣经》有所谓诺亚方舟的故事。由于人类作恶多端，所以创造万物的神有意灭绝人类。他叫义人诺亚制造方舟，以便装载各种动物和诺亚的族人，使他们免于遭受洪水的浩劫）。他们是绝对不会随便搭乘混乱的方舟的。

　　当然啦! 退稿仍然不少——当吉米从邮局把它们带回来时,每次都气得几乎说不出话来呢! 不过被采用的稿件比率也不断地增高。新的稿子在一册又一册的杂志上刊登出来时,意味着她正一步一步朝向"阿尔卑斯山"顶迈进。她知道自己正踏实地走上文学之道路。

　　在这以前,小说里面情侣的对话,最叫艾米莉感觉头大;如今,她已经能够很自如地把它们写出来了! 这是否是迪迪含情脉脉的眼光告诉她的呢? 不过,仔细地思考一下,这段日子的确是够寂寞的。有时,她甚至感到非常地难挨呢! 还好伊儿雪寄自蒙特利尔的信函里,谈及她大胆的行动、在雄辩学校的辉煌成功,以及新缝制的外套时,使她感到相当窝心。

　　艾米莉站在古老的窗户旁,一面打着哆嗦,一面看着黄昏里雪地上的"三位公主";再想到自己的孤寂,前途弥漫着一片悲剧性的黑暗时,很快就对自己的星星失去了信心。

　　艾米莉盼着夏季快点来临。她痴痴地瞧看,在夕阳照耀下变成紫色的海洋,开遍了小菊花的原野,想着远去的朋友们,眼睛不觉地湿润了起来。

　　如今,迪迪看起来离艾米莉更为遥远了! 他俩虽然一直在通信,但是信函的内容,已经不比从前了。进入了秋季以后,迪迪的信函再也不像以前那般的热情洋溢,变得稍微冷淡,而且又客气得离了谱儿。正因为有了这些征候,艾米莉对他的热度也减退了不少。

　　但是,艾米莉仍有足以照耀前后道路的喜悦时刻。有时,

她心灵里面的创作力，恰如不灭的火种一般，熊熊地燃烧着，在那庄严的数分钟里，她感到自己有如神一般的圣洁，不至于感到任何的不足。在那儿就有她梦乐的世界。每逢这时，她可以逃脱出单调与孤寂，不至于被任何的黑暗所干扰。有时，她也会有意识地回到孩提时代，从事孩童般的冒险。

艾米莉喜欢独自一人到处闲逛，尤其是碰到黄昏或者月夜时，她更喜欢在林子里散步。

"遇到月夜，我实在无法待在家里。我必须走到远远的地方，否则的话，我是不会甘心的。"艾米莉对伊丽莎白阿姨如此说。

时至今日，伊丽莎白阿姨仍然忘怀不了艾米莉母亲私奔的事实。总而言之，单独一个姑娘家在月夜徜徉，绝对不是一件好事情。以毕雷瓦多来说，除了艾米莉，没有任何的姑娘有着这种怪癖。

黄昏星星方才露脸时，艾米莉最喜欢越过山丘散步——不久之后，神话与伟大传说里的星座，各出现了一个。冰霜一般寒冷的月夜里，景色美得叫人心碎。伫立于一片火红中的黄昏景色下的枞树，由神秘面纱所包围的树丛，无一不触动人心。在金色的傍晚踽踽独行，实在是很美妙的事情。

这时，并非花朵累累的六月，更不是光辉的十月，乃是静谧、覆盖着银雪的冬季——仿佛被魔术包围的，银白色、神秘又沉默的场所。正因为如此，比起任何地方来，艾米莉更爱这"明日的小径"。

这是人迹罕至的梦幻王国。来到了此地，艾米莉就能够

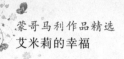

无限制地享受心灵的欢悦。那种宜人的神秘魅力，久久都不会褪色。

在某个夜晚，艾米莉哭醒过来。夜阑人静之中，一轮明月透过霜冻的玻璃，照进清冷的室内。原来，她刚刚做了一场梦。在梦境里，迪迪正在林子那边吹口哨——那是孩童时代叫人怀念的信号。她忘了黑暗，急速地穿过庭园，奔到树林里寻找迪迪……

"我说艾米莉·史达啊！我再也不想看到你在梦中哭泣了！"艾米莉如此地骂着自己。

第五章

　　在那一年里，只有三件值得大书特书的事情。以劳拉阿姨那种维多利亚时代的说法——艾米莉陷入了"恋爱泥沼"。德利地区的新牧师——温和而彬彬有礼的杰姆斯·华伦先生，专程来到了毕雷瓦多的教会，并且屡次到新月山庄拜访。以致艾米莉与牧师热恋的说法不胫而走，人们甚至把它当成了茶余饭后的谈话资料。

　　人们甚至添油加醋地说，艾米莉还自动地投怀送抱呢！也有人说——那个牧师是怎么当的呀？因为艾米莉实在不适合当牧师的老婆！可是有道是情人眼里出西施。往往牧师所挑选的女人，就是最不适合当牧师老婆的人呢！

　　就以新月山庄来说，意见也有分歧。劳拉阿姨请教费尔博士的结果，是她认为艾米莉还是不要嫁给华伦牧师比较好。伊丽莎白阿姨虽然并非打从心底喜欢华伦牧师，但是牧师这个头衔叫她感到头昏眼花。不过话又说回来啦！牧师到底是个很理

想的人选，至少他绝对不会带着艾米莉私奔。只要艾米莉肯嫁给他，她一定能够过上幸福的生活。

当伊丽莎白阿姨发觉华伦牧师不再到新月山庄走动时，她问艾米莉到底是怎么搞的。伊丽莎白阿姨感到惊讶不已的是——这个喜欢捣蛋的姑娘，竟然回绝了华伦牧师，说她不能嫁给他。伊丽莎白阿姨听得目瞪口呆！

"到底是为了什么理由啊？"阿姨有如冰雪一般冷冷地问。

"伊丽莎白阿姨，就是他的耳朵呀！"艾米莉有一点不耐烦地回答说，"因为，我不希望自己的孩子，长有那种耳朵啊！"

这种叫人喷饭的拒婚理由，叫伊丽莎白阿姨感到哑然！或许，艾米莉是故意如此说的。她的目的，无非是不想让伊丽莎白阿姨再提起这个问题。

事实上，华伦牧师认为到西部传教是他的"义务"，这才是艾米莉拒绝他的真正理由。

接下来，有关修鲁斯贝利地方剧团的消息，赫然见于夏洛镇的某一家报纸，而且该剧团被批评得体无完肤，一文不值。修鲁斯贝利的居民都认为艾米莉就是执笔者，于是群起攻伐她。他们认为除了艾米莉，不可能有人能凭笔尖如此巧妙地冷嘲热讽，以及放出恶魔一般的毒气。

修鲁斯贝利的人们认为——艾米莉仍然不肯原谅他们所制造的"老约翰空屋的丑闻"。这也是马雷家族一贯的作风，只要雪耻的机会来临，他们就会到处"咬人"，展开清算。

艾米莉虽然郑重声明——这件事情跟她无关，但是一点效

果也没有，而且又一直找不到"元凶"，以致艾米莉只好充当了"替死鬼"。

想不到因祸得福，这件事情竟然给她带来了好处。自从这件事情发生了以后，在修鲁斯贝利的社交场所，必定能够看到艾米莉。人们都觉得如果不邀请她的话，她将会舞文弄墨地"损人"，叫人的脸上挂不住。但是艾米莉不可能每一次都参加，到底毕雷瓦多距离修鲁斯贝利有七英里之远；不过，她还是参加了汤姆·妮凯夫人的晚宴。这以后的六个星期，那一次派对几乎改变了她的生涯。

"镜中的艾米莉"那一夜看起来非常地标致典雅。她终于得到了几年以来梦寐以求的衣裳——她把一部作品的稿费悉数耗费在那件衣裳上面，叫伊丽莎白阿姨瞠目结舌。那是一件丝绸缝成的衣裳——在某种灯光照耀之下，它呈为醒目的蔚蓝色；一旦进入另外一种灯光中，它又会变幻为银白色，况且它还缝着雾一般醉人的花边。

穿上了这件衣裳，她不期然地想起了迪迪以前所说的话——待你穿上了那种衣裳，我就要为你描一张画儿取名为"冰雪的少女"……

艾米莉右邻的男子在晚餐中一直说着他自认为很滑稽的话。艾米莉感到甚为纳闷——万能的神，为何会创造出这种男人呢？

然而，她左邻的男子就不同了！自始至终都很少开口说话，但是，他的一双眼睛"无所不谈"。艾米莉认为她比较喜欢那个

使用眼睛"说话"的男人。至于那个聒噪的男人,她只能敬谢不敏。

那个男人总共才说了一句话,那就是:"你穿的衣裳,仿佛是夏夜的月光……"艾米莉一下子就"投降"啦!艾米莉一向抗拒不了美妙文句的魅力,以致在那夜,她就破天荒地谈起了有生以来第一次最浪漫的恋爱。艾米莉在回到家以后,在她的日记簿里如此写道:那是"诗人梦寐以求的恋爱"。

那青年的名字很美,也挺富诗意的,叫艾尔马·文生——他也疯狂地爱着艾米莉,一刻也不离开新月山庄。他以世界上最绝妙的方式向艾米莉求爱。他不时挂在口头的"我热爱的淑女",把艾米莉迷得晕头转向。

他瞧着她的手儿说:"纤纤玉手乃是标致女郎必备的魅力!"

以致那夜回到自己的房间以后,艾米莉对着被他赞美的那一双手,不断地狂吻。

当他喜气洋洋地说,艾米莉是由"雾霭和火焰"创造出来的时候,平时一向幽暗的新月山庄突然光亮了起来。就连平常最冷静的伊丽莎白阿姨也兴奋起来,连忙叫吉米拿甜甜圈给艾米莉这对情侣享用。当文生又说艾米莉有如蛋白石一般,外面呈现乳白色,而内部燃烧着熊熊之火时,她有一点儿怀疑,人有可能是那样的吗?

"我怎会去爱迪迪呢?"想到此处,艾米莉吃了一惊!

因为疯狂地谈着恋爱,艾米莉再也没有写东西的兴趣了!她问伊丽莎白阿姨,是否可以把阁楼里的卦取出来使用;想不

到伊丽莎白阿姨很爽快地就答应了。

占卜了求婚者的来历以后，一切显示都属上乘。家世辉煌，社会地位崇高，事业蒸蒸日上……反正一切条件都属上等，令人感到无从挑剔。

接着，发生了一件叫人感到骇然的事情。有如闪电一般谈着恋爱的艾米莉，又突然地清醒了过来。只是如此罢了！

她也感到瞠目结舌，简直不敢相信自己！她还勉强自己相信以前的魅力依旧存在，试图叫自己的心胸再起伏，幻梦连连，脸上开出桃花；但是，她再也办不到了！"天哪！那冤家的眼睛怎会那样黯淡呢？为何我不曾早早地就发觉这一点呢？我为什么没有注意到——那冤家有一双牛眼睛呢？那双眼睛叫她感到厌倦！的确，正是叫她感到厌倦。某个黄昏，他又展开花一般的"演讲"时，艾米莉打了一个呵欠。因为他的"演讲"乏善可陈，根本就没什么新的内容嘛！尽是些陈腔滥调。

于是，艾米莉就给轰轰烈烈的恋爱故事来了一个"紧急刹车"，她甚至变成一副病恹恹的德行。幸灾乐祸的毕雷瓦多的人一口咬定，艾米莉被骗了，遭到始乱终弃的命运，以致对她表示爱怜！

不过，对于一切经过了如指掌的伊丽莎白阿姨，却是在一阵子失望后感到怒不可遏！

"真是作孽啊！那种朝秦暮楚的习性！真是史达家的好遗传！"伊丽莎白阿姨嚷了起来。艾米莉无从抗辩，时至如今，

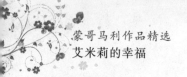

她夫复何言？或许，诚如伊丽莎白阿姨所说一般，她是有着朝秦暮楚的个性吧！错不了的！一定是见异思迁的劣根性在作祟。想不到，那么轰轰烈烈的一场恋爱，刹那间化为灰烬！连一点儿火花也不曾留下来。

就连最起码的浪漫回忆也荡然无存。艾米莉在邪恶的念头下，把她日记中那段"诗人梦寐以求的恋爱"全部划掉。

在长久的一段时间内，艾米莉感觉非常愉快。"难道我真是一个没有深度的人吗？就仿佛《圣经》上所谓'撒种'的比喻中，那颗掉落在浅土里面的种子一般（《圣经·新约》），难道我真是一个浅薄的人吗？就连恋爱方面也只能'浅尝即止'？"不过，她并不认为自己是这种典型的女孩子。"自己绝对不可能是这样的女孩子！"

想不到，那张漂亮的面孔，悦耳的声音，以及黑如点漆的眼睛，叫她不自觉地陷入泥沼里面！一言以蔽之，艾米莉做了一件愚蠢的事情，使得马雷家的声誉扫地。

不到六个月，该青年就跟修鲁斯贝利的一个姑娘结婚了。对于他为何那么快就结婚，艾米莉一点也不在意。只是，一想到那次浪漫的恋爱，乃是肤浅的儿戏时，她不免会有一种厌恶的感觉。

安德烈也是个很现实的青年，在艾米莉拒绝他以后，只那么一转眼的时间，他就跟别的姑娘结婚了！

佩利则毫不在乎所谓的失恋。

至于迪迪，艾米莉深信他已完全把她忘怀了！

　　艾米莉如此想道：自己是否缺少一种独特的性格，不能让男人深刻而长久地爱她呢？的确，她的身边还有一个狄恩。不过，到了冬末，狄恩又要撇下她远走高飞了！

　　"我是那种势利的人吗？"可怜的艾米莉以激烈自责的心，追究自己的性格。

　　但是不久之后，她又在沾沾自喜之下提起了笔。不过在那一阵子中，她所创作的恋爱场面，充满了冷嘲热讽和野兽的气息。

第六章

　　迪迪跟伊儿雪回到了毕雷瓦多，准备度过短短两个星期的假期。迪迪荣获了为期两年的美术奖学金，将到巴黎深造，两个星期后就要启程前往欧洲了！关于这件事情，迪迪已经在信里提起过。针对这件事情，艾米莉曾以友人和姊妹的身份，写了一封祝贺的回信。但是在信里面，再也没有金色的彩虹，以及任何的绮丽之梦了。

　　尽管事实如此，艾米莉仍然以半羞涩半怀念的心情等待着迪迪的归来。那件事情还有挽回的余地吗？"在我俩所熟悉的森林里的碰面，是否能够像太阳驱散浓雾一般，使我俩之间的冷淡消除殆尽呢？或许迪迪跟我一样，曾经也有过恋爱经验吧？"

　　迪迪回来以后，在高个儿约翰的树林里会听到他信号的口哨声，然后两对灵魂隔窗痴痴地相望，艾米莉想到此时，脸上感到一阵热辣；但是，她再也不曾听到迪迪的口哨了！在他预

定要回来的那个夜晚，艾米莉穿着她的新衣裳，一面在长满了青苔的庭园徘徊，一面竖耳等待着迪迪的口哨声。

每当知更鸟啼一声，艾米莉的面颊就会涨红一次，心鹿也会开始猛撞。隔了一会儿，劳拉阿姨踏着露水在傍晚的黑暗里出现："迪迪跟伊儿雪来看你了呢！"

艾米莉苍白着一张脸，仿佛女皇一般，态度有点儿冷淡地进入新月山庄堂堂的客厅。伊儿雪仍然像昔日一般，以热烈的友爱拥抱艾米莉；但是，迪迪只跟艾米莉冷淡地握握手。"他就是我所认识的迪迪吗？不！不！我再不能以'迪迪'称呼他了！因为他是未来的皇家学院会员——斐德利克·肯德。"这个高挑而凛然不可侵犯的青年，如今正以一种冷漠而嘲弄似的眼光瞧着她，给她一种他已经埋葬了过去的印象，好像是在对她说——无聊、天真的乡下姑娘再见啦！

艾米莉的这种结论，对迪迪似乎不够公平——她认为迪迪今天之所以来拜访她，不外乎是基于礼节来探望小学时代的同学！

叫艾米莉感到安慰的一件事，就是迪迪并不晓得艾米莉的几场"恋爱游戏"。艾米莉打定主意，无论如何都不能让迪迪知道这件事情。新月山庄的马雷家族很擅长款待宾客，而且能够跟对方保持适当距离，以避免过度的亲近。艾米莉认为自己的举止很有分寸。

她仿佛对待初次光临的客人，慎重而入微地招待迪迪。她不止一次夸奖迪迪的成功，但是在内心里面，对于这件事情始

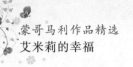
终不感兴趣。她小心翼翼地选用说词，提出曾经在报纸杂志上面看到他的照片。迪迪也附和着说，他拜读过她的大作。

这一对年轻男女就如此不痛不痒地进行交谈，使得两人之间的鸿沟越来越深。艾米莉从来就不曾感到——迪迪是如此地陌生。

仅仅离开了两个寒暑，迪迪就仿佛变成了另外一个人，叫艾米莉感到恐怖。如果席间没有伊儿雪，以昔日毫无遮拦的口吻，说出一些又刺激又叫人感到新奇的话题——包括两个星期的奔放式游乐，无视于传统的化妆方式和穿衣方式，例如穿着一般人不敢恭维的带青色的黄色衣裳，腰部系一朵粉红色的大牡丹花，肩膀也系有一朵，耳环垂下巨大的一颗珍珠……除开伊儿雪，谁又敢作如此的打扮呢——恐怕会叫人感到十分尴尬吧？

伊儿雪穿上这种衣裳以后，立刻变成了热带凉泉的化身，予人一种浑身透凉的感觉，不仅充满了异国情调，看起来还有一种挑拨性的美。的确，这种衣裳穿在伊儿雪身上熬是好看。瞧着伊儿雪耀人的美，艾米莉并非只是羡慕而已！而是以一种类似被击垮的心情，不得不对她重新评价。比起伊儿雪一头闪亮的金发，琥珀色的眼睛，以及可爱的玫瑰色面颊来，艾米莉显得苍白而灰暗，实在无法跟她相提并论。

当然啦！明眼人一下子就能够看出，迪迪正在追求伊儿雪。当艾米莉在庭园等着他时，迪迪正跟伊儿雪在一起呢！

"好吧！既然他有这个意思，我还能说些什么呢？不过，我

仍然要跟伊儿雪来往。我还是要跟她亲亲密密的。但是，那是包含着嫉妒的亲密。"然而，当迪迪跟伊儿雪一块儿嬉笑着，走过"明日的小径"时，艾米莉则落寞地走回楼上自己的房间，再把房门锁上。一直到翌日早晨，她不曾再见任何人。

伊儿雪所计划的节目非常丰富，野餐、跳舞以及营火晚会，应有尽有。修鲁斯贝利的社交界认为——应该多捧捧即将出炉的年轻艺术家的场，是故，对伊儿雪和迪迪礼遇有加。这是一场热闹而旋风般的派对，艾米莉也掺杂在其他人里面，一直很欣喜地在跳舞。

关于舞步，极少有人比艾米莉更为轻盈。每当迪迪靠近她时，艾米莉的外表都装成凛然不可侵犯的模样，内心却堕入痛苦的深渊，予她一种万事皆休的感觉。

艾米莉始终很小心谨慎，绝对不使自己跟迪迪有单独相处的机会。迪迪的名字不时跟伊儿雪联结在一起，而且他又很沉着地接受朋友们的揶揄，于是给了大伙儿他俩之间进行得很不错的印象。伊儿雪淡然地说出了一些恋爱的故事，但是从头到尾都不曾提及迪迪的名字。对艾米莉来说，这一点似乎具有重大的意义。

伊儿雪曾经问了佩利的近况，而且仍然忘不了说一句"蠢货"艾米莉感到甚为不受用，所以如此地说："搞不好，有一天佩利会成为一个大人物呢！"

"是啊！他有如发了狂一般地用功读书。对于这种孜孜不倦的人，成功是极为可能的！"

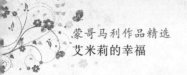

　　佩利曾经去找过伊儿雪。因为他对工作方面的成就夸大其词，以致受到伊儿雪的奚落，所以他就不再去找她了！而那两个星期对艾米莉来说不啻为一场噩梦，是故，她由衷地希望迪迪早点离开毕雷瓦多。

　　有一家杂志社委托迪迪描绘一些插图，于是他预定搭乘帆船前往哈利法克斯。在等待涨潮的一个小时里，米勒号在烟囱管镇的港口抛下了锚，迪迪也就顺便下船跟大伙儿辞别。这一回他并没有跟伊儿雪在一块儿，这也是意料中的事情，因为伊儿雪到夏洛镇拜访她的阿姨去了。不过，艾米莉不用担心会跟迪迪独处，因为狄恩正陪在她的身边。

　　狄恩在经过两个星期的旅行以后，又回到了他自己的老巢。他从来就不喜欢参加舞会和族里的亲睦会。大伙儿都笑他整天只会跟在艾米莉后头。狄恩跟艾米莉站在庭园时，他的面孔上充满了胜利的色彩，以及拥有了艾米莉的满足感。所有的这些都不曾逃过迪迪的眼睛。一直相信华美并不等于幸福的狄恩，比其他的任何人更看透了两周来在毕雷瓦多上演过的"戏剧"；而当这一出"戏剧"落幕时，他比谁都感到满足。

　　到此，青翠的河原的迪迪跟新月山庄艾米莉的缘份，已经到了尽头。不管这件事情意味着什么，或者不意味着什么，狄恩再也不用把迪迪看成竞争的对象了。

　　艾米莉跟迪迪就以昔日同学的身份，彼此地祝福一番，再握握手。

　　"尽量使自己欣欣向荣吧！做不到的话就上吊吧！"马雷家

的一位先祖，曾把这句话当成口头禅。如今，艾米莉的心境也差不多是这样。

迪迪很洒脱地走了！他是用一种别人少有的才能，即艺术性的心态退场的。他走的时候，始终都不曾回过头。刚才因为迪迪来辞行，艾米莉中断了与狄恩的讨论。如今，她又重新跟狄恩回到了讨论的主题上。

那天的黄昏，狄恩因为有其他事情，是故陪了艾米莉三十分钟就走了！艾米莉形单影只地在庭园的樱草之间徜徉，她的身影看起来，简直就是冥想中的女神化身。

或许，艾米莉正在思考着小说的大纲吧？突然她急急穿过了梦般静谧的果树园，沿着"昨日的小径"——横穿绿意盎然的牧场，走过毕雷瓦多，再越过对面的山丘，经过失望之家，进入了深邃的枞树林里面。就在那儿，她可以看到闪耀着玫瑰色与紫丁香色的港口全景。

艾米莉感到有些上气不接下气，因为到了最后那一段路时，她是以疾跑的方式跑上小丘的。不知道还来不来得及，如果来不及的话，那该怎么办？

米勒号帆船在夕阳余晖照耀之下，仿佛是梦里的船儿一般，已经离开了紫色的陆地，航向那遥远的妖精之国，也就是航向雾霭包围中的大海。艾米莉伫立在那儿，瞧着船儿缓慢驶出海湾。她抑制不住再看迪迪一眼的冲动，以致一直伫立在那儿眺望，直到船儿被夜色完全吞噬；因为艾米莉很想再看迪迪一眼，再说一句她应该说的"再见。"

迪迪走了，他将到另外一个世界。如今，不管艾米莉再怎么费心也找不到彩虹了！

艾米莉躺卧在旁边的草丛上，在冷漠的月光照耀下呜呜地哭泣。

她悲痛的心灵里蕴藏着一种叫人难以相信的悲哀。怎么会发生这种事情呢？只有那么一声冷漠的"再见"，迪迪就走了，这实在是叫人不敢想象的事情。就算不包含任何意义，他俩不再是长久以来的好伙伴了吗？唉……今晚午夜梦回时，我该如何自处呢？

"我真是个无可救药的蠢姑娘，"艾米莉暴躁地说，"迪迪已经把我抛诸脑后了，我还哭什么呢？其实这也不能怪他。当我自以为是迷恋着文生的那段日子里，我不是也把他忘得一干二净了吗？当然啦！一定是有人向他通风报信，说我跟文生打得火热。为了那场无聊透顶的恋爱，我却丢掉了自己的幸福。我的自尊心到哪儿去了呢？为了一个忘怀我的男子，竟然如此地哭泣，值得吗？不过，不过……我实在是忍不住呀！经过了这可怕的两个星期，哭泣一下，倒是会叫人感到好受一些呢……"

待迪迪走了以后，艾米莉拼命地工作。在漫长的夏夜里，她不停地振笔疾书，直到眼睛周围出现了黑眼圈，面颊上面的玫瑰色也消退了！伊丽莎白阿姨深感如此将对艾米莉的健康相当不利，以致允许艾米莉跟狄恩更进一步地交往；因为只要狄恩来到新月山庄，他就会把艾米莉的书桌拉开，陪她到空气新鲜的地方散步。

　　到了这个夏天，艾米莉已经把最后一笔款项还给了华雷斯舅舅和罗丝阿姨。

　　虽然如此，艾米莉仍然有着另外的烦恼。在刚开始时，寂寞和苦恼尚未习惯化之前，每到午夜梦回时，她都会想起在老约翰空屋所引起的丑闻，以及由此而引起的种种烦恼。接着，她还想起那一夜迪迪意味深长的话，引发了她写小说的灵感。

　　现在，艾米莉又重新体会到那时深刻的欢悦。那时，艾米莉就认为迪迪的话中包含着某种意义；不过，如今那件事情已经变成了过往云烟，再也没有什么留恋的必要了！不过在发生那件事情的翌日，她分明已经把小说的大纲书写在日记簿里面了。想到此地，她在静谧的夏夜月光下，从床上跳了起来，点燃了一支蜡烛，翻找陈旧的日记簿。噢……找到了！就是《出售绮梦的人》。

　　艾米莉就坐在那儿，看着这个小说的大纲，认为它实在很美。这个主题刺激了她的幻想力，并且唤醒了她的创作欲。好吧……就来写它吧！说做就做，现在就开始吧！她在睡衣上面披了一件外套，以避免强烈海风的吹刮，就坐在打开的窗户旁，振笔疾书。她把其他的事情都忘怀干净了，至少在那个时候是如此，她完全沉浸在创作的欢悦里面。在这个节骨眼上，迪迪只不过是一抹轻淡的记忆罢了——在此刻，恋爱只不过是被吹熄的蜡烛而已！如今，艾米莉的整个心灵世界里，除了创作的意念，什么东西都不存在了！

　　小说里面的人物，一个接一个地被创造了出来，在她的意

识里面翻滚跳跃着。他们充满了生趣，仿佛就要跳到她眼前！机智、泪水、笑容……有如潮涌一般，从她的笔尖倾泻了出来。如今的艾米莉正活在一个迥异的世界，待她再回到新月山庄时，煤油灯的火已经快要熄灭了，而桌子上面散满了稿纸——她已经写好了自己处女作（书本）的四章。这是她第一次尝试写长篇呢！想到这里，她感受到一种魔术般的欢喜，以及些微的恐慌和意外。

在往后的好几个星期，艾米莉好像只是为了书写小说而活着。狄恩眼看着她莫名地雀跃，仿佛远在千里外的人儿一般，叫人摸不到。有时艾米莉又好像是神魂出了窍的躯壳一般，心不在焉地跟狄恩交谈。她的躯壳虽然坐在狄恩身旁，陪着狄恩一起散步，但是她的魂魄已经飘到狄恩追不到的远方，彻彻底底地离开了他。

艾米莉在六个星期后就完成了这本书——在某一天的黎明终于收了笔。她放下那支钢笔，走到窗边，抬起她那苍白、疲惫但是充满了胜利感的面孔，瞧着黎明静谧的苍穹。

从高个儿约翰的树林里，似乎飘来了阵阵悦耳的音乐。对面是一望无际被早雾包围的牧场，以及新月山庄的庭园，此刻，它们正徜徉在魅力十足的静谧里面。小丘上面跳跃的风儿，仿佛是在歌颂她的成就。小丘、海洋、树荫全都发出了绿妖精似的声音，好像在赞赏她……

眼泪在眼眶里打转，她终于完成一本书了，这实在叫她感到幸福万分！在这个瞬间，她获得了极大的补偿。

　　撰写完毕了，完完全全地写好啦！就是那本《出售绮梦的人》——这是她有生以来写成的第一本书，虽然，它并非一部伟大的著作；但是，它是不折不扣属于她的东西，如假包换，真正属于她的东西。那也是她给予生命的东西。如果不是她给予生命的话，它是不会存在于这个世界的。而且，写得还真不错呢！全书交杂着火一般的热情，那是描写入微的一个故事，有着缠绵的罗曼史，交错着幽默与哀愁。创作的欣喜还未消退。

　　艾米莉以一种沉醉的心情，翻开她的原稿，大致地阅读了一遍。"天哪！这真是我自己写的吗？"现在，她仿佛正屹立于彩虹尖端的下面。她是否能够触摸一下魔术棱镜呢？总而言之，她的手指仿佛正握着黄金的壶子。

　　伊丽莎白阿姨很沉着地、并没有敲门就进来。"艾米莉啊，你又熬夜了吗？"

　　艾米莉的精神受到了一种不愉快的"震荡"，顿时还无法回到现实——那不是"震荡"又是什么呢？而且是一种会叫人"病倒"的震荡呢！听到阿姨的问话，她的心胸仿佛是被撞击了一下，浑身感到不舒服。她有如一个挨骂的小学生站在那儿。那些《出售绮梦的人》的原稿，立刻就变成了一堆涂鸦的废纸。

　　"伊丽莎白阿姨，我没有察觉到时间过得如此迅速。"艾米莉有一点结巴地说。

　　"好孩子，你现在已经到了懂事的年龄了，"伊丽莎白阿姨温和地说，"现在，我再也不反对你写作了！看来，你已经可以凭写作生活，而且能够以淑女的方法赚取生活费，这原本是件

很好的事情。可是，你这种晨昏不懈的写法，必定会损及自己的健康。别忘了你的母亲是死于肺病的。对啦！今天咱们必须摘豆子。你先睡一阵子，再下来帮忙吧！"

艾米莉感到疲惫万分，她把那一堆稿子合拢起来。创作已经圆满地结束了。今天还有一件工作要做，那就是去找寻愿意发行这本书的出版社。想到此地，艾米莉使用打字机把原稿打了出来——那部打字机是佩利从拍卖场买回来送给艾米莉的，已经很陈旧了，大写字体只能打出一半，至于"Ⅰ"跟"Ⅳ"这两个字母根本就打不出来。艾米莉把只打出一半的大写字体全部修正，再使用她的钢笔将"Ⅰ""Ⅳ"补上。然后她把这本小说稿子寄给了一家出版社。想不到，出版社很快就把它退了回来。

退回的小说稿还夹着一张信纸，如此写道：敝社的审稿人员拜读了贵稿，虽然具有几分价值，但还不到能够出版的地步！

这种"带着少许赞赏的拒绝"叫艾米莉感到失望透顶。它比起印刷的婉拒信函更叫人感到难过。那一晚在午夜梦回时，艾米莉感到非常沮丧。不仅是那一夜而已！连续下来的几夜都有所谓的"午夜梦回"，叫她感到异常难受。

"我万丈的雄心又到哪儿去啦？"艾米莉很不甘心地在日记里面如此写着，"真是笑死人啦！我的万丈雄心到哪儿去啦？所谓的人生，不都有如一张白纸，为的是要让你写上'成功'两个字吗？我仍然有希望与力量，我有十足的信心，能够在这辈子里面得到一顶荣冠！"

这正表示艾米莉仍然很年轻。话虽如此，但是她并非完全不感到痛苦。我们一旦进入老境而领悟到万事皆会"休"时，对于年轻时代动辄感到痛苦的事情，往往会觉得莫名其妙。总而言之，艾米莉度过了很不愉快的三个星期。

毕竟她还年轻，不久以后又恢复了朝气，重新将她的小说稿子寄给另一家出版社。这家出版社回答艾米莉说，这部小说太"清静"了些，非得叫它有些"爆炸性"不可；而且，结尾非得重新书写！

艾米莉气得将那封信撕得粉碎。她怎能忍受截断她小说的"手脚"，把它改写成迎合世俗的低劣作品呢！她才不会那样做呢！真亏他们说得出口。

待第三家出版社连同拒绝信把稿件退回时，就连艾米莉也对自己的作品失去了自信。她把那些稿子收了起来，再板着脸提起了笔杆。

"反正啊，我仍然可以写短篇呀！我非得继续写下去不可！"艾米莉嘴里虽然如此说，但是脑海里仍然在想那本《出售绮梦的人》。

才隔了不久，她又把它取出来，再度阅读——这一次，她很冷静，又带着批评的态度，不再沉浸于刚完成时的陶醉感，也不再去想退稿时的悲痛，完全地摆脱了这两种感情，很冷静地再阅读了一遍。尽管如此，她仍然感觉很不错。这到底是怎么一回事啊？据说不管是哪位作家，绝对不能正确地对自己的作品进行评价。如果嘉宾德老师还在的话，那该多好！

如果是嘉宾德老师的话，他一定会说实话的。想到此地，艾米莉突然做了一个很可怕的决定——不如拿给狄恩看看，再听听他冷静的话语，然后就依照他的话去做吧！不过，这件事情实在难以办到。想要让别人批评自己的作品，实在不是容易的一件事。想让狄恩过目尤其困难。

狄恩是个博览群书的人，让他看到自己的作品，无异于在自曝其短。话虽如此，艾米莉非得知道自己作品的价值不可！

艾米莉相信，不管她的作品是好是坏，狄恩一定会据实以告。他对艾米莉所写的东西一向不予置评；不过，这一次算是例外，他很可能会从艾米莉的作品中看出某种价值吧！

"狄恩，关于我的这部作品，我想听听你的正直的意见。请你在阅读这部作品以后，诚恳地告诉我你的意见。我不喜欢奉承，更不希望你一味地鼓励我——我要听听你的肺腑之言，听听真实，听听如假包换的事实。"

"此话当真？"狄恩心直口快地说，"能够完全忍受真实的人，几乎是零呢！通常，我们要对别人说话以前，总得先考虑一下。"

"你不必考虑什么，我要听真实的话，"艾米莉很顽固地说，"这本书遭到三家出版社的拒绝。如果你认为里面还有动人心弦的部分的话，我会继续寄给出版社的；假如你认为一无可取的话，我就把它付之一炬！"

狄恩以好奇的眼光看着艾米莉取出一个小包。原来在整个夏季里，就是这包玩意儿牢牢地占据了艾米莉，仿佛是把艾米

莉整个吸进去一般，完完全全地占有了她。于是，狄恩血液里的黑血，也就是普利斯多家族特有的强烈嫉妒心，突然放出了毒液。

狄恩看着艾米莉那张漂亮的面孔。此刻的她虽然满脸冷淡，但是那双紫灰色的眼睛令人联想到破晓时分的湖水，闪着无限的光芒。不过，狄恩仍然憎恨她的那个小包，他把艾米莉的小包带了回去。

三天后的夜晚，狄恩将它交还给艾米莉。艾米莉铁青着一张脸，在庭院里等着他。

"如何？"

狄恩遭受到良心的苛责，以至看了艾米莉一眼。在这种微寒的黄昏里，她看起来有如象牙一般白皙、美丽。

"俗语说：'对于朋友的伤，必须说实话。'如果我对你说谎的话，那我不能算是你的朋友了！"

"换句话说，那本小说很不行啰？"

"那是很美的故事，缠绵悱恻，叫人看了回肠荡气；不过，它距离现实太遥远了，仿佛是玫瑰色的云朵！所以说它只不过是一个蜘蛛网而已！全体的构造未免太牵强附会啦！现在已不流行神话故事了！而且你这部作品过度地讨好读者，故事里的人物都像洋娃娃。你写不来真实的故事，因为你的生活经验不足。"

艾米莉握紧两手，咬紧嘴唇，连再问一句的勇气都没有。因为她知道，她现在不可能以普通的声音说话。自从在五月木的那个黄昏，艾莲对她说父亲再也活不久了以来，她始终不曾有过那种感觉。刚刚还很规律地跳动的心脏，如今已经变得铅块似的沉重。她离开狄恩，走到了另一边。狄恩则拐着一条腿跟在她的背后。

"我的星星啊，你就原谅我吧！难道你不想知道事实吗？你就别梦想进入月亮里面啦！这件事情必须放弃。你到底想写些什么呢？你不是已经把所有的东西都写过了吗？"

"有一天我可能会感谢你，"艾米莉尽可能心平气和地说，"但今夜，我只能恨你！"

"这样算公平吗？"狄恩平静地说。

"当然啦！一点也不算公平，"艾米莉有一点激动地说，"当你杀了我时，我还能对你公平吗？噢……我的确要求你给我批评——因为我知道那样对我有好处。叫人感到恐怖的事情，或许都对人们有益处吧？体验过了几次几乎被杀的事情以后，也许心里就不会感到很难过；但是在头一次的话，谁都会打起哆嗦来。狄恩，你先回去吧！至少在一个星期内你不要再来了。一个星期后，葬礼很可能已经办完了！"

"我的星星啊，我实在不知道，你会如此地难过！"狄恩以同情的口吻说。

"我并不希望别人同情我，只希望早点把自己埋葬掉！"

这时，狄恩知道自己还是离开比较好，因此他就走了！艾米莉一直目送他到看不见为止。接着，她拿起了石凳上面被狄恩批评得一文不值的稿子，匆匆地走进自己的房间。

在夕阳的余晖里，她再把小说稿阅读了一遍。一句又一句

的文词跳到她的面前——的确充满了机智，很美，措词很活泼……噢……不……不……这只是作者本身愚蠢的偏爱，恰如母亲看不到儿子的缺点一般。这部作品里并没有上述的各种长处。狄恩不就那样说过了吗？小说里面的人物，由于她实在太爱他们了，以致看起来那么栩栩如生。

要把它们付之一炬的想法实在太可怕了！但是，他们确实不够真实，只不过是一些"傀儡"罢了！既然是没有生命的傀儡，把它们付之一炬又有什么可惜的呢？艾米莉抬头看了看秋夜的星空，傍晚的明星正在天空里眨眼。

噢……人生实在太丑陋了，太残酷了！而且没有什么意义。

艾米莉走近小小的暖炉，把《出售绮梦的人》放置在炉子里面；再点燃了一根火柴，使用一只颤抖的手把燃烧的火柴靠近小说稿的一角。火焰一下子就移到了稿纸上面，很残酷地就把它们燃烧了起来。艾米莉把她的一双手交叉放置在胸前，一面想着往日为了不让伊丽莎白阿姨看到，以致烧掉笔记簿的情形，一面以红红的眼睛瞧着燃烧中的小说稿。仅仅在数分钟之内，稿子就化成了一堆灰。

数秒钟以后，漆黑的纸灰上仿佛浮现出灵一般的文字——最后只剩下了一堆灰烬，仿佛是在责骂她。天哪！为何要做这种残忍的事情呢？为什么要把自己辛苦写成的小说烧掉呢！

就算它真的一无可取，但是它仍然是属于自己的东西呀！把它付之一炬，未免太过分了。她在意气用事之下，竟然把自己宝贵的东西烧掉了。

　　古时候，以色列母亲为了把自己的孩子献给摩库洛之神（偶像），不惜叫他们走过一片熊熊的火焰。那时他们到底有什么感觉呢？虽然是自愿献出自己的孩子；但是在兴奋过后，她们的悲哀将何以堪呢？如今的艾米莉似乎能够体会那些母亲的心境了。

　　她呕心沥血而写成的小说稿，如今已经化成灰烬，只留下少许的黑色灰烬。在那些字里行间，活生生而叫人喜爱的人物，而今安在呢？透过那些人物表现出来的喜悦，到底消失于哪儿了呢？总而言之，除了一小堆的灰烬，什么东西也不曾残留了下来。

　　艾米莉感到一阵无法忍受的痛楚，以致整个人从椅子上面跳了起来。如今，她非逃离现场不可！反正逃到什么地方都行，只要能有一个藏身之处就行了！反正，非逃出这个房间不可！只要能摆脱团团围住她的墙壁，就算逃入幽灵飘荡的雾霭里面，冷冽而自由自在的秋夜也可以。为了摆脱被"惨杀"的小说稿，以及小说里面人物充满幽怨的眼光，艾米莉打开了房间的门扉，一心一意地奔向楼梯。

　　劳拉阿姨一直到死，老是在谴责自己，不应该把针线篮子放在楼梯上面。

　　在这以前，她从来就不曾如此地粗心。当她带着针线篮准备进入自己房间时，伊丽莎白阿姨突然从厨房里问她某某东西放置在哪儿。听了这句话，劳拉阿姨就把针线篮子放置在楼梯的最上面一级，飞快地去取那个东西。虽然只是短暂的一分钟，

但是对艾米莉来说，这已经足够了！哭肿了眼睛的艾米莉因为视力模糊，一脚踩到那篮子而跌倒——她以倒栽葱的方式跌下新月山庄的楼梯。在一分钟的恐怖、一分钟的惊骇后，她跌入了死亡一般的冰冷世界，再下来是燃烧一般的火热世界；她感到自己仿佛在高处飞翔一般，接着掉进无底的深渊——脚部感到锥心一般的疼痛。这以后她什么也不知道了！

　　当劳拉跟伊丽莎白阿姨奔过来时，只看到穿着丝绸衣裳的艾米莉躺在地上，针线等缝纫工具撒了一地，一把剪刀正刺进艾米莉的脚踝里。

第七章

　　从十月一直到翌年的四月，艾米莉不是躺在床铺上面，就是躺在客厅的沙发上面，痴痴地望着宁静地伫立于雪地的树木，以及在山顶蓝天飘游的云朵——一面想着自己是否能够再走路，或者将变成可怜的瘸子？

　　她的脊椎有着不明的伤害，关于这点，医生们的意见又不一致。其中的一位医生说，不必去操这个心，它会自然痊愈的。其余的两位医生则表示情况并不乐观。不过对于艾米莉的脚踝，医生们都持着相同的意见。

　　从篮子里掉下来的剪刀，在艾米莉的脚踝制造了两处伤口，一处在脚跟，另外一处在脚底；而且两处都引起了败血症。在最初的数日，艾米莉徘徊于生与死的边缘；接下来，又徘徊于死亡抑或切断脚踝的烦恼中。由于伊丽莎白阿姨的力争，艾米莉方才保住了这个脚踝。

　　医生们振振有词地说，为了救艾米莉的命，只有切断脚踝

一途。听到这句话时，伊丽莎白阿姨以严肃的表情说，马雷家族所信仰的神，并不希望切断人类的手脚；同时，它们的位置也不能被移动。

正因为如此，劳拉阿姨的眼泪、吉米的请愿、潘利医生的命令，以及狄恩的承诺书，都不能使伊丽莎白阿姨为之动容。

艾米莉的脚踝绝对不能被切断！不久以后，当艾米莉很完整地恢复健康时，伊丽莎白阿姨感到非常得意；潘利医生却是感到尴尬万分。

脚踝被切断的烦恼已经消失了。至于会不会成为瘸子，那就不得而知了！在整个冬季，艾米莉都在操这个心。

"如果我能确实知道自己将来命运的话，我是可以认命的。我最受不了的一件事情就是干坐在这儿，面对未知的命运胡思乱想。"艾米莉如此对狄恩说。

"你必定会好起来的！"狄恩有一些暴躁地说。

在那一个冬季，如果没有狄恩陪伴的话，艾米莉真不知道要如何过日子。狄恩为了陪在艾米莉的身边，取消了每年都不能例外的旅行。他每天都来陪伴艾米莉，跟她天南地北地畅谈，不断地勉励不时感到悲观的她；或者只是坐在她身旁，默默无语地陪伴着她。

艾米莉认为只要能跟狄恩生活在一起，就是一辈子残废，她也可以忍受下去。不过到了漫漫长夜，疼痛使她不能顾及一切事情时，她的想法就会大为改观。

就算身上并没有什么痛苦，每逢强风呼啸着袭击新月山庄，

或者风儿在追逐小山丘的冰雪幻影时，艾米莉就会感到寂寞难当。偶尔得以熟睡时，她必定会做梦。在梦境里，她老是在爬楼梯，但是永远爬不到最上面的一级。

在那种朦胧的梦境里，艾米莉时常会听到口哨的声音。随着她在楼梯上的爬行，一高一低的口哨声音就会响起来。

她最害怕做那种梦，与其做那种恐怖骇人的梦，她宁愿清醒着。天哪！真是叫人感到恐怖透顶的夜晚！

以前，艾米莉曾经看到《圣经》上记载着，天堂并没有夜晚。看到这种记载，她并没有丝毫的感动。咦？没有夜晚吗？傍晚时柔和的天空里没有星星？没有清澈的银白色月光？没有天鹅绒的影子以及黑暗的神秘？甚至没有不断变化美丽的日出？夜晚跟白昼都同样地美。天空如果没有夜晚的话，根本就不算完美！

而今，经过了恐怖与痛苦的几个星期，艾米莉便能够体会到古时预言者约翰的心境了。夜晚的确叫人感到恐怖！

人们都说艾米莉真是勇敢，很能忍耐痛苦，而且又不会发牢骚，是故，对她纷纷表示敬佩；但是艾米莉自己并不如此想。没有人知道马雷家族在傲然与沉默的深处，仍然有着绝望、叛逆以及恐怖的心理。

碰到必要时，艾米莉也会微笑；但是她始终不曾笑出声音来。就以狄恩来说吧，不管他说再滑稽的话，仍然不能使艾米莉笑出声音来。

"我想，这辈子，我再也笑不出来了！"艾米莉自言自语地

说。她不仅再也笑不出声音来，甚至连创作方面也打上了休止符。她再也写不出任何东西来啦！因为"灵思"好久不曾来临了！在那个叫她感到恐怖的冬季里，美丽的彩虹一次也不曾出现过。

在艾米莉休养期间，来探望她的人始终不断；不过，她实在是不喜欢他们。华雷斯舅舅跟罗丝阿姨，每次来看艾米莉时，都说她一辈子也好不了啦！有些人则在口头上，说她总有一天会好起来，但是他们内心压根儿就不如此地想。事实上，艾米莉除了狄恩、伊儿雪、佩利以及迪迪，根本就没有亲近的朋友了！

伊儿雪每星期都会写信给艾米莉，而且总是安慰她一定会好起来的。迪迪在获知艾米莉负伤时，曾经写了一封信给她。字句里洋溢着亲切、同情，表现出很关心的样子——艾米莉认为这种信函也可以写给任何朋友。末了，迪迪希望能得知她目前的情形，但是艾米莉并没有回他的信。

如今，只有狄恩最关心艾米莉。艾米莉认为狄恩绝对不会让她失望——她相信在这以后，狄恩也绝不会叫她失望。他每天都来陪伴她，即使风雨也不能阻止他。如此经过了一段时间，艾米莉的芳心日渐倾向狄恩。

在那个凄风苦雨的冬季，艾米莉感觉自己苍老了许多，她感到自己更能够明辨是非了。到这时，她已经能够以同等的立场对待狄恩了！如果没有狄恩的话，生活将是没有彩色、没有音乐的荒凉景象；然而只要他翩然来临——至少他在她身边时，

就算荒野也会绽开缤纷的花朵，喜气洋洋的红玫瑰花，数以千计的希望，以及梦的小花就会竞相地来临。

时序进入春天时，艾米莉近乎奇迹地痊愈了——由于出人预料地快速，就连三个医生中最乐观的也吓呆啦！在刚开始的数个星期，艾米莉还得使用拐杖，跛着脚走路；天晓得，不久后她就可以不用拐杖，凭自己的一双脚走路了——她单独在庭园里散步，使用一双神采焕发的眼睛，贪婪无比地看着美丽的世界。人生又再度充满欢悦了！脚下踏着的泥土，何等地叫人感到心旷神怡！她把痛苦与恐怖有如一件脏衣服般地脱掉了，感到满心的欣喜——至于以后的岁月，是否能够叫她真正感到欣喜呢！这就很难下定论了！至少在目前，她感到满心的欢悦。

海风很温和地吹了过来，吹拂过青色原野的晨风，对刚恢复健康的艾米莉非常好！在这个世界上，再没有比海风更好的东西了。在某种意义上来说，人生或许真的有如破布或者丝屑，反正所有的东西都会成为过去。就算真的如此，紫罗兰和晚霞仍然很美。艾米莉再一度有如以往般地感受到生活在这个世界的喜悦。

"那些缤纷的彩霞实在太美了！而且看到太阳时，总是叫人感到快乐。"她有如在做梦一般，引用了诗样的文句。

往日的笑声又回来啦！当艾米莉的笑声第一次在新月山庄响起来时，在那个冬季里头发全部变白的劳拉阿姨，奔回到她的房间里面，跪在床边不断感谢神的恩典。

当劳拉阿姨在祷告时，艾米莉正在美丽的月光下，跟狄恩

谈着有关神的种种事情。

"在这个冬季，有时我会感到神在憎恨我呢！"艾米莉如此地说。

"是吗？"狄恩毫不思索地说，"我个人认为神关心我们，但是并不爱我们。他喜欢看我们做的任何事情。当他看到我们碰到困难时，很可能在幸灾乐祸呢！"

"天哪！你的想法太可怕啦！"艾米莉打着哆嗦说，"你真的有那种念头吗？"

"嗯……有何不妥吗？"

"照你的说法，神比恶魔更为可怕啰？真是不敢想象，神只会想到自己的快乐！如果是恶魔的话，那就无可厚非了，因为每个人都憎恨恶魔啊！"

"在整个冬季里，叫你的精神和肉体受到折磨的，到底是哪一个呢？"狄恩问。

"并不是神啊——而且神叫你来到了我的身边。"

艾米莉很坦白地说了出来。此刻的她并没有看着狄恩，她把脸朝向在五月阳光下发出光辉的"三位公主"——由于在整个冬天受到了病痛的折磨，艾米莉看起来恰如一朵白色的玫瑰花。在她的身旁，吉米最骄傲的大朵爱莉丝，为站在雪地上的艾米莉构成了一幅很漂亮的背景。

"狄恩，我不知如何感激你才好呢。这十个月以来，你对我的温暖友情，叫我难以用言语表达。你知道我如何地感激你吗？我对你的这一段感情将没齿难忘。"

"我除了抓住幸福，什么事情都不曾做过呢！你知道吗？只要能为你做点事情，我就会感到非常幸福——你对我诉说痛苦，眼看着你要求只有我能够给你的东西，我就感到莫大的幸福——我告诉你，前些年当我感到最寂寞的时候，自己所学到的东西，就是做一种永远无法实现的梦实在是一件很幸福的事；但我知道，那件事情根本就不可能会实现。"

艾米莉稍微打了个哆嗦；不过，她告诉自己，到如今还迟疑什么呢？已经坚决地下决定的事情，焉能叫它不实现呢？

"狄恩，你怎能确定梦不会变成现实呢？"

第八章

当艾米莉决定要跟狄恩结婚时，马雷家族有如打翻的蜂巢一般骚动了起来！

在新月山庄，这个事实很难被接受——劳拉阿姨一直在哭泣；吉米歪斜着他的脑袋，感到不对劲似的走来走去；伊丽莎白阿姨更是非常地不悦——但是到了最后，大伙儿也只好接受这个事实。

其实，除了如此，还有什么办法呢？到了这个阶段，伊丽莎白阿姨已经觉悟到，艾米莉一向是说到做到的。

"伊丽莎白阿姨，如果我说要跟烟囱管镇的佩利结婚的话，您一定会更为大惊小怪吧？"待伊丽莎白阿姨把话说完以后，艾米莉如此地问。

"那还用说吗？"伊丽莎白阿姨说，"好歹狄恩具有生活能力，而且普利斯多也是个望族啊！"

"可是，那个狄恩实在不像普利斯多家族的人。而且啊！狄

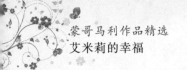

恩足足比艾米莉大了二十岁呢！最糟糕的是，他的曾祖父是一个疯子！"劳拉阿姨叹了一口气，接着又说，"万一，将来艾米莉生出一个……"

"劳拉！"伊丽莎白阿姨叫了一声，于是，劳拉阿姨就不再说下去啦！

在那一天的黄昏，劳拉阿姨问艾米莉："艾米莉啊！你确实爱着狄恩吗？"

"嗯——马马虎虎啦！"

劳拉阿姨向艾米莉伸出两手，以少见的热情对艾米莉说："你这孩子，这种事情是不能打马虎眼的呀！所谓的爱，只是一种感觉罢了！"

"没那回事啊！容我禀报维多利亚女皇时代的阿姨！我一向最敬爱的劳拉阿姨！绝对没有那回事的。"艾米莉的态度有一点儿喜不自胜，"所谓的爱，有十样、甚至二十样呀！到今天为止，我已经尝试过一两样的爱；可是，我仍然得不到它！不过，我亲爱的劳拉阿姨，您就不要为我与狄恩操心了吧！我俩彼此都很理解！"

"我会祈祷你俩永远幸福。"

"我俩一定会幸福的——现在我俩就感到很幸福呢！如今，我已经不是只会做梦的女孩子啦！在这个冬季里我已经从'绮梦'完全地毕业了！在结婚方面，我只希求完整的伴侣，是故，我只会跟完整的男子结婚。"

"狄恩对于我能够给予他的东西，一直感到非常地满足——

我会给他真实的爱情，真正地跟随着他，做他的好伴侣。我认为这就是幸福婚姻的基础。

"狄恩需要我，我会使他幸福。到今天为止，他不曾真正地幸福过呢！噢……自己的手里能够掌握幸福，又知道能长久拥有它的话，实在是世界上最幸福的事呢！这好比是拥有价值连城的贵重珍珠似的。"

"艾米莉呀，你实在太年轻啦！"劳拉阿姨如此地说。

"劳拉阿姨，年轻的只是我的身体。我的心灵已经一百岁了！在这个冬季里我好像一下子老了许多，同时也变得懂事多了！关于这一点，想必您也知道吧？"

"嗯……我知道。"劳拉阿姨在口头上如此地说；但是她的心里非常明白，艾米莉之所以会说她一下老了许多，又自信满满地说她什么事情都知道，无非都是她仍然太年轻的缘故。真正年华已经老大，又能够明辨是非的人，绝对不致认为自己非常地懂事。

尽管艾米莉口口声声地说，她的心灵已经很苍老；但是，她的两眼仍然闪烁着神秘的光辉。苗条而神采焕发的艾米莉，如今还不到双十年华；但是狄恩已经四十二岁了！或许在十五年之后——想到这里，劳拉阿姨想不下去了。

不过有一件事情非常明确，那就是狄恩绝对不会带着艾米莉远走高飞；而且在这种年纪悬殊的夫妇中，仍然有不少过着幸福婚姻生活的例子。

没有一个人表示赞成他俩的订婚。在几个星期之内，艾米

莉的心情一直很不好。潘利医生非常愤怒地对狄恩兴师问罪；罗丝阿姨更是专程来到新月山庄，演了几出闹剧。

"我说艾米莉呀，那家伙是个坏蛋呢！"

"他才不是坏蛋呢！"艾米莉感到非常地不悦。

"总之一句话，他的想法跟我们家族的不同。"

虽然今日的安德烈过着很幸福的婚姻生活，但是时到如今，亚蒂舅妈仍然对艾米莉拒绝安德烈的求婚记恨在心！表面上，她表示十分同情艾米莉，说艾米莉是因为失去了安德烈，只好抓了一个跛脚的狄恩充作老公。

艾米莉当然知道亚蒂舅妈是在"幸灾乐祸"。不过亚蒂舅妈也不得不承认，狄恩比年轻人有钱多了！

"想起来也挺有趣的，"艾米莉皮笑肉不笑地说，"大部分年轻男子叫人感到厌倦。他们不晓得自己究竟有多少斤两，以为世人看他的眼光，都跟母亲看他的眼光相同呢！"

由此判断，艾米莉的"厉害"也不会输给亚蒂舅妈。

就以普利斯多的家族来说，仍然没有一个人，对这场婚姻感到高兴。或许，他们不愿意看到狄恩伯父的财产落到别人的口袋吧？他们都说，艾米莉是看在金钱的份上，才肯嫁给狄恩。马雷一族的人虽然尽量不让艾米莉听到这句话，但艾米莉还是听到普利斯多家的人大肆在说她的坏话。

"我实在忍受不了你的族人了！"艾米莉有点火大地对狄恩说。

"没有人要求你跟他们在一起呀！"狄恩如此地回答，"我俩要单独地生活。你可以无视于马雷家和普利斯多家的家规，

　　自由自在地跟我说话，跟我在一起生活。如果说，普利斯多家的人不喜欢你当我的老婆，那么，新月山庄的人们同样也不喜欢我当你的老公！你不要管那么多。当然啦！普利斯多家的人一定会认为——你绝对不可能在爱我的情况下跟我结婚，你为什么突然肯嫁给我呢？就连我自己也不敢相信呢！"

　　"不过，你现在一定得相信了，对不对？真的！我比世界上的任何人更在乎你；但是我已经对你声明过了——我并非是以充满了绮思的小姑娘姿态爱着你的。"

　　"你还爱着另外的人吗？"狄恩很平静地问。他是鼓足勇气如此问的。

　　"我才没有爱着别人呢！关于这一点想必你也知道——不瞒你说，我是有过一两次类似失恋的事情，不过那是很久以前的事啦！就是那种所谓女学生的'感伤'……去年的冬天，仿佛是我全部的生涯——狄恩啊，像女学生时代的那种事情，我不可能再犯了！"

　　狄恩吻着被他牵着的艾米莉的手。到目前为止，他还不曾接触过艾米莉的唇。

　　"我的星星啊！我保证能够使你幸福。我虽然年华已经老大，又是一个瘸子，但是，我一定会让你过上幸福的日子！闪亮的星星啊！我一直都在等待着你呢！我一直认为，你是一颗美丽而遥不可及的星星。想不到今天竟然变成我的了。我可以拥抱你，我可以跟你永远相偎。不久以后你也会爱我——你一定也会给我友谊以外的东西的。"

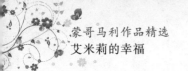

　　狄恩热情洋溢的声音，委实叫艾米莉吓了一大跳。她也知道狄恩是在要求她献出友情以外的东西。

　　这时，就读于雄辩学校的伊儿雪，回乡度一星期的假，接着就要展开她的演讲旅行。就在那时，她对艾米莉说了一段话："我仔细地想想，狄恩实在很适合你。他又聪明又富于魅力，但是'自以为了不起'的方面，他远不及其他普利斯多家的人。不过，你的身心都得奉献给他。他是不会允许任何人插入你俩中间的，他非独占你不可！关于这一点，你完全不在乎吗？"

　　"我根本就不会在乎！"

　　"那么，你的创作呢？"

　　"噢……我不再写了！自从受伤以后，我对摇笔杆完全没有兴趣了。我在卧床休养期间，发现写与不写并非是很重要的问题——那时我方才顿悟到，我还有很多比写作更重要而且非做不可的事情。"

　　"只要你有这种想法，跟狄恩在一起，必定能够生活得很幸福的啊！"伊儿雪长叹了一声，取下她系在腰间的红色玫瑰花，再把花瓣撒向空中，然后如此地说，"谈及你即将结婚，我好像一下子就老了很多。艾米莉呀，有时候仔细想想，实在没什么意思，仿佛在昨天我俩还只是小女孩，今天你就订婚了！再一转眼……你……你就会变成一个老奶奶！"

　　"伊儿雪啊，你身边有没有适当的对象呢？"

　　"做人还是诚实一些比较好——我对于自己一向很诚实。除了佩利，我再也没有心仪的人啦！可是，他一直都对你不死

心呀！"

　　什么？伊儿雪爱着佩利？艾米莉几乎不敢相信自己的耳朵。

　　"我说伊儿雪啊，你不是一直在嘲笑他，老是对他发脾气吗？"

　　"那是想当然的事情。正因为我太喜欢他了，因此每次看到他出丑，我就会火大。我一直以他为傲，他却一直叫我蒙羞。我实在非常非常地生气，有时甚至想掀掉桌子呢！如果我不喜欢他的话，我才不会在乎他出丑呢！人哪！一旦死心塌地地去爱一个人，根本就不会考虑到他的出身呢！我根本就不在意他是烟囱管镇的人，这也就是我的真心。我现在就要去找他！不过，你不必为我担心，就算没有他，我也会感觉人生很快乐的！"

　　"或许——有一天——"

　　"艾米莉啊，你就别再做梦啦！你也不必为我牵红线。佩利从来就不曾想到过我，以后也不可能想到我。我决定尽量不去想他。艾米莉啊！我们在高中的最后一年，不是嘲笑过佩利作的一首诗吗？唔……那首诗叫什么来着？我们不是笑他无聊吗？

　　　从世界的开始到世界的末日，

　　　从最初到最后的那一天，

　　　你必定会遇见你的心上人。

　　　不过，姑娘们都希望，

　　　从开始到结尾，

　　　不向自己的男人借钱，或者把钱借给他，

　　　因为，唯有这件事情是神所不能给你的。

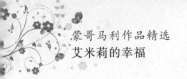

好啦！明年我就要毕业了，接下来是从事社会工作，然后嘛……我也免不了要结婚。"

"你不是要跟迪迪结婚吗？"

"哪儿的话！我才不会跟他结婚呢！迪迪的心目中根本就没有我。那个人哪！虽然够伶俐，但是他只会想到自己，他的眼里并没有别人。"

"没有那回事情！"

艾米莉有一点不悦地回答。

"好吧……我俩就别为这件事情争吵了吧！反正啊！他是很任性的一个人，他已经生活在我们的圈外了。将来可能有某个女人逮住他。依我看哪！他会爬得很高很高——在蒙特利尔，他已经相当有名气了呢！大伙儿都在说，将来他会变成很了不起的人物。不过我想，他得改掉一种习惯——他在描绘任何肖像画时，都要加入你脸上的某一部分。"

"没有这回事！他不可能那样做的——"

"就有这回事！为了这件事情，我跟他吵了好多次。他老是说没有那回事情，或许他自己没有感觉到吧！套一句心理学学者的话——很可能是他过去的潜在意识在作祟。反正啊！这件事情跟我没什么关系。待我厌恶职业妇女的生活以后，我很可能要结婚；不过，我现在感到非常地逍遥自在……将来我想结婚时，一定会效法你，使用黄金的心和白银的口袋，举行一种很有'个性'的婚礼。"

"咦？我怎么会疯癫成这副德行呢？竟然说起了跟陌生男子

结婚的话？将来要娶我的那个男人，此刻又在干什么呢？在刮胡子？或者在耍心机？搞不好正被某个女孩子扔掉而在尝着失恋的苦果呢。不过到头来，他一定会跟我结婚的。我俩的婚姻一定能够很幸福。你要时常跟我联络哦！并且，比较一下咱们的孩子——我肝胆相照的好友啊！你就把自己的长女取名为伊儿雪吧！身为一个女人，责任是很重大的！艾米莉，你说是不是呢？"

艾米莉多年的友人——五金商人凯利老爷子，那一天刚好来到了毕雷瓦多。他一看到艾米莉劈头就问："听说你要跟驼子狄恩结婚，此话当真？"

"嗯……当真。"艾米莉简短地回答。她对于凯利老爷子叫狄恩时加上"驼子"两字感到不悦，同时也萌生了奇妙的感觉。

老凯利抚摸着自己的胡须说："你这时结婚还嫌早了一些——天晓得，你怎么偏偏选上了普利斯多家的男子。"

"凯利老爷子，你不是时常问我为何迟迟不结婚吗？"
艾米莉毫不加思索地说。

"俺说小姑娘啊！打哈哈归打哈哈！现在俺不跟你打哈哈了！你呀！就别死心眼睛啦！你再好好地计较一下。'结婚'很容易，'离婚'就难如登天啦！俺不是开口闭口叮咛你，千万别跟普利斯家多的浑小子结婚的吗？俺实在鲁钝得很！应该早早就知道才对。如此的话，俺就可以规劝你别嫁给驼子狄恩了！"

"凯利老爷子，狄恩跟普利斯多家族不一样。我一定能够幸福地过日子。"

老凯利猛摇了摇他白发的头，说："果真如此的话，你就要变成普利斯多家，硕果仅存的一个女人啦！你的南施姑奶奶就是前辈中硕果仅存的一个。她年轻时一直跟老公吵个不休，结果早早地就把老公给'吵死'啦！依俺看哪！小姑娘——你，绝对不可能天天吵架。"

艾米莉感到有趣。她一点儿也不曾被老凯利的忠告所恼怒，反而快乐地揶揄着他。

"如此说来，你得委曲求全，处处顺着他喽！普利斯多家的人一向一意孤行，一旦有人与他'背道'而行，他们就会吹胡子瞪眼睛咧！而且啊！驼子狄恩的嫉妒心向来闻名遐迩，婚后你就不能跟狄恩以外的男人说话了呢！普利斯多家的人一向采取大男人主义。就以艾伦·普利斯多太太来说，不管她要求老公做啥事情，都得向老公下跪呢！仿佛就在宫殿里向国王下跪！关于这件事儿，俺父亲还亲眼目睹过呢！"

"凯利老爷子，你认为狄恩会那样对待我吗？"

老凯利的眼光跳跃了几下，说："也许，马雷家的人的膝盖比较硬一些，不适合动则下跪。但是普利斯多家的人绝招可多着呢！就以狄恩的伯父来说吧！碰到他心里不爽快时，好几天都不开口说话；而他的老婆稍微说点不中听的话，他立刻就会来一句'你奶奶的……'关于这一点，想必你已经听说过了吧？"

艾米莉回答说："或许，她真的有一些不对的地方。"

凯利老爷子回答："也许是那样吧！至于狄恩的父亲就更霸道啦！他一旦感到某些事情不如他意，立刻就向老婆抛碟子；

不过在他心花怒放时，实在又好得不得了！"

"据说那种劣根性会隔代遗传。如果狄恩胆敢对我抛碟子，骂我'你奶奶的……'的话，我就给他一巴掌。"

"俺说天真的小姑娘啊，有时候不只是向你抛两三个碟子呢！他向你抛碟子，你或许可以给他一巴掌，但是有一些事儿是'巴掌'所不能奏效的。"说到这里，凯利老爷子压低嗓门说，"普利斯多家的男人，对同一个老婆很快就会感到厌倦的……"

艾米莉以她特有的微笑——也就是伊丽莎白阿姨最厌恶的那种微笑，对老凯利说："凯利老爷子，你认为狄恩会对我感到厌倦吗？我虽然并非标致的女人，但是，我为人很风趣啊！"

老凯利抬起了一张历尽沧桑的面孔说："俺说小姑娘啊！你的嘴儿的确会叫男人忍不住要吻你。反正啊！现在不管俺再说什么你都不能听进去了！俺只好祈祷神指引你一条明路，使你获得一桩幸福的婚姻。那个驼子狄恩太精明啦！他实在是一只看透世态人情的老狐狸呢……"

老凯利驱策着马儿走了。他坐着马车到达艾米莉听不到他声音的地方，再喃喃自语："真叫人惋惜，就像即将要走进地狱。那个古怪的家伙真叫人恶心透啦！"

艾米莉目送着凯利老爷子的马车离去，一动也不动地伫立于那儿。凯利的话击中了艾米莉不曾武装的心坎，叫她感到浑身发冷，仿佛是一阵风儿从坟场吹来。在那一瞬间，艾米莉想起了南施姑奶奶说的一句话，那就是——狄恩的容貌常使人联想到会变魔术的祭司。

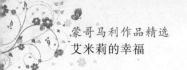
艾米莉想到此地后，突然想把这些记忆全部抛掉。那些都是无稽之谈罢了！不外乎是来自嫉妒的传说。一定是那些出不了头的人们故意制造的谣言。不过有一点是不能否认的！那就是——狄恩的确是太理解这个世界了！他那双眼睛看过了太多的东西。但是基于某种意义来说，这一点反而对艾米莉构成了魅力，深深吸引着艾米莉。

但是现在，她感到有点害怕了！狄恩似乎时常基于他本身的世界，以及对人类不可思议的知识，暗暗地嘲笑这个世界的人。他是否拥有一种她所缺乏的知识——她不可能理解的知识，以及她不想知道的知识呢？看起来，他似乎完全没有了真实的热情和理想；而这些东西，都牢牢地被种植于她的心底。想到了此地，艾米莉跟伊儿雪不约而同地感到，实在不想再当一个男人的妻子。

"这些都是因为我跟凯利老爷爷谈了无聊的话，才会产生的。"艾米莉有一些不悦地想着。

关于艾米莉的订婚，两位阿姨虽然不以言语表示允许，但是都默认了！反正狄恩具有生活能力，更拥有雄厚的经济能力。而且普利斯多一族具备着必要的传统，比如狄恩的奶奶曾经在夏洛镇的舞会上，跟英国皇子共舞。换句话说，只要艾米莉能够平安无事地步入结婚礼堂，两位阿姨就感到非常地心安。

"幸亏艾米莉不会离开咱们太远。"劳拉阿姨如此地说。只要艾米莉能不远走高飞，她什么事情都可以忍耐；因为她实在无法忍受艾米莉从古老的新月山庄消失了！

老迈的南施姑奶奶写信给伊丽莎白阿姨说："你就告诉艾米莉，叫她生一对双胞胎，给普利斯多家添加热闹吧！"

不过，伊丽莎白阿姨并没有告诉艾米莉。

对于狄恩跟艾米莉的婚事，潘利医生一向表示不赞同；但是，当他看到伊丽莎白把收藏于阁楼的棉被取出来晒太阳，劳拉也忙着缝制桌巾花边时，立刻就安静下来了。

"凡是伊丽莎白决心撮合的人，绝对没有人能够把他们拆散。"潘利医生如此说罢，再也不去纠缠狄恩了！

劳拉阿姨用她的两手捧着艾米莉的脸，喜滋滋地对她说："可爱的孩子！希望万能的神祝福你俩！"

"劳拉阿姨真不愧是维多利亚女皇时期的人。她那么爱护我，我实在太高兴了！"艾米莉如此对狄恩说。

第九章

　　关于艾米莉的婚姻，伊丽莎白阿姨始终坚持一点，那就是艾米莉未满二十岁不能结婚。那时的狄恩正在日本濑户内海的度假圣地做他的美梦，收到了伊丽莎白阿姨的信函以后，他非常勉强地答应了。

　　其实，艾米莉也希望自己能早点结婚。她在内心里面如此想到：早一点结婚，使自己被"套牢"，总比浮动不定的单身生活要好一些！

　　不过，艾米莉时常对自己的心灵说，她还是感到十分幸福的。当然偶尔她也会体验到黑暗的瞬间，有一种不踏实的念头不时占有她的内心——原来，这只是翅膀受伤的不完整的幸福，并非她憧憬的、自由自在用自己翅膀飞翔的幸福；但是她只能对自己说——她已经永远地失去它了！

　　有一天，狄恩有如少年郎一般，满脸堆着兴奋的表情，出现在艾米莉的面前。

　　"艾米莉啊！我刚才出去了一趟，做了一件很好的事情。我不晓得你是否赞成；如果你不赞成的话，那该如何是好呢？"

　　"你到底做了什么事情嘛？"

　　"我买了一栋房子。"

　　"什么？一栋房子？"

　　"是啊！如今我狄恩已经是一名地主了——除开一栋房子，还有庭园以及五英亩的杉木林。到今早为止，我还没有一寸土地。所以我千方百计地想购置属于自己的不动产，直到今天中午，我的宿愿终于得偿。"

　　"狄恩啊！你到底购买了哪栋房子啊？"

　　"就是弗雷德的房子——总而言之，在法律方面是曾经属于他的房子；不过，现在已经是属于咱俩的啦！因为，咱俩的世界才刚刚开始。"

　　"就是'失望之家'吗？"

　　"是啊！那是你所起的名字；不过，以后就不要再使用那个称呼了。艾米莉呀！你赞成我所做的事情吗？"

　　"什么？你问我赞不赞成？狄恩啊！你实在是一个善解人意的人。你分明知道我很喜欢那栋房子。自从第一次看到它的那一瞬间，我就喜欢上它了！而且，我一直希望这栋房子能有主人。我听人家说过，你准备购买修鲁斯贝利的一座大得离谱的巨宅。我感到非常害怕，以致迟迟不敢问你。"

　　"艾米莉，你就取消刚才说的那句话吧！你分明知道我不会那样做的。我想——你一定比任何人都理解我。当然啦！普利

斯多家族都希望我购买那栋豪华气派的巨宅。当我姐姐获知我不想购买时，还当场流下眼泪。因为它不仅够豪华够气派，价钱也很便宜。"

"是啊！它确实称得上豪华中的豪华；不过，它一点儿用处也没有——这并非由于它太大、太豪华，而是因为它对我一点用处也没有！"

"你说得一点也不错。只要是有气质、有涵养的女性，都会有这种想法。你能够感到高兴，我实在非常地欣慰。昨天我必须赶到夏洛镇抢购那栋房子，因此没有多余的时间跟你商量。想不到还有人想买下那栋房子呢！所以，我就急忙拍电报给弗雷德。因为我在想——万一你不喜欢的话，我还可以把它卖掉！其实我老早就有预感——你一定会喜欢它的。

"艾米莉啊！我俩就一起来布置一个宜人的家吧！我是多么希望能赶快拥有一个家。在这以前，我虽有各种可以居住的地方，却始终不曾拥有过家。为了你，我会把它布置得很漂亮——就像国王辉煌的宫殿一般！"

"咱们现在就过去瞧瞧！立刻去告诉它，它将会被布置成什么样子吧！我迫不及待地想告诉它，有人就快要居住在它里面了。"

"好吧！咱俩立刻就去瞧瞧！我已经向弗雷德的姐姐取来钥匙了。艾米莉呀！我仿佛是真的登上天摘下月亮了呢！"

"我也捡到了好多的星星呢！"艾米莉很兴奋地叫了起来。

他俩走过了遍布蔓草的果树园，沿着"明日小径"；再通过牧场，穿过长满金黄色羊齿的小径；接着，绕过了长满青草的

土墙，走到一大片野兰盛开的洼地；到了枞树林的狭窄小径时，因为两个人不能并排走过去，只好一前一后地走着。空气很清新，好似在低语着一些什么。

小径的尽头有一片坡度很小的原野。树枝尖尖的枞树到处成群林立，在清风吹袭之下构成了一幅美丽的风景。在上面的一栋房子——也就是他俩的房子，顶着晚霞，四周围绕着小丘与高地的云霭之气。

从那儿，可以俯瞰金黄色、有如研钵似的毕雷瓦多，有着星形草花的牧场。房子的三面被森林包围着。在那栋房子与森林之间，整齐地排列着数不清的白杨树。

他俩爬上小丘，走到了有着围墙的庭院前面。那个庭院比开拓时代所建立的圆木小屋还要古老。

"这里的景色实在太美，我几乎可以整年待在这儿！"艾米莉昂然地说。

"这里的确是很可爱的地方！艾米莉啊！此地时时有松鼠和兔子出没。你不是挺喜欢兔子跟松鼠的吗？到了春天，那儿又会开出一大片的紫罗兰呢！在那群枞树背后，有长满青苔藓低洼地，到了五月就会开满一大片的紫罗兰。

"艾米莉呀！我认为你的名字实在很美，比'雪西莉亚''朱莉'更美。你注意到那扇小门了吧？其实，那儿并没有装置门扉的必要。它只不过通到森林里的青蛙池而已！不过，它的形状不是很别致吗？我一向喜欢那种形状的门，从门的外边，还可以听到港口传来黄昏的钟声。黄昏的钟声具有一种魔术般的

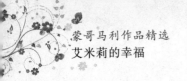

诱惑力，仿佛是从遥远的妖精之国传来的。

"在对面的坡地上，种植着不少玫瑰花呢！那是一种古色古香、颜色雪白的玫瑰花，可以用它们来装饰你的胸襟。红色的玫瑰花最适合插在你的云鬟上面。艾米莉啊！你知道我今夜有一点儿沉醉吗？我是喝了生命之酒而感到沉醉的——正因为如此，我可能会说出一些疯疯癫癫的话。"

艾米莉感到非常地幸福。美丽而古老的庭园，仿佛把艾米莉当成挚友般款款而谈。对于这个充满了魅力的地方，她已经完全地降服了。她抬起头来，以怀念的眼光看着"失望之家"，它实在是一栋又可爱又叫人感到古意盎然的房子。

这栋房子看起来似乎跟艾米莉一样，又天真又烂漫。它似乎也一直在期待着幸福。

"恰如我们喜欢它一样，那栋房子也喜欢我们。"艾米莉如此地说。

"我最喜欢你那种又柔和又低沉的声音，"狄恩说，"你以后绝对不能以那种声调跟别的男子说话！"

艾米莉以一种让人忍不住要吻她的媚态看着狄恩；可是他始终不曾吻她，因为他有种预感——艾米莉还没准备好接受拥吻。其实把一切都变成梦与魅力的那段时间里，他就可以吻艾米莉了——只要他如此地做，那么他可能已经得到她的全部了！

但是他仍然感到迟疑，以致魔术般的瞬间过去了！

"好啦！我们就进去瞧瞧咱们的家吧！"狄恩说。他站在前头，走在长满了青草的小径上面，把艾米莉带进朝向客厅开的

一扇门里。他用来开门的那把钥匙已经生锈了——狄恩牵着艾米莉的手一起进入。

"艾米莉啊！这是你的门呢！可爱的艾米莉！"

狄恩的手电筒照出一个圆圆的光圈，走进了那个还未被完成的房间。墙壁很粗糙，只涂抹了最底层的一层石灰。玻璃窗紧闭着，门口仿佛大开的嘴一般。没有火的暖炉——不过，它并非空荡无一物的，因为艾米莉发现暖炉里有一小堆灰烬——那是数年前的一个夏天，艾米莉跟迪迪来到此地，他俩曾经生起了一堆火，坐在火堆旁谈论将来的事情。想不到那一堆灰烬还在。艾米莉稍微打了个哆嗦，再看着门口。

狄恩提议在夏季之间完成新居的室内装潢——尽其可能地由两人亲自负责布置，以便能符合自己喜欢的样式。

"我俩不妨在春季结婚——到了夏季，就可以听到越过东边海滨的寺院钟声，再欣赏月光下的菲莉（生长于沙地的一种植物），聆听河水的低语声……"

艾米莉认为这个计划很不错；不过，两位阿姨并不怎么高兴，因为这些事情好似不是很"正规"——她俩担心会遭人议论。

劳拉阿姨执着于古老的迷信，认为在结婚前装潢房子实在很不妥，因为那是一件不吉利的事情。

至于狄恩跟艾米莉这对新人，根本就不理会吉不吉利，老早就在进行室内装潢的工作。并且不打算粉刷"失望之家"——他俩只是盖上瓦片，使它自然地呈现灰色。这件事情使伊丽莎白阿姨感到非常惊讶！

"天哪！只有'烟囱管镇'的居民不粉刷墙壁呢！"伊丽莎白阿姨大不以为然地说。

三十年前，木匠们放置在那儿不曾使用过的宽木板，他俩则干脆丢弃，转而使用海岸的砂石来替代。狄恩制造了钻石型的玻璃窗框。看到这种情形，伊丽莎白阿姨说，艾米莉以后非得费很大的劲擦拭那些玻璃不可！

狄恩又在大门添加了小小的窗户，再铺了瓦片。客厅则装置了一个圆窗。

狄恩还在家里设置了很多橱柜和壁橱之类。

"我很清楚，如果家里没有设置很多橱柜的话，一对男女是不可能永远相爱的。"

狄恩如此地断言。

伊丽莎白阿姨也赞成多设置橱柜；对于贴壁纸方面，却认为他俩很愚蠢。尤其是客厅所贴的壁纸，更是叫伊丽莎白阿姨不敢领教。

通常，客厅贴用的壁纸都是选用明朗而叫人感到快活的颜色——不是花朵就是金色的条纹，或者使用最现代化的壁纸，也就是正流行的"风景画"壁纸。

想不到，艾米莉竟然选用了暗灰色、上面覆盖着白雪的松树壁纸。伊丽莎白阿姨大不以为然地说，那你不如住在森林里面吧！艾米莉一心一意地布置自己的家，是故，处处表现出"猪"一般的顽固，叫伊丽莎白阿姨瞠目结舌。

话虽如此，伊丽莎白阿姨仍然非常亲切。她打开了长年封

闭的木箱子，取出了她继母的银器和名贵的陶器、磁器——当年的朱莉叶，如果是在马雷家族赞同的情况下嫁人的话，这些传家之宝老早就归她所有了。如今，伊丽莎白阿姨把它们全部送给了艾米莉。

在这些传家宝物里面，有不少是美得叫人不忍释手的东西——尤其是那个价值连城的壶（使用柳材制成，发出粉红色的光泽），以及艾米莉的奶奶新婚时的赠品（晚餐用的全副食器）；而且每一种东西都很完整，完全没有缺落。

还有一组深浅不一的精致杯子，浑圆而厚实的盛汤食器。艾米莉把那些精致的东西放置在客厅的橱柜上面，喜不自胜地看着它们。

还有一面小镜子呈椭圆形，镶着金边，上面雕刻着一只黑猫。因为已经照过了很多漂亮的女性面孔，他看起来也就格外地富于魅力。还有一个古老的时钟，它的两侧装饰有尖塔。在报时的前十分钟，它会奏出一首柔和的音乐，因此人们不至于被它报时的钟声所吓着。狄恩虽然上了发条，但是并没有给它对时。

"当我下次回来时，你将变成我的新娘。我把你当成女王接来时，你就给它对时吧！"

本来在新月山庄的桃花心木桌子，也变成了艾米莉的所有物。这个桌子的桌脚尖被加工成爪子的形状，看起来相当别致。狄恩拿出了从世界各地搜集来的珍奇用品——例如昔日放置在侯爵夫人客厅的沙发；使用细丝制成的灯笼——那时吊在威尼

斯王宫，艾米莉把它吊在客厅；还有从大马士革带回来的祈祷用坐垫、日本的磁器、中国的翡翠象牙、玛瑙的香水瓶子、缠绕着金色龙的茶壶（那是有着五只爪子的青龙）。只要稍具知识的人就不难知道，那是中国封建时代皇宫所使用的东西。据说，那是在义和团事件期内搜刮的东西之一，为宫庭夏季避暑行宫的用品。狄恩如此地说明，但是他并没有解释是如何得到它的。

"有一天我会对你详细说明的。反正，我放入这栋房子的用具都有来历。改天，我会逐一地解释给你听。"

在客厅摆置装饰品和家具，实在是一件很吃力的事。每件家具都必须移过来移过去，好一阵子以后，才能够决定出正确的位置。有时由于意见不合，两人只好坐下来讨论一阵子。碰到他俩无法下决定时，就叫猫儿达菲咬住一根麦秆，然后就以它使用牙齿咬的方向为准，摆设家具。

爱出风头的母猫——索儿，因为年迈已经死了。就连达菲也没有以前轻盈了！它变得有一点儿难以取悦，睡觉时还会发出很大的鼾声。

不过，艾米莉一向热爱达菲。到"失望之家"时，她也会带着达菲一块儿去。它就好像灰色的影子，跟随艾米莉走在小山的道路上。

"你爱那只老猫更胜于爱我嘛！"有一天，狄恩以开玩笑的口吻说。

"我不能不疼爱它呀！它已经相当老了！咱们来日方长啊！而且，我不能过没有猫儿的生活。不养猫儿的话，实在不像一

个家。猫儿是一种神秘的动物，它们能够消除不祥之物，总之，它们是很有智慧的动物。同时，咱们也得养一只狗儿。"

"自从爱德那只狗儿死了以后，我就不曾养过别的狗儿。不过养一只狗儿总是好的。可是，最好养一只跟爱德不同的狗儿。为了使你的猫儿不敢越轨起见，实在有养狗儿的必要。噢……一想起此地属于你，我就感到好愉快！"

"噢……不是这样的。当我想到你属于固定的某个地方时，我就感到非常地高兴！"艾米莉恋恋不舍地看了一下四周，方才如此地说。

"嗯……这是我们的家。咱们就相好地过日子吧！"狄恩如此地说。

翌日，艾米莉跟狄恩在墙上挂了一些画。艾米莉带来了一些蒙娜丽莎和乔凡娜等她中意的画。她把这两张画儿挂在墙角的两个玻璃窗中间。

"我觉得你的写字桌摆在墙角挺合适的呢！"狄恩说，"因为蒙娜丽莎会对你低语超越时代的微笑的秘密，想必你会把它写进你的创作里面。"

"我以为你厌恶我写东西呢！因为你好像并不喜欢我所写的故事。"

"那是因为你热衷于写作而不理会我啊！现在，我不会再那样了！我希望你自由自在地从事你自己所喜欢的工作。"

狄恩虽然如此地说，艾米莉仍然不曾动心。自从那一次受伤以来，她再也不想摇笔杆了！随着日子的飞逝，她对写作感

到意兴阑珊。想起这件事情，就跟再回忆起她焚掉《出售绮梦》的稿子一般，叫她感到难过异常。目前，她的心灵空荡荡的，好似往日的星星王国已经把她逐出了国门。

"我要把伊丽莎白·芭丝的画像挂在暖炉旁，"狄恩如此地说，"这是根据林布兰特作品仿制的木版画。你瞧瞧戴在她头上的那顶白帽子，以及打有很多褶的白领子，那不是相当别致吗？艾米莉啊，你看过这种幽默、沉着、精明，而稍带揶揄的老女人面孔吗？"

艾米莉在内心里如此地想着："我才不想去讨论那个老女人的事情呢！她看起来好似在强忍着气愤。如果我说一些得罪她的话，她可能会伸出手给我一巴掌呢！"

"这幅木版画整整蒙了一百年以上的灰尘呢！"狄恩仿佛在做梦，"可是在林布兰特的画布上，仍然以廉价的复制品姿态存活着。她呀！一定会对你讲悄悄话的；不过，她绝对不会满足于敷衍的话。"

"我想，她的口袋里一定放置着一些甜的东西。因为她看起来脸色那么良好，又那么健康。她一定善于驾驭家族——错不了的啦！她的丈夫对她一定百依百顺——尽管如此，她还是没有察觉到呢！"

"她不知结过婚没有？"狄恩有些怀疑地说，"因为她没有戴结婚戒指啊！"

"那么，她一定是活得很愉快的老小姐啰？"

"蒙娜丽莎的微笑跟伊丽莎白的微笑实在不一样，"狄恩把

两张画像比较了一下后说，"伊丽莎白的微笑宽宏大量，似乎原谅了所有的人——只是，好像有一些猫咪的狡猾；但是，蒙娜丽莎的微笑却能够使男人发狂，叫他们在红色的历史活页上书写些什么东西。乔肯德（蒙娜丽莎的意大利名字）是漂亮的情人，而伊丽莎白则是平易近人的老伯母！"

狄恩在壁炉上面挂了他母亲的照片。艾米莉从来就不曾看过这张照片。原来，狄恩的母亲长得相当标致呢！

"你母亲为何苦着一张脸呢？"

"那是因为她嫁给了普利斯多家的人啊！"

"我看起来也像她那样的悲伤吗？"艾米莉有点恶作剧地说。

"你跟我在一起，绝对不会变成那样的。"狄恩说。

"我真的不会生出一张苦瓜脸吗？"艾米莉时常如此地问自己。

但是，她并没有回答自己。至少在那个夏季三分之二的时间里，她感到非常地幸福——在她的想法里，那已经是很高的比率了。不过，以剩下的三分之一来说，她时常度过不跟任何人交谈的时间——也就是指她认为"上当"的那些时间。

在那段时间里，她把自己手指上的翠玉戒指看成枷锁。有一次，她甚至把它取了下来，使自己在短时间之内享受到自由的气氛。

到了翌日，当她又恢复到正常的稳定情绪时，她立刻感到自己一时的逃避行为，实在可耻。每逢这时，她会比平时更关心那栋灰色的小房子。

在某一晚，当她午夜梦回时，在绝望之余，如此对自己说：

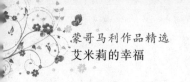

"比起狄恩来，我对那栋小房子更有兴趣。"

不过到了翌日，她又打消了这个念头。

在那个夏季，普利斯多的南施姑奶奶突然去世了！

"我活得好厌倦啦！就不要再活了……"有一天她如此地说——果然就不再活了！根据她的遗嘱，马雷一族的人没有获得任何的恩惠。她所有的一切东西，都留给了卡洛琳。

不，艾米莉获得了"眺望之珠"、铜制的装饰猫儿、黄金耳环，以及迪迪为她所描绘的肖像画。

艾米莉把装饰品的假猫儿放置在"失望之家"的大门正面，"眺望之珠"吊在威尼斯灯笼下面，黄金的耳环和各种珍奇的装饰品，都佩戴于自己身上。只有那张肖像画被她带回新月山庄，慎重地放入阁楼的箱子里面。

艾米莉跟狄恩在庭院休息时，知更鸟在北面的枞树上做了一个小巢。为了避免达菲捣乱，他俩一直在注意那个鸟巢。

有一天，狄恩抚摸着知更鸟的蛋说："你就想象藏于薄壳里面的音乐吧！或许它并非月世界的音乐，而是更为接近现世和家庭的音乐，一定充满了健康、美感，以及生命的喜悦。这些小小的蛋，不久以后就会变成知更鸟，它们将迎接我们的夜归呢！"

森林里的兔子蹦蹦跳跳地到庭院里来，艾米莉与狄恩跟它们成为了好朋友。在白日里，他俩比赛谁瞧到更多的松鼠，到了黄昏时段，则比赛谁看到较多的蝙蝠。

有时，他俩也会到屋外，从砂石的阶梯走下去，聆听从海面吹来的晚风谱出淡淡哀愁的旋律。黄昏从千年的山谷默默地

靠近，影子在枞树下摇晃，在傍晚的明星照耀之下整个毕雷瓦多变成了一片灰色。猫儿达菲坐在他俩的身边，张大了月儿似的眼睛，艾米莉时时用手去拉它的耳朵。

"猫儿似乎比以前更富有灵气了。在别的时段里，我完全不理解它，但是到了夜晚露水下降时，我就能够约略地窥出猫儿蔑视人的神情。"

"到了现在这种时间，它什么都会知道的。每逢这种夜晚，我都会想起'长满香料之山'的句子。那是我母亲唱的赞美歌里面的一行。很可惜，我不会像'年轻公鹿'一般地飞行，这实在是一件很遗憾的事情。我说艾米莉啊！等一下我俩也应该来谈谈，到底该把房子粉刷成什么颜色了！

"不过，现在就暂时保持沉默吧！在等待月儿出来的时候，是不宜说出有关彩色的话的。不久以后漂亮的月儿就会出来啦！就仿佛我所预料的一般！

"对啦！如果必须要谈及家方面的话，我俩就讨论一下哪些家具必须购置吧——例如到银河旅行必备的独木舟、编织绮梦的纺织机、祭典之日饮酒用的酒瓶，到底天的尽头有没有清泉呢？你的结婚用品随你挑选，不过我有一项要求，那就是——你必须携带黄昏灰色的长袍、傍晚明星的发针，以及日落时云朵色彩的披肩……这些你都不能忘记哦！"

哦……艾米莉实在很喜欢狄恩。她太喜欢狄恩了！如果能够爱他，那该多好！

在某一个黄昏，艾米莉为了瞧瞧月光下自己的房子，一个人悄悄地走出了新月山庄。的确，那是个很可爱的地方。她想象着自己的未来——她看到了自己在小房间里走来走去，她在枞树下面微笑，在火炉旁跟迪迪手牵着手坐着：想到此地时，艾米莉吓了一大跳，良心遭受苛责。我是必须跟狄恩握手的呀！我必须跟狄恩在一起。刚才只不过是一小片的记忆露了脸而已！

转眼之间到了九月的中旬，那时什么都准备妥当了——为了驱开女巫，门口甚至摆好了马蹄铁。艾米莉也准备了插在客厅各处的蜡烛——有小小的、充满欢悦的黄色蜡烛，红色而喜欢喧闹的蜡烛，做梦似的青色蜡烛，画满了纸牌红心、钻石型的粗糙蜡烛，纤细仿佛贵妇人的蜡烛……应有尽有。

布置好以后的室内显得非常地调和。室内的东西都彼此配合得很恰当。没有一丝互相悖逆的。在那栋房子里，没有一个房间会叫人联想到喧闹。

"应该没有遗漏的东西了吧！"艾米莉说。

"你说得似乎很对。"狄恩说着，再瞧瞧堆积在炉边的松树枯枝和柴薪，"不！有一件事情还没做好呢！我们得试试看烟囱是否够畅通。我来生个火。"

艾米莉就坐在一旁的沙发上面。当柴薪开始燃烧时，狄恩就坐到艾米莉身边。达菲也躺在那儿睡它的大觉。

暖和的火，熊熊地烧了起来，并且把火光投射在古老的钢琴上面——甚至在伊丽莎白·芭丝漂亮的老脸上面玩"捉迷藏"——如此还意犹未尽，又在放置柳壶等精致食器的橱柜上面翩翩起舞。那些火焰飞越过厨房的门扉，停留在茶色和青色

的盆子上面眨眼睛。

"这样才像个家呀！"

狄恩宁静地低语着："这比我时常梦到的情景更为幸福。我喜欢把来自海上的寒雾关在屋子外面，就如此跟你坐在火堆前面度过秋夜。有时，我们也可招待些朋友一块儿喝茶聊天——叫他们分享我们的喜悦和笑声。今夜，我俩就一直坐在这儿计划将来的事情吧！"

壁炉里面的火熊熊燃烧着，达菲发出了低沉的咕噜声。月亮透过窗户，照耀在他俩的身上。艾米莉又想起了迪迪跟她坐在这儿的事情——她不能不想。叫人感到不可思议的是——她一点也不怀念迪迪，更没有想到要爱他，只是想起了他而已！

艾米莉不禁感到恐慌与惊讶——就算她准备要嫁给狄恩时，仍然会想到迪迪吗？

不久以后，暖炉的火花化成了白色的灰烬，狄恩也站了起来。他如此地说："为了这段时间，我所熬过的痛苦岁月终于得到补偿了——如果有必要的话，我可以再重复一次那段痛苦的生活。"

狄恩伸出了他的手，把艾米莉拉近身边。本来，两张嘴唇可以合而为一，然而，不知是否有什么幽魂在阻扰他俩，艾米莉叹了一口气，离开了狄恩。

"狄恩，咱们幸福的夏天已经过去了！"

"不对！是咱们最初幸福的夏天已经过去了！"狄恩如此地更正。不过，他的声音突然显示出了疲倦。

第十章

晚秋的一个黄昏，他俩将"失望之家"锁上，然后，狄恩就把钥匙交给了艾米莉。

"你就保管它到春季吧！"狄恩说罢，瞧了一下寒风吹刮的寂寞荒野，"我想一直到春天，我们不可能再到此地了！"

晚秋接下来是刮风下雪的冬天，在通往那栋房子必经的山路上全都积满了雪，以致艾米莉始终不曾接近过那房子。不过，艾米莉时常在心里怀念那栋房子，她期盼着积雪快点融化，春天和新生命快些来临！

那一年，艾米莉度过了幸福的冬天。狄恩并没有去任何地方，一心一意在新月山庄讨好两位老小姐。伊丽莎白与劳拉在高兴之余，认为老天实在很不公平，竟然把狄恩生成驼子。

对于狄恩所说的话，伊丽莎白阿姨只能理解一半。劳拉阿姨则说，艾米莉在记账时，之所以懂得把进款记入"借方"栏，乃是狄恩所教导的。的确，艾米莉是变了。吉米跟劳拉阿姨也

都察觉到了这种变化。因为艾米莉的眼睛里时常显露出不沉着之色，而且，她的笑声里面似乎有失落的部分，不像以前那样能够自发而爽朗地笑了。

看到这种情形，劳拉阿姨叹了一口气，觉得艾米莉变得实在太快了一点。是否由于从新月山庄的楼梯上摔下来，她才会这样的呢？艾米莉真的感到幸福吗？劳拉阿姨实在没有问艾米莉的勇气。到了六月艾米莉就要跟狄恩结婚了！她到底是不是真的爱着狄恩呢？劳拉阿姨实在搞不懂。

但是劳拉阿姨很清楚，所谓的爱情，跟智慧扯不上关系。同时一个即将步入结婚礼堂的少女，是不可能在应该睡觉的时间到处乱跑的。

关于这点，绝对不能以艾米莉是在思考小说的主题来搪塞。因为最近这些日子以来，艾米莉再也不写东西了！虽然珍妮小姐不断地从纽约写信给她，劝她到纽约"打天下"，但始终是白费心机。

吉米时常购买一些簿子，放在艾米莉的桌子上面，但也没有任何效果。

劳拉阿姨畏畏缩缩地对艾米莉说："你的出发点那么好，在中途放弃未免太可惜了！"

伊丽莎白阿姨则说："史达家的人都是朝三暮四的德行，艾米莉当然也不例外！"想不到这种激将法也发挥不了效果。艾米莉回答以她写不来——她再也不想写了。

"反正，我把学杂费都还清啦！狄恩说在银行里，他有足够

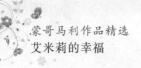

的存款用在结婚方面。而且阿姨您不是要缝两床被套给我吗？我已经什么都有了！"

"你是否在那场病痛中，失去了所有的雄心大志呢？"劳拉阿姨终于把她担心的事情全抖出来了！

艾米莉温柔地笑笑，然后吻了一向疼她的劳拉阿姨："阿姨，请您不要操心！您为何要操那么大的心呢？您想想看，我已经有了一栋可爱的房子，又有必须操心的未婚夫。在结婚以前，我哪有余暇去想别的事情呢？这不是一件很自然的事情吗？"

虽然艾米莉说得一点也不错。可是在那一天的黄昏，艾米莉又走出了新月山庄。原来，她的心灵向往自由，同时也在要求自由。为了获得自由，她走了出去。那时正值四月，在太阳底下时叫人感到温暖；而一旦进入了树荫，仍然会叫人感到寒冷，到了黄昏时更是叫人感到寒冷彻骨。

除了西边天空的一轮新月，整个天空看起来黑黝黝的，并且布满了灰色的云层。除了她，四周似乎没有生命的存在。笼罩在枯萎原野的影子，尽管飘散着些早春的气息，但是看起来仍旧悲凄而寂寞。

艾米莉感到绝望，因为她觉得似乎自己生涯最美好的时期，已经过去了！她是一个神经很纤细的少女，以致外界的景色都会大幅度地影响到她的心情——有时影响的幅度，简直是大得离了谱儿。

不过，对这个叫人感到忧郁的黄昏，她仍然感到高兴。如非这种黄昏的话，势将扼杀她的情绪。如今，山那边的海洋正

在呼啸着，她不禁想起了某一首诗——

灰色的岩石配上灰色的海，
波浪不时地拍打岸边，
我的内心里有着一个名字，
但是，我的嘴唇再也不会呼唤它了！

蠢货！太懦弱啦！又愚蠢又感伤！够啦！不要再来啦！

那一天，伊儿雪寄了一封信来。迪迪要回来啦！他将搭乘"佛拉毕安"号轮船回国，而且整个夏季都将住在家里。

"但愿在他回来以前，什么都结束了……"艾米莉喃喃自语。

老是害怕明天，对今天又很满足，甚至感到幸福呢；可是，对明天老是抱持着恐慌的心理，这就是她的生涯吗？为何那么害怕所谓"明天"的东西呢？

艾米莉有着"失望之家"的钥匙。自从十一月以来，她就不曾再到那儿了。她一直等得心焦，好想早一些看到她那美丽而叫人眷恋的家，因为那就是他俩的家啊！

在它的魅力之下，所有的恐慌和怀疑应该都会消失吧？或许，去年夏天的幸福，会再度来临也说不定呢！

她就站在篱笆门前面，以充满了爱的眼光看着它。恰如对她孩童时代的梦叹一口气，她也对着可爱的家叹了一口气，在她喜爱的老树下面——仿佛就要依靠在老树上面的小小而可爱的家！在它的下面，灰色的毕雷瓦多阴郁地躺在那儿。随着四

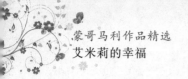

季而起变化的毕雷瓦多，是艾米莉最喜爱的地方。

每到夏天毕雷瓦多就会闪闪发光，到黄昏时则会变成银色，月光下的朦胧，下雨天酒窝似的圆圈，反正都有独树一帜之美。就是眼前这种黄昏和阴沉的气氛，她也很喜欢。不知怎么搞的，她周围那种阴沉沉，仿佛是在等人的景色之中——这只是她突然的想象，似乎飘荡着害怕春天来临的气氛，予人一种悲切的感觉。此种害怕的感觉，叫她感到非常苦恼。

艾米莉停下了脚步，看了一下山顶天主教堂的尖塔。如此一来，她发现云层的缝里闪出了一颗星星——也就是琴座之星。

艾米莉不自觉地打了一个哆嗦，打开房门进入里面。屋里空荡荡的——好似正在耐心地等着她。她摸黑，在壁炉上面找到了火柴，再点燃时钟旁的青色蜡烛。

在摇晃的火焰之下，漂亮的房间浮现了出来——房间保持着最后那一夜他俩布置的状态。不知恐惧为何物的伊丽莎白·芭丝和轻蔑恐惧心的蒙娜丽莎仍然在那儿。狄恩标致又悲伤的母亲，看起来似乎也不知道恐惧是什么。因为在黄昏的蜡烛光照耀之下，她已经把那种心境整个表露无遗了！

艾米莉关上房门，就坐在伊丽莎白·芭丝下面的扶手肘椅子上。过去夏季的枯叶，就在窗下发出咔嚓咔嚓的声音。风儿不停地刮着。然而，她萌生了一种羡慕的心理。她突然浮现了一个念头——风儿好自由哦！它不像我是一名被囚禁的人。这个念头方才出现，她立刻责备自己——你怎能那样想呢？锁链是你自己制造的；而且，你不是很高兴地"受绑"吗？你就认

命吧！

荒野的那一边，海洋似乎在长吁短叹。不过，小小的屋子里面弥漫着一片温馨的沉默。这种的沉默似乎深藏着深刻的意义。如果胆敢问它的话，它可能真的会回答呢！

不过，不安的恐惧心理突然消除殆尽。现在的艾米莉进入了恍惚之境，仿佛是在做梦一般——她感受到一种难以言喻的幸福，好像远远地离开了生活和现实。房子的墙壁，逐渐地从视界消失了！

说起来也够邪门，就连那些画像也消失了。除了南施姑奶奶遗留下来的"眺望之珠"，正亮闪闪地从铜制的灯笼垂下来，任何东西都销声匿迹了。在那个银球里面，恰如小人国的风景一般，映出了艾米莉处身的房间。她看到自己坐在低矮的椅子上面，壁炉上面的蜡烛正发出星星一般的光芒。

艾米莉坐在椅子上面，莫名其妙地看着银球里面的光景——接着，那些小小的影像逐渐变得模糊，好似形成了一片空虚浑沌的宇宙。

艾米莉是否睡着啦？这个问题谁又能够回答呢？就连艾米莉本人也说不上来呢。

到今天为止，艾米莉已经两度超越了时空，到达另一个世界。一次是在无我的状态下，另外一次是在睡眠里（请参照《可爱的艾米莉》和《艾米莉的青春》）。艾米莉并不喜欢重拾那些记忆。她甚至一心一意想把它们忘掉。数年之内，它们果然不曾再回到她的记忆里。过去的那两次，或许是梦吧——也可能

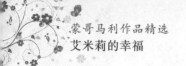

是热病带来的幻想。可是，这一次又如何解释呢？

天啊……银球里面小小的云朵移动了起来，变成了一种难以形容的形状。旋即它又销声匿迹，完全消失了！银球里面原来的房间影像全部消失，接着映出了不同的光景——那是一栋又高又宽的建筑物，人潮拥挤——在这一群人里面，有一张她极为熟悉的面孔。

接下来，银球消失于无形——"失望之家"里面的房间也消失殆尽，就连她坐着的扶手椅子也消失了。这一次，艾米莉置身于一个陌生的大房间里面——她也是一大群人里面的一个，她就站在一个男子的旁边，他正在排队等着买船票。当该男子回过头来看她时，她方才明白那正是迪迪——他的眼睛布满了惊恐，她知道他将会陷入可怕的险境，以致心里想到：非救他出险境不可！

"迪迪，你快跟我走吧！"

艾米莉拉着迪迪的手，把他拖离了售票口。接下来，她离开了他；但是迪迪一直跟在她后头——他朝她奔过来啦。虽然他撞到了别人，但他只是一心一意地朝着艾米莉奔过来、奔过来……

曾几何时，艾米莉又回到了她的扶手椅子上面。她抬头看着南施姑奶奶的银球——里面仍然映着售票处的景色，不过它逐渐地变小；迪迪仍然在拼命地奔跑——云雾又扩散到整个银球，银球变成白蒙蒙一片，再有如迎风的波浪般摇荡了起来，变得疏淡，最后完全消失。

艾米莉出神地望着南施姑奶奶的银球，整个人瘫痪在椅子

上面，动弹不得。银球里面又重现出客厅的光景。她看起来有如死人一般的苍白。那一支青色的蜡烛，仍然顽皮地发出星星一般的光辉。

艾米莉有如刚刚还魂一般，好不容易才走出了"失望之家"，再把大门仔细锁好。黑云已经消失了，在满天的星光照耀之下，世界看起来予人一种非现实之感。艾米莉几乎忘记自己刚才做了一些什么，静悄悄地走过枞树林，再抬头看了看海洋的方向——远方的海洋，有一半隐藏于浓雾里面，看起来仿佛灰色的绸缎一般。

现在的艾米莉就处于雾海与砂山之间。她如此地想到：如果能够这样永久地走下去，不必操心世事的话，那该有多好！

艾米莉看到了迪迪，而且还救了他——很可能是从危境中把他救了出来；而且又同样单纯地，知道了自己的确爱着迪迪——原来她一直都在爱着迪迪呢！

但是在两个月之后她就要嫁给狄恩了！

唉……该怎么办呢？艾米莉不敢想象她竟会跟狄恩结婚，而且，她也忍受不了这种虚伪；但是她又实在不忍心给予狄恩失恋的痛苦——更不忍心从他灰暗的生活里面，夺走他所拥有的一切幸福。

的确，有如伊儿雪说过的那般，长成大人实在是一件叫人害怕的事情。

"尤其是，"艾米莉以自嘲的口气说，"尤其是女人，连续一个月以后，还不能明确地理解自己的心境，这才是最恐怖的一

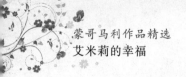

件事情呢！仅仅在去年的夏天里，我还认为迪迪对我根本就不算什么，因此才决定跟狄恩结婚。到了今夜——那种叫人感到恐怖的东西再度来临。我以为老早就摆脱掉它了呢！谁知它再度来临了！"

艾米莉一直在沙滩上散步，直到将近黎明时分，方才溜进新月山庄，蒙头大睡。

接下来的日子叫艾米莉感到恐怖异常。所幸，狄恩为了工作需要，单独前往蒙特利尔。就在狄恩不在家期间，发生了"佛拉毕安"号客轮撞冰山的惨剧。报纸上的大标题吸引了艾米莉的注意。

"啊！伊儿雪不是说过，迪迪将要搭乘'佛拉毕安'号客轮回来的吗？他到底搭乘了没有？谁会告诉我这件事情呢？他的母亲会告诉我吗？"迪迪的母亲——肯德夫人一直都在憎恨艾米莉，那种憎恨的眼光叫艾米莉感到非常痛心。正因为如此，她从来就不曾去找过肯德夫人。

可是，为了确定迪迪是否搭乘"佛拉毕安"号客轮起见，她管不了那么多啦！她毫不考虑地就跑到了青翠河原地。看到艾米莉，肯德夫人走到了门口——她跟艾米莉初次看到她时并没有什么两样。她身材苗条，看起来一副无精打采的样子，口角紧抿，苍白的面孔上面有着红色的伤痕。她看到艾米莉时，面孔立刻产生了变化，黑色而寂寞的眼睛里现出了敌意和恐慌。

"迪迪是搭乘'佛拉毕安'号客轮回国的吗？"艾米莉劈头

就如此问。

肯德夫人冷冷地笑着说："他搭乘什么客轮跟你何干呢？"

"当然有啰！"艾米莉有些不高兴地回答。她脸上浮现了马雷家族的表情，"如果您知道的话，请告诉我吧！"

肯德夫人不情愿地说了出来，她虽然憎恨艾米莉，然而，仍旧以一种颤抖的声调说："他并没有搭乘'佛拉毕安'号客轮。他今天打电报回来说，他在最后的一瞬间，改变了主意。"

"谢谢您啦！"艾米莉转过头准备回家时，肯德夫人看到艾米莉的脸上浮现喜悦与胜利的表情。于是她跳了起来，抓住艾米莉的手腕。

"你干吗问这个问题？"肯德夫人疯狂似的嚷叫了起来，"迪迪是否安全干你什么事？你不是就要嫁给别的男子了吗？亏你还好意思来到此地——还问我儿子的事情呢！好像你对他拥有绝对的权利！"

艾米莉以一种怜悯又可悲的眼光看着她。

嫉妒心有如蛇蝎的这个女人，一直生活在痛苦的深渊里面。

"我当然没有什么权利——除了爱迪迪的权利。"艾米莉如此地说。

"天哪！你还说得出口呢！你不是就要嫁给另外一个男人了吗？"

"我才不会跟别的男人结婚呢！"艾米莉说得不错。这些日子以来，她实在不知怎么办才好——但是，她现在已经知道自己应该怎么办了！的确，这是一件叫人感到害怕的事情，但是不得不硬着头皮做下去了！

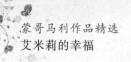

　　"肯德夫人，我因为爱着迪迪，所以不能跟别的男子结婚；但是迪迪并不爱我，关于这一点我非常地清楚，所以你根本就不必憎恨我！"

　　说完这些话，艾米莉快速地离开了肯德夫人。

　　艾米莉很高兴自己能够沉着地承认迪迪并不爱她——这一定是她具有马雷一族的傲气所使然；不过，这股傲气——至少在当时，并没有"用武"之地。

第十一章

当迪迪的信寄来时——长久以来，他第一次寄给艾米莉的信件，艾米莉的手颤抖得好厉害，以致久久都无法打开信封。

我非对你说出一种不可思议的经验不可！

迪迪的信如此地开始：

或许你已经知道了，或者你浑然不知，在听了我的叙述以后会感到莫名其妙吧？就连我自己也不知道如何解释它才好呢！我只是要告诉你，我看到的东西——也就是我认为自己"看到"的东西。

我那时正准备购买船票，搭乘"佛拉毕安"号客轮转到利物浦，再回到加拿大。就在那时，我发觉有人拍了一下我的肩膀——我回头一看，原来是你。的确，我看得非常地清楚，那

个女人就是你！

那时，你只对我说了一句话："迪迪，你快跟我走！"

我一时被吓得目瞪口呆！连一句话也说不出来。只好默默地跟着你走。你跑得好快好快——你根本不是在奔跑，我无法形容你的动作——你是一直倒着走，又不像倒着走，因为你的两脚很轻盈，仿佛在飞翔一般，我根本就赶不上你！经过了几分钟，你竟然就凭空消失了——那时我俩已经离开了群众，进入了一片很空旷的地方，不可能看不到你的！我四面八方都找遍了——这时我才发觉"佛拉毕安"号客轮已经启航了。

换句话说，我并没有搭上"佛拉毕安"号客轮。直到听到恶耗，我一直在为自己发神经而生气；但在"佛拉毕安"号客轮的恶耗传来时，我不禁冒了一身冷汗，一直在打哆嗦。

艾米莉！你没有来英国吧？你绝对不可能在英国的！那么，我在排队准备购买船票时，看到的到底是啥东西呢？

不管如何，我这条命是你救的。如果那时你不曾阻止我的话，我一定会搭乘"佛拉毕安"号客轮。如果真是那样的话，我实在不敢想下去了！总之，我应该感谢你。

我就要回加拿大了。我要搭乘"摩拉毕安"号客轮——如果你不再来阻止的话，我就要搭乘它了！艾米莉啊！在好久以前我就听说过你的"异禀"——那就是有关伊儿雪母亲的种种，我看你还是小心为妙。如今虽然不再对女巫举行火刑之类的惩罚了，但是，我还是希望——

　　的确，到了现代，已没有人会去烧死女巫。虽然如此，艾米莉还是宁愿被烧死，也不愿意拥有那种"异禀"！

　　艾米莉为了到"失望之家"会见狄恩，急急地走上了山路。从蒙特利尔回来的狄恩曾经写信给艾米莉说，他将于日落黄昏时，在那儿会见她。艾米莉到达时，狄恩正站立于入口处——他看起来是那么地幸福。知更鸟在枞树林啼叫，黄昏的气息带来了花香。然而，四周的空气，都弥漫着悲凄而叫人难以忘怀的声音——那是在暴风过后，海面的波浪在洗涤沙滩的声音。那种声音从来就不曾传到小山丘来，因此，叫人倍感难以忘怀。

　　狄恩为了迎接艾米莉，大踏步地走向前——但是很快就停了下来。艾米莉的脸和那一对眼睛，跟平常大不相同——在他旅行期间，到底发生了什么事情呢？眼前的这个少女绝不可能是艾米莉——在这种稍暗的傍晚时刻，这个一脸苍白、表情沮丧的姑娘到底是谁呢？

　　"艾米莉，你怎么啦？"狄恩如此地问。其实在询问以前，他就猜中十之八九了。艾米莉看了狄恩一阵子。她如此地想到：如果非打击他不可的话，那就尽量使它轻微一些吧！

　　"狄恩，很抱歉，我不能跟你结婚。因为我并不爱你！"

　　艾米莉只能说这句话。她完全没有想到防御，也不想为自己分辩。到如今，她又能够说什么呢？不过，看一个人脸上的幸福消失殆尽，实在是一件很可怕的事情。

　　持续了一段时间的沉默——那是叫人无法忍受的寂寞，因为大海的呻吟夹杂其间，使人产生了一种错觉，以为沉默会永

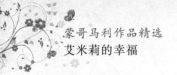

远持续下去。

不久以后，狄恩开口说话："我知道你并不爱我，不过，我对于你肯嫁给我这件事情，感到非常幸福——到底是什么原因，使你答应嫁给我的事情，变成不可能了呢？"

狄恩有知道的权利。艾米莉稍感迟疑之后，终于把那件玄妙的事情说了出来。

"狄恩，我想你已经明白了吧？"艾米莉有一点无情地下了结论，"我既然能够从千里之外呼叫迪迪，那就表示我真正所爱的人是迪迪……哦！狄恩，请你不要这样……我想我必须对你说明清楚，如果你真的不在乎这些的话，我仍然可以跟你结婚，我只是认为必须让你知道。"

"你也是马雷家族的一员，只要我希望那样做的话，你一定会遵守诺言；可是，我并不想那样做——我是绝对不会跟芳心另有所属的女人结婚的！"狄恩有如在自嘲一般，扭曲了他的面孔。

"狄恩，你能够原谅我吗？"

"没有什么不可原谅的！我不能不爱你，而你不能不爱迪迪。如今，我们只好保持这种局面了！就算是万能的神，也仍然没有办法把打碎的蛋恢复成原来的样子。只有年轻配年轻才是最恰当的。其实，我老早就应该想到这一点了！

"我是不曾有过年轻的人，如今，我岁数已经一大把了！如果我仍然年轻的话，我是绝对不会放弃你的！"

说罢这些话，狄恩使用两手覆盖住他的脸。这时，艾米莉

认为自己就算是"死"，也无法弥补狄恩所受的伤害，因为她感到自己亏欠狄恩的实在太多太多了！如果狄恩真的要她死的话，她会很乐意走上死亡之路的。

不过，当狄恩再度抬起头来时，他的表情完全变了！他又恢复往昔那种喜欢冷嘲热讽、蔑视人的神情。

"艾米莉呀！你别装出一副悲剧性的面孔了。到了这个时代，取消婚约已经不是一件罪大恶极的事情了！而且这种结局对我俩都很好。你的两位阿姨一定会对神表示感谢的！而我的亲戚们，也会庆幸我终于逃出了猎人的陷阱。"

艾米莉凭靠大门口的柱子，把两手放在头上站立着。看到了这种情形，狄恩的面孔再度改变。他的声音又变得异常地柔和——不过，他的面孔显得又冷又苍白。所有的颜色、风采都在刹那间消失殆尽了！

"艾米莉啊！我就把你的生命还给你吧！自从我从悬崖上救了你以后，你的生命就是属于我的了。现在我要把它还给你。我终于必须向你说一声再见啦！"

艾米莉迅速地转了一个身，抓住了狄恩的手。

"不！我不要再见！狄恩，我不要再见！难道我俩不能维持朋友的关系了吗？没有了你的友情，我是无法活下去的。"

狄恩使用他的手捧着艾米莉的脸——那是一张冰冷的脸。狄恩曾经想使用他的吻，使这张面孔炽热起来。他以温柔的眼光看着她的脸。

"我们再也不能成为好朋友了！"

"是吗？你一定是想把我忘掉——你再也不会关心我了！"

"男人想忘记你的话，只有死亡才能办到。我说星星啊！我们再也不可能是朋友了！你既然不肯接受我的爱，一切事情也就跟着混乱起来啦！我要离开此地——到了真正年迈时，我可能会回来。那时，我们很可能再做一对好朋友。"

"我一辈子也无法原谅自己。"

"那又是为什么呢？我是绝对不会怪你的——过了这快乐的一年，我实在应该感谢你。这是叫我感到非常温馨的一年。世界上没有任何一件东西，可以换走我这一年美好的回忆。它甚至可以媲美另外一个男子毕生的幸福呢！我的星星，我的星星啊！"

艾米莉把不曾给狄恩的情爱，满满地呈现在她的眼里，看着狄恩。往后没有了狄恩的世界，一定会叫她感到十分寂寞的——那就等于独自生活在黑暗里面。

对于狄恩充满痛苦的那对眼睛，艾米莉想必一辈子也忘不了啦！他走了以后，她能够真正地享受到自由的生活吗？为了他那双可怜的眼睛，以及她对他的负心，她势必将被良心的锁链绑住。

或许，狄恩已经察觉到这一点了吧？因为他在临去时留下的笑容里面，就有一种叫人联想到"胜利"的东西。

狄恩走上了大门前的小径。他把一只手放在门上，稍微停顿了一会儿，再度回来。

"艾米莉啊！我有一件事情必须向你坦白。我觉得说出来以后，心里就能够感到舒服一些。谎言实在是一种很丑恶的东西。我是凭着'虚伪'两字得到了你！或许正因为如此，我方才不能继续拥有你。"

"虚伪？"

"你还记得你写的那本叫《出售绮梦的人》的书吗？你曾经对我说过，要我对它采取一种不客气而正直的批评。结果呢？我并没有那样做。我撒谎了。其实，你的那本书写得非常好——写得实在太好啦！嗯……的确有些小瑕疵——那就是太过于感情化，太过于夸大。你实在需要再下功夫，但是，那本书实在写得很好。比起一般报章上面的小说来，无论在布局还是选词方面都上乘多了！而且它真是魅力十足，你的性格几乎都跃然于纸上。说到这里，你已经明白我的意思了吧？"

艾米莉的小小面孔突然涨红，一双眼睛凝视着狄恩。

"什么？我写得很好？可是，我已经把它付之一炬啦！"艾米莉仿佛在自言自语。

狄恩吓得睁大了两个眼睛。

"什么？你真的把它们烧掉啦？"

"嗯……我再也无法把它写出来啦！你为何要骗我呢？你为何要对我撒谎呢？"

"那是因为我憎恨那本书。理由是——你对那本书的兴趣远超过我。如果我说很好的话，你一定会去找出版社；同时，你也会获得成功。到了那种地步，你就会把我完全忘了！如果我使用言语表示出自己动机的话，那将毫无保留地暴露出我丑陋的一面，因此，我不曾那样做。万万料想不到你已经把它付之一炬了。如果我说太可惜，而且为此要求你的原谅的话，你会认为我是假惺惺吗？"

艾米莉把她的头昂得高高的——她真正自由了，她不必再度感到羞耻、悔恨，以及悲哀了！如今，她又恢复为自由的女性。她跟狄恩之间已经变得平等了。

"关于这件事情，我必须像我的先祖一般，绝对不能够怀恨狄恩。"她如此地想着，接着她大声地说："狄恩，我决定要原谅你！"

"谢谢你啦！"他又看了一下她背后小小的灰色房子，"这一栋房子似乎也跟人一样，逃不过宿命。"

艾米莉把她的视线收回，她再也不敢看那栋可爱的房子了——事实上，她仍然爱着它；不过，它不可能再属于她了。她认为这一定是嫉妒的亡魂在作怪！

"狄恩，钥匙在这儿。"

狄恩却摇摇他的头。

"你就暂时替我保管吧！现在它对我已经没有用处了。我想——我不如再把它卖出去吧！不过如此的话，将粉碎我们美好的记忆。"

除了房子，还有一样东西，那就是订婚戒指。艾米莉苦着一张脸，伸出了她的左手。狄恩必须把他为艾米莉戴上去的戒指取下来。当戒指被拿下来时，艾米莉的手指头上面留下了一些痕迹。

　　这个戒指，一直叫艾米莉感到有如锁链，但是一旦永久地被取下来时，艾米莉心里也并不感到好受。因为，那表示长久而快乐地一块儿生活的凭借也被取消了——狄恩的友谊，以及跟他一起的共同生活，全都化为乌有了！如今，她方才明白所谓的自由，是必须付出相当的代价的。

　　当狄恩一拐一拐地离开以后，艾米莉什么也没有了！只留下了一种胜利感，那就是狄恩证明了——她的确能够写东西。

　　如果说艾米莉跟狄恩的订婚引起了一场骚动的话，那么，他俩的解除婚约，就等于一场超级强烈的台风。

　　普利斯多的族人又惊讶又愤怒，但是马雷家的人们更为震怒。

　　一开始，伊丽莎白阿姨就不赞成这件婚事，但是对于解除婚约，她更是大不以为然。如此一搞的话，不被一般人当成笑柄才怪！同时，那些女人们一定会针对史达家的"朝三暮四"大作文章。

　　华雷斯舅舅冷嘲热讽地说："你以为那个女孩子，能够一整天对同样的东西保持兴趣吗？"

　　马雷一族的人都各自搬出了一些"形容词"，其中以安德烈那句话最伤艾米莉的心。

　　安德烈用一句他捡来的话说——艾米莉本来就是个轻浮的女人，只有这一句而已！可是，这一句已经说明了一切。

　　这句话真是够狠毒的，以致始终萦绕在她的脑海。不管她在写诗，在吃红萝卜布丁，在梳头发，在月光上独自徘徊，翘首研究天上的星星，在新月山庄的干草堆上手舞足蹈，瞧到美

妙的东西而感动流泪，就算沉醉于果树园的黄昏里面——她仍
然忘不了安德烈那句狠毒的话！

　　如今的艾米莉正处于四面楚歌之中，没有一个人能理解她，
就连平时最疼她的劳拉阿姨也不例外；但最叫艾米莉感到泄气
的是，伊儿雪写了一封莫名其妙的信给她。艾米莉只看了一眼
就恍然大悟，原来伊儿雪也认为她是个轻浮的女人。

　　艾米莉如此地想到：如果伊儿雪知道佩利在获知狄恩跟她吹
了以后，立刻到新月山庄向她求婚的话，将会有何种的反应呢？

　　艾米莉很干脆地就拒绝了佩利，但是佩利并不感到气馁，
他声称还要继续地"奋斗"！

第十二章

一九ＸＸ年　　五月四日

在午夜一点钟写日记，实在不是个好习惯。事实上，我是因为睡不着方才起来写日记的。在无法合眼之下，躺在床铺上面只能胡思乱想，在刚开始或许感到"新鲜"，但是隔了一阵子后就感到厌倦了——尤其是想及不愉快的事情，更叫人感到划不来，于是我就干脆爬了起来，点燃一根蜡烛，再找出陈旧的日记簿，决定从今而后继续地写下去。

我自从把那本创作付之一炬，从楼梯上摔下来——几乎死掉以后，就不曾动笔写日记了！待我清醒过来时，一切都结束了！同时一切都重新开始。而且，一切都崭新得叫我感到害怕，仿佛已经隔了一辈子。当我翻阅笔记簿，阅读那种轻快、不曾有过辛劳的各种记载后，真怀疑那是否是我所写的。那些真的是艾米莉·史达写的吗？

当一个人感到幸福时，夜晚就会变得非常地美——而一个

人感到苦恼时，夜晚可以安慰他；但是当一个人感到不幸与寂寞时，夜晚就叫人感到可怕了！尤其是在今夜，我感到非常地寂寞。不幸的感觉一直围绕着我。以感情方面来说，我绝对不能在付出一半时就停下来。我感到寂寞时，寂寞的那种感觉，会使我的身心都受到影响，以致力量与勇气全都消失殆尽！

今夜，我感到出奇地寂寞——真的好寂寞。爱再也不会降临到我身上了吧？友情也已经离我远去了——最叫我感到伤心的一件事情，不外乎是我无法再写东西了！我好几次试着想写一些东西，但是压根儿就写不出来。以往的创作欲完全消失了！我想——我再也不能使自己燃烧起写作的热情来了！我在心有不甘之下，整夜都勉强自己书写一些东西——结果呢？我只好学习演傀儡戏的人，企图抽抽自己身上的丝线，想不到根本抽不动。到头来，我只好把稿纸撕得粉碎——这是我今夜最"得力"的工作。

接下来的几个星期，叫我感到异常难挨。狄恩走了！我根本就不知道他到哪里去了，他始终没有写信给我——我也不可能再写信给他了！狄恩在旅行期间不给我写信，实在叫我感到浑身不自在。

不过，我能够再度享受到自由，实在叫人感到非常地快乐。

伊儿雪写信给我，说她将在七八月间回来。迪迪当然也会回来。或许，这也是我夜晚睡不着觉的原因吧？我多么想在迪迪回来以前逃之夭夭。

迪迪在"佛拉毕安"号沉没以后，曾经寄了一封信给我，

但是我并没有回信给他。如果他回来以后，又跟我谈及那件事情的话，我可无法忍受。

正因为我爱着迪迪，才能够超越时空救他一命。他会不会想到这点呢？我一想到这点，就会感到羞愧交加。同时，想到我对肯德太太所说的话，我也会感到无地自容。不过我仍然认为我若不说出来反而不好。对于自己的正直，我非常感动。我想——迪迪的母亲一定不会告诉他那句话的。如果可能的话，我绝对不希望迪迪知道我在想念他这件事情。那么，我应该如何度过这个夏季呢？

有时，我实在感到活得很不耐烦；然而只要一下子，我又会心疼地感到人生实在很美——有时也会认为，我们应该能够使人生变得更美更为有趣呢！

狄恩在离开之前，将"希望之家"的窗户全部钉上木板。我只去过一次，因为我感到非常地心疼。我只是在山上等待着：什么也不做——只是在等待，我始终不说一句话，我不曾把自己的所有物从"失望之家"取回来。伊丽莎白阿姨说我一定是疯了！我知道狄恩也不曾把他的东西拿出来！我想——蒙娜丽莎仍然在黑暗中嘲笑着这个世界，而狄恩的母亲则仍然悲伤着一张脸……

唉……我所爱的小屋啊！如今，你已经不再是我的"爱窝"了。我现在的心情，跟几年前追寻彩虹时相同——可惜到头来它还是消失了！（那时我还说过——彩虹多得是……）

一九××年　　五月十五日

今天是一个和煦的春日，就仿佛一首诗一般，而且还发生了一个奇迹。那奇迹是在接近黎明时发生的。当我将上半身探出窗外，聆听着晨风从高个儿约翰树林吹来时，我的脑海里突然一闪，"灵思"骤然地光临——在经过了一段漫长的日子以后，我那种难以言喻的灵思又降临了！

于是，我知道自己又能够书写了！我欣慰万分地走到桌子旁边，握起了笔杆。在整个上午，我写了不少东西。直到我听到吉米下楼的声音方才放下了笔杆，把脸伏在桌子上面，感谢上苍又赐给我书写的能力。

神终于赦免了我，使我能够再度地工作——这乃是世界上最美的一件事情。因为神基于怜悯，往往会赐给人比祝福更为美好的东西！——伊丽莎白·芭蕾多·布朗宁曾经如此说过，而事实也的确是这样。

我实在不懂，所谓的工作为何被称为"诅咒"——除非一个人懂得被强迫的劳动是如何地痛苦，否则的话，他绝对不可能理解的。然而适合于一个人的工作——也就是神派我来这个世界所从事的工作，可说是一种充满了祝福的喜悦。

当我的指尖重新燃烧着往日的热情时，我就有如此的感觉。以致我把自己那一支笔当成朋友。

获得工作的允许——我想，每个人都能够获得这一项允许的。但是，由于身体和内心的痛苦，偶尔我们不能获得这项允许。碰到那种场合，我们就可以知道自己丧失了一些什么，并

且会认为——与其说是被诅咒，不如说是被万能的神忘怀比较好些！如果说神处罚亚当与夏娃，将他俩赶出伊甸园，其实也就等于是他们被遗弃、被诅咒呢！

即使是那有着四条大河流过的伊甸园，也敌不过今夜我快乐的梦境，因为我的工作能力又回来啦！

"哦！神哪！只要我仍然活着，你就赐给我工作的能力吧！"我如此地祈祷，祈求万能的神赐给我机会与勇气。

一九ＸＸ年　　五月二十五日

可爱的太阳真是一剂最有效的药方。整整一天，我陶醉于穿着白纱新娘礼服的曼妙世界里面。今夜，我使用天上银河的水，洗净了灵魂的尘埃。

我选择了一条寂静的小路蹒蹒而行，每隔数分钟我都会停下脚步一次，为的是让内心涌出的幻想展翅高飞。

为了查看星星的动态，我徘徊于小丘的原野上。以致在回到家时，我仿佛在空中旅行了数百英里。当再次回归自我时，我似乎把看不惯的一些东西全都忘怀了！这一点，我感到非常地不可思议。

但是，有一颗星星是我不曾看过的，那就是琴座之星。

一九ＸＸ年　　五月三十日

今夜，我在从事创作时，伊丽莎白阿姨叫我去拔菜园里的杂草。于是，我只好暂且停下笔耕，走到厨房后面的菜园里去。

不过这样还算不错。我一面可以拔除园里的杂草，一面也可以思考另外的事情。我真想赞美神呢——我们在做某件事情时，并不一定要把神魂完全放入里面。如非那样的话，神魂怎么会被保存下来呢！是故，我一面拔除杂草，一面自在神游着太虚的银河。

一九××年　　六月十日

昨天夜晚，吉米跟我都有一种谋杀的感觉。那简直是在谋杀婴儿嘛！这个春季里，所有的枫树都长得很好，不管是草坪上、庭园里或是果树园，都长满了小小的红叶树。当然啦！那些小小的树苗必须全部拔掉，不能任由它们成长。

正因为如此，昨天一整天，吉米跟我一直忙着拔除那些小红叶树苗；但是如此做了之后，我内心感到非常地过意不去。对不起啦！可爱的小小红叶树娃娃！

它们也应该拥有成长的权利啊——它们在几年后，就可以长成壮大的树木。我们有什么权利阻止它们呢？对于这种野兽似的举止，我哭泣着对吉米说："我们实在好残忍！""我也时常在想，"吉米如此地低语，"不管是什么东西，我们都不该阻止它们生长的。不过——我自己的头脑却是不曾成长！"

昨天夜晚，我梦见几缕红叶小树的幽魂在追击着我，醒来时浑身浸在冷汗里面。

那些红叶小树团团包围着我，不断使用它们的小枝鞭打我，并使用它们的叶子覆盖我，企图叫我窒息。我差一点儿就无

法呼吸，骇极而醒了过来；不过，我因此获得了一个甚妙的构想——树木的复仇。

一九ＸＸ年　　六月十五日

今天下午，毕雷瓦多的风儿吹来清香扑鼻之气，我在果园里摘了不少草莓。

这种工作，好比永远不凋谢的青春。即使在奥林匹斯山的众神，亦可以在不损及他们的尊严之下，从事摘取草莓的工作。就是女皇跟诗人也不例外——采摘它们时，可以在十分情愿之下，弯曲身子，就连乞丐也有这种特权。

今夜，我独自在自己钟爱的房间里，手持着我喜爱的书本与画儿端坐着。我钟爱的窗户就在身旁，它仿佛在夏天黄昏的醉人香雾中做着绮梦；知更鸟在高个儿约翰的树林子里彼此呼叫；至于高大的白杨树嘛……它们彼此正低语着往昔被遗忘的一些事情。

总而言之，这并非是叫人感到厌恶的世界——同时，世上的人也有一半并不算坏。就以艾米莉·史达来说，大体上就很不错。

虽然在午夜梦回时，难免会想起别人的冷嘲热讽，说她是个不正派的轻浮女人，朝三暮四的女人；偶尔也会忆起已经遗弃她的朋友而辗转难以成眠，更会联想到投出的稿件有如倦鸟归巢般，一封又一封地被退了回来！尤其是每次想到迪迪就要回来了，她就恨不得立刻溜之大吉。

第十三章

艾米莉坐在望庭楼的窗边看书。她正在阅读艾莉丝的奇妙诗章——《年轻姑娘寄给年老自己的信》。

看到了那不可思议的预言时，她的心胸不停起伏。黄昏已经逼近新月山庄的庭园。透过黄昏的暮霭，从高个儿约翰的树林那儿，传来了迪迪一长一短的口哨声音。这种呼叫艾米莉的方式，他时常在以前的黄昏使用。

艾米莉手中的书本掉到地上。她苍白着一张脸，两只眼睛在黑暗中闪闪发光。迪迪有可能在树林子里面吗？伊儿雪说过今晚要来新月山庄，但是迪迪必须到下星期方才能够回来的呀？会不会是她听错了呢？可能是她的幻觉吧？或者只是知更鸟的声音呢？

不久之后，那种一高一低的口哨声又响了起来。诚如她所想的，那真的是迪迪的口哨声。

以全世界来说，除了迪迪，再也没有人会以这种方式吹口

哨了！而且，她已经好久不曾听到这种口哨声。错不了啦！迪迪一定在那儿——他一定在那儿等着她。去吧！艾米莉不禁觉得自己真好笑，怕什么呢？

说真的，她实在是无法选择，非去不可！经过了那么长久的时间，她天天盼望着他的口哨声，却总是失望。今日既然碰到了这种难逢的机会，她再也不能阻止自己。于是她在狂喜之下，忘记了恐慌和羞耻。

她此刻忘怀了自己是傲气凛然的马雷家族，火急地看了看镜子里面的自己，认为象牙色的衣裳挺适合自己的——十分庆幸自己今天穿了这件衣裳。接着她火急地奔下楼梯穿过庭园。原来，迪迪真的站在高个儿约翰的树林外边，此刻他连帽子也没戴，就伫立在那儿对着她微笑。

"迪迪！"

"艾米莉！"

他立刻握起了她的手。

她的双眸融入了他的眼睛里面。

青春再度回来了！经过魔术而变了质的东西，再度变回了原来的风貌。经过了长久岁月的冷淡和别离后，他俩终于又相处在一起。如今，再也没有任何的羞耻、不安，以及变化存在了！他俩也可以变成两个小孩子——但是如果真是小孩子的话，他俩是不可能体会到那种不断涌现的幸福感的。

啊……凭他说话的语调，凭他含情脉脉的眼神，艾米莉就感到她是完全属于迪迪的人。其实，她非常不愿意受到别人的

支配。然而，当着他的面，她为何会产生那种完全无法抗拒的感觉呢？就算明天仍然要以这种方式跑到他的身边，她也会照做不误。

不过从表面上看来，他俩并非以情侣的方式会晤——只不过是以老朋友的姿态相见而已！他俩在庭园徜徉，有时话多得有如牛毛；但是，有时也只是默默对望着，在黑暗的天空里，星星们瞧着她俩傻笑着，好似在暗示着某些事情。

只有一件事不曾被他俩当成话题——那也就是艾米莉最害怕的事情。对于那在英伦码头不可思议的幻影，迪迪始终不曾提及，好似从来就不曾发生过这件事情。不过艾米莉认为——在漫长的误解之后，使他俩能再度接近的因素，正是那件叫人感到不可思议的事情。是故，她认为不提它也好！

那件事情非常地不可思议，可说是神祇的一种秘密，实在不应该把它说出来。而且，她已经完成了神交代的使命。话虽如此，我们这些凡人实在是非常地矛盾——对于迪迪始终不提起的那件事情，艾米莉又感到一种无法掩饰的失望……

是否迪迪真的不想提及呢？或者那件事情对他意味着一些什么，叫他不便于说出来呢？

"能够回到这儿真好，"迪迪如此地说，"没有一件事情改变过。以这个'伊甸园'来说，'时间'似乎不曾移动过。艾米莉，你瞧！琴座的星星不是正在闪烁吗？它是咱们的星星呢！怎么，你把它给忘怀啦？"

咦，他竟然问我是否忘怀了呢？如果能够真正地忘怀它的

话，那该多好！

"大伙儿都说，你就要跟狄恩结婚了呢！"迪迪以急促的口吻说。

"我本来是有那种打算——但是，就是办不到嘛！"

"为什么办不到呢？"听迪迪的口吻，好似他有权利问这句话。

艾米莉笑了起来——那是有点类似黄金的妙透笑法，那种笑容能够很巧妙地将人吸引住。笑容是再安全不过的——我们都能够在不拘束之下，突然地、很率直地笑出来。如此一笑，什么误解都可以化开。

瞧！伊儿雪来啦！伊儿雪正在小径上面奔驰。她穿着一件跟头发相同色彩的黄色绸缎洋装，戴着一顶金黄的帽子，看起来就像是一朵庭园里盛开的黄玫瑰。

艾米莉很高兴伊儿雪的来临，因为那是叫艾米莉感到尴尬的瞬间，她实在不能跟迪迪再多说一句话，是故，她本能地离开迪迪一段距离——原来，新月山庄的马雷族人的性格又跑出来了！

"你们哪！"伊儿雪如此说着，使用她的两手环抱着迪迪跟艾米莉，"实在很要好——咱们三个臭皮匠又能够在一块儿啦！我非常喜欢你俩，顿时忘怀了自己是上了年纪的女人，家教虽不好，却相当聪明的女人！好吧！不谈那些啦！咱们就来大疯特疯地玩它一个夏季吧！玩它个天翻地覆，好好享受热情奔放、幸福的生活吧！"

接下来的一整个月，实在叫人感到心旷神怡，美不胜收。

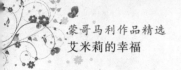

艾米莉目不暇接地看到了美丽的玫瑰花、微妙的雾霭、银色的婵娟、紫水晶一般叫人难以忘怀的黄昏、雨水的进行曲、有如喇叭一般响亮的风声、紫色的花朵、星星的花环……简直是充满了神秘、音乐与魔术的一个月，也是弥漫着笑语、舞步，以及无限魅力的一个月。

然而话又说回来了，那也是情感被抑制，叫艾米莉不敢放纵的一个月。艾米莉没有说出肺腑之语，迪迪对她也只是说一些表面性、不能深入她心坎的话。不过，艾米莉几乎不曾跟迪迪单独在一起。虽然如此，他俩彼此都有着某种难以言喻的感觉。

艾米莉的脸上闪耀着幸福的光辉。劳拉阿姨担心的"不够沉着"已经消失了！如今，她感到相当幸福。既然友情、爱情——官能的喜悦和精神的喜悦——悲哀、美丽、努力、失败、憧憬为人生的一部分，当然就会叫人对它感兴趣，同时也会对每天充满希望。

每天早晨醒来时，艾米莉都会把新的一天看成是妖精所赐的幸福。这时，她可能会一时产生野心，但是，它很快就会销声匿迹。凡是热心地求取成功、力量及名誉的人——就让他们都能得到想要的吧！但是，爱情并非可供人买卖之物，而是一种彼此赐予的东西。

到了现在，艾米莉甚至不会再为那本焚掉的书伤心了！比起浩瀚的热情宇宙，一两本书又算什么呢？比起这种热情洋溢的生活来，描绘的虚假生活又算什么呢？它只不过是褪了色的一幅画而已！

　　比起婚礼上橘色的花朵来，文学的月桂冠又算什么呢？难道还有比琴座的星星更为明亮的吗？美妙的命运之星吗？如果把这些综合起来分析，那无非是在表示——在艾米莉的内心里再没有比迪迪更为重要的人了！

　　"如果我有一根尾巴的话，我就会把它大摇特摇。"伊儿雪躺在艾米莉的床铺上面，胡乱翻着艾米莉最珍惜的一本书，也就是迪迪在高中时代赠送给她的——《鲁拜集》诗集。结果那本诗集的书页飞散于房间各处，叫艾米莉感到心疼万分。

　　"艾米莉啊！你曾经陷入不能哭泣、不能祈祷，以及不能骂人的状态了吗？"伊儿雪很认真地说。

　　"是，有时的确会这样。"艾米莉冷淡地回答，"不过，我不会找无辜的书本出气的！碰到那种场合，我会去咬某个人的头。"

　　"可是，我身边就是缺少那个人的头啊！不过，我已经出过气啦！"伊儿雪如此地说，然后指着艾米莉桌子上面佩利的照片。

　　艾米莉瞧了一下那张照片。按照伊儿雪的说法，那时艾米莉的面孔立刻变成了不折不扣马雷家族的典型。

　　佩利的照片仍然在那儿，可是佩利那一双张得大大的眼睛，已经变成了两个洞！

　　艾米莉感到愤怒不已！因为佩利一直对这张照片感到甚为得意；而且，这也是他有生以来第一次拍的照片。

　　"到今天为止，我仍没有多余的钱拍照片。"他很诚实地说。

　　虽然他有那么一点装腔作势，但是，照片拍得相当好。他的头发油亮而卷曲，嘴唇和下巴的线条甚为优美。

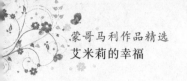

当伊丽莎白阿姨看到这张照片以后，很后悔以前把佩利当成猫儿驱使。劳拉阿姨则流泪哭了一阵子，她俩一致觉得——艾米莉跟律师佩利将是相当理想的一对。

两位阿姨一向认为牧师最为理想，医生为第二理想，律师则为第三理想。

佩利再度向艾米莉求婚，但他并没有购买任何礼物。对佩利来说，不能获得自己所盼望的东西，实在是叫他感到最伤心的一件事情。因为，他已经向艾米莉求过很多次的婚了！

"如今，我已经掌握了整个世界。"佩利很骄傲地说，"我的地位在逐年提高，你为何还是不肯跟我结婚呢？"

"这只是地位的问题吗？"艾米莉揶揄道。

"当然啰？难道还有其他的问题吗？"

"我说佩利啊！"艾米莉很正经地说，"你是难得的好朋友。我一直很喜欢你——而且，我会永远地喜欢你。不过，我已经对这件愚蠢的事情感到厌倦了！如果你再向我求婚的话，我这辈子就再也不跟你说话了！现在你可以做一个决定——是要当我的朋友呢，还是要跟我绝交？"

"好吧！我不会再向你求婚了！"佩利有如哲学家一般耸了肩膀。他一直在追求艾米莉，而且也一直遭到拒绝。于是他决定再也不做这种吃力不讨好的事情了！

最近几年，他真的是在做一件错误的事情吧？他未免太忠实，而且又太死心眼了！如果他稍微清醒一些，或许像迪迪那般若即若离的话，情况可能会好一些！女孩子都是那种德行。

不过，佩利并没有提起这个问题，他只是这样说："如果不是你有一双勾魂的眼睛的话，或许，我并不会追求你。不过话又说回来啦！倘若不是你那双勾魂的眼睛，我也不可能有今日的成就。我很可能只是一个小差吏，或者只是一个打鱼的罢了。我绝对忘不了你对我的恩惠。你相信我、帮助我，在伊丽莎白阿姨面前处处护卫我。"说到这里，佩利的漂亮面孔立刻涨红，声音也颤抖了起来："这些年来，我时常在梦里见到你，可是又能如何呢？不过艾米莉啊！你不要连对我的友情也取走了！"

"你是很伟大的，佩利！你做了很多很伟大的事情，我一直以你为傲呢！"

艾米莉想到这里，伸手取下佩利被挖掉眼睛的照片，再以愤然的眼睛瞪着伊儿雪说："伊儿雪·潘利！亏你做得出这种事情！"

"你纵然使用狠毒的眼光看我也没用！因为，我非常讨厌那张照片；而且啊，它的背景又是烟囱管镇呢！"

"你实在不应该那样做。"

"可是，不使用剪刀把他的眼睛剪下来的话，我是不会甘心的！说真的，我实在非常地讨厌佩利。看他那种得意非凡的德行，我就会感到一肚子火呢！"

"我以为你喜欢佩利呢！"艾米莉有些不以为然地说。

"反正，都差不多啦！"伊儿雪很忧郁地说，"为什么我不能把他排除在我的心灵之外呢？说是'我的心灵'未免太老套了些。事实上，我根本就没有所谓的心灵啊！我并不爱他，我只是憎恨他罢了！可是我又不能不想他，这种精神状态不是太

奇怪了吗？我对他只有满肚子的火。我之所以剪掉他照片的眼睛，不外乎他太保守了！"

"伊儿雪，你自己也很保守啊！"

"就是嘛！佩利为了获得一份职业，为了能跟艾贝尔共事，不惜放弃了天主教徒的身份，改信了新教。他呀！不久以后就可能成为法官了——到时，他将肥胖得有如结婚蛋糕一般！然而，不管佩利多么喜欢出风头，我还是会尽量地去灭他的威风！因为我现在，正是最不好惹的时候。"

"伟大的女人，但是稍微愚蠢，不过她们有一份很好的工作，人们又很爱她们。——这种女人叫什么来着？"

"噢……那些自命为新潮的人哪！她们都喜欢仿效历史里面著名的人物。不过，我却喜欢威廉·德尔。我说艾米莉啊！劳驾你把佩利的照片放到我看不到的地方去吧！"

艾米莉把破损的佩利照片放进抽屉里面。现在，她的气全都消了！至少她明白了，伊儿雪为何要挖掉佩利照片的眼睛。但是她实在不懂伊儿雪何以会那样地爱着佩利。然而，她对伊儿雪却有几分的怜悯，因为她能够体会伊儿雪那种单恋的心情。

"我不喜欢轻浮的男人，啊……我看破了！艾米莉呀，我为何不会讨厌你呢？因为我竟然会如此地厌恶我自己所爱的人，你除了笔下的人物，你真正地爱过某种东西吗？"

"佩利根本就不是真正地爱我。"艾米莉含糊其词地说，"他只是想象——他在爱我罢了！"

"只要佩利能想象着他在爱我，我就会感到心满意足了！我

一定会乐死的！以全世界来说，我只对你说过这句话。正因为如此，我方才不会讨厌你呀！不过，其实我并没有自己想象中的不幸。因为就连我也不知道，下一次拐弯时会碰到什么啊！从今以后，我将有如挖掉佩利照片的眼睛一般，将他从我的生涯里全部抛出去！"

艾米莉突然改变样子与声调对伊儿雪说："你知道我在今年夏季里，比以前任何时候都更喜欢迪迪吗？"

"嗯……"伊儿雪意味深长地说，"嗯……迪迪是比以前更具有魅力了！他滞留于欧洲的几年，看来对他甚有帮助。或许，他擅长于把自己的任性深藏起来吧？"

"迪迪并不会任性呀！你为何说他任性呢？你就看看他对待他母亲的态度吧！"

"那是迪迪的母亲崇拜他的缘故。迪迪喜欢被人崇拜，所以嘛……他不会跟任何女孩谈恋爱。而且，始终有不少女孩在热烈地追求他。在蒙特利尔时，他曾经对此感到非常地不耐烦呢！我看得浑身不是滋味，真想穿起男装来，表示跟那些小骚货不是同性呢！

"到了欧洲以后仍然那样。不管是哪一个男人，一旦过了六年那种生活，不被宠坏才怪！难怪他会变得目中无人了！因为我们俩是迪迪的老朋友，所以他对待我们很不错。可是，我看过他脸上带着一种迷人的微笑，接受女人赠送的东西。而且，他时常得意万分地对我说，哪怕他只跟女人握手，女人们都会感到如醉似痴。听了这一句自夸的话，我真想说几句叫他吓一

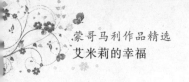

跳的话。"

太阳躲进了紫色的云堆里面。接下来，寒冷与幢幢黑影笼罩了山丘和长满三叶草的田野，再扩散到整个新月山庄。小小的房间变得漆黑一片。大个儿约翰的树林子和毕雷瓦多，全部被灰色笼罩了起来。

艾米莉的夜晚似乎显得杂乱而无章。她觉得伊儿雪铸下了很多错误，不过艾米莉仍然感到安慰，因为她为伊儿雪守口如瓶；而伊儿雪一向不曾对艾米莉感到怀疑，因为马雷家和史达家的人都能够保守别人的秘密。

随着月儿往上爬，天空变成了淡淡的银色。艾米莉坐在窗边眺望着夜晚的天空。原来有那么多的女孩子对迪迪如醉似痴，而且几乎是对他有求必应。艾米莉很后悔迪迪在高个儿约翰的树林里叫她时，她那么快速地就跑去会见他。

"噢……你就吹口哨吧！我就要赶到你那儿去啦！"如果只是一首歌的话，那就算不了什么。可是，我们并不是生活于苏格兰的歌谣里面呀！生活是什么事情都现实不过的！

伊儿雪的声音，到了最近有了明显的变化——她说起话来，仿佛是在说悄悄话。那种声音哪，实在叫人感到神秘。今晚的伊儿雪实在很美，她身上穿着绿色点缀着金色蝴蝶的无袖洋装，一条绿色的项链从她的颈部一直垂到腰部，脚上穿着附有金色扣子的皮鞋——伊儿雪老是爱穿这种亮丽的鞋子。

在早餐以后，劳拉阿姨对吉米说，艾米莉似乎心事重重的样子。

第十四章

"早起的鸟儿有虫吃！"迪迪如此说着。

他踏着毕雷瓦多河堤上面的绿草，走到了艾米莉的身边。

当他静悄悄地靠近艾米莉身边时，艾米莉的脸顿时涨得通红——不过，她尽量避免被迪迪看到她的脸。

艾米莉为了观看黎明的神秘，走下了新月山庄的楼梯，通过庭园，再穿过高个儿约翰的树林子，走到了毕雷瓦多。她做梦也没想到迪迪也在散步。

"我时常来此地看日出。只有在这几分钟里面，我可以单独地行动。下午和晚上都排满了各种节目——至于整个上午嘛……母亲一直叫我陪在她身边，因为她已经独自寂寞地生活了六年之久。"

"打扰了你重要的独处时间，实在非常不好意思！"艾米莉很不自然地说。

听了这句话，迪迪笑笑。

"你就不要以新月山庄的客套应付我了吧！我就知道，你也有晨间散步的雅兴。想不到你真的来了！我俩就坐在此地织个梦吧！众神为我们制造了这个早晨，这么美好的早晨，我实在舍不得把它浪费在讲话上面呢！"

艾米莉默然同意。

跟迪迪并排坐在毕雷瓦多的河堤上，头顶着清晨珊瑚色的天空，编织着美丽、狂乱、叫人难以忘怀的离了谱儿的梦幻，实在是一件叫人感到心旷神怡的事情。

周围的一切都还在睡梦中，只有艾米莉跟迪迪盗取了这段曼妙的时光，心心相印地使用心灵交谈。如果能够长久这样下去的话，那该多好！

"但愿世界能永远停留在这破晓时分。"艾米莉有如祷告一般，如此地在内心里低语着。

在日出以前，也就是在那个魔术似的瞬间，所有的东西看起来都好美！在原野间开放的水色菖蒲；沿着山丘的曲线，在阴暗处绽开的紫罗兰的影子；轻罩在池塘旁的金莲花上的白色雾霭；雏菊遍布的野地，仿佛铺着金银两色的布帘一般耀眼。

凉爽又芬郁的海风、港口对面遥远的陆地，还有那渔夫们早早就起来的烟囱管镇，袅袅而静谧地升起金色的炊烟……一切、一切都太美、太美了！

迪迪就躺在艾米莉的脚边，以他的两手为枕头。她再一度感受到他的魅力。每次她跟他正面相对时，都会被他吸引住。碰到这种场合，她就会萌生一种秘密的愿望，如果这愿望被伊

丽莎白阿姨听到的话，她一定会吓一大跳的！

此刻的艾米莉很想用她的手指抚弄迪迪乌亮的头发；好想把她的身体挪近迪迪的手腕；好想把她的面孔贴到迪迪温柔的脸上，再把嘴唇儿贴在他的唇瓣上面……

迪迪从他的头下抽出一只手，把它放在艾米莉的手上。她很乐于保持这种状态。

突然间，伊儿雪所说的话从艾米莉的心坎里浮现起来。那些话好像利刃一般，插进了艾米莉的意识里——

"我亲眼看到他接受女生赠送的礼物——他一一地跟她们握手，而且跟她们有说有笑的……"

迪迪是否察觉到艾米莉内心的思想了呢？她的思想非常清晰，好似每个人都知道。

"我实在忍受不了啦！"

艾米莉如此地想着，再把迪迪的手挥开，然后站了起来说："我得回去啦！"

由于一切来得太突然，迪迪也站了起来："啊——我实在不应该那样做，不应该那么做啊！"他的表情跟声音都变了。他俩不可思议的瞬间也就结束了！

"母亲一定在找我了呢！我也得回去啦！她一直都起得很早！可怜的母亲，她一点也不以我的成功为傲——她反而讨厌我的成功呢！她认为成功从她的身边夺走了我。我想带母亲跟我一起去生活，但是她不肯。

"我在想——那是因为她离不开那栋古老的屋子，以及不喜

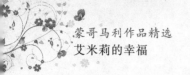

欢看着我埋首于工作。正因为如此，我跟母亲隔开了。我不知道母亲何以会变成那样。我想——没有一个人像我一般，完全不了解自己的母亲。

"我不知道母亲脸上伤痕的来历。至于父亲的一切，我一向茫然不知，更不知道他是何方人物。关于我们来到毕雷瓦多以前的事情，母亲从来就不曾告诉过我。"

"我想，你的母亲一定遭遇过很大的创痛。正因为创痛实在太深，叫她永远忘怀不了！"艾米莉如此地说。

"也许是关于我父亲的死亡吧。"

"我想不只是死亡！一定是发生了什么事情，一定是发生了叫人感到可怕的事情。好了！我要走了！"

"明天晚上，你会参加姬洛德夫人的舞会吗？"

"我会去的。因为她会派一部车子来接我。"艾米莉说。

"那实在太好了！我只有一只马儿拖的车子，实在不敢叫你跟我一块儿走。对啦！我必定会去邀请伊儿雪，另外佩利到底要不要去呢？"

"我看，他是不会去了！他第一次碰到审判大会，必须出庭辩论，当然是不可能去了！他写信对我如此说过呢！"

"佩利将来一定会遐迩闻名的。他第一次出庭想必也会创下很好的成绩的，他一旦咬住了目标就不会放弃。当我贫穷有如教会的老鼠时，他就已经能赚取好多的金钱，再一转眼就会变成富翁了。不过，我俩是在追逐金色的彩虹啊！"

艾米莉一点也没有流连的意思——迪迪以为艾米莉会"欲

言又止"地移不开脚步呢！想不到艾米莉头也不回地踏上归途。看到这种情形，他毫不考虑地就想带伊儿雪一同赴舞会。对迪迪来说，艾米莉跟伊儿雪似乎没有什么分别！

艾米莉却不能忘怀迪迪使用手抚摸她的感觉——那种感觉一直在燃烧个不停！在那短暂的爱抚中，迪迪已经把艾米莉完全占为己有。就算艾米莉跟狄恩共同生活了很多年，狄恩也不可能如此地把艾米莉占为己有。

整整一天，艾米莉什么事情也不曾做过，只一味在她内心世界里重复想到早晨时迪迪带给她的陶醉感。到了现在，她方才觉得新月山庄的生活实在是很单调，接着为此感到不满。

当吉米对艾米莉抱怨，爱丽丝花很容易招引红色蜘蛛时，她甚至感到吉米很无聊呢！

在修鲁斯贝利街道边发生了小小事故，艾米莉延迟了十五分钟后之后方才抵达姬洛德夫人的晚宴会场。

在会见一大群男女之前，艾米莉在大门处照了一下镜子，内心感到非常满足。她的黑发上面插着条纹宝石的发饰——她的头发很适合镶着宝石的发饰；那件有着金银色花边的洋装，穿在蓝色的长衬裙上面，更能显示出它的豪华。这件洋装是纽约珍妮小姐送给艾米莉的礼物，穿在艾米莉的身上十分合适；但是，伊丽莎白阿姨跟劳拉阿姨只是看了一下，并没有任何评语。

绿色与蓝色是一种很奇妙的组合，通常这两种颜色放置在一起并不醒目；但是，艾米莉穿在身上以后，却是非常合适。

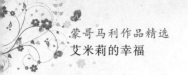

吉米看着艾米莉闪动着眼睛走出厨房时，有些恼恨地望着艾米莉的背影说："她穿上了那种衣裳，看起来实在不像我们的伙伴！"

"看起来仿佛是个女明星！"伊丽莎白阿姨以冷淡的声音说。

艾米莉步下姬洛德夫人家的阶梯，穿过月光堂，抵达晚宴会场的宽敞阳台时，一点也不像女明星。她只是一个实实在在的人，活泼而幸福，内心澎湃着某种希望。迪迪一定在场吧——那些人的视线一定会越过桌子，彼此对望一下，迪迪一定是跟一群人在交谈——他一定会一面跟别人交谈一面想着她吧，不久以后，他俩就会一起跳舞吧？或许迪迪还会说一些她想听的话吧！

艾米莉睁着一双紫色雾霭似的眼睛，有如在梦幻中，从大门处瞧瞧里面，她看了一下眼前的光景，那是一种她永生难以忘怀的光景。

食桌被设定于阳台上最高的地方，在那儿有很多藤蔓植物缠绕着；背后是高高的枞树和松树，它们有如一排兵士一般，在淡玫瑰色的夕阳下，昂然地耸立着，它们之间隔有一片海湾。小小的发光岛屿那边，有着一堆极大的乌云。

伊儿雪白皙的颈部，有一串珍珠在闪闪发亮。除了迪迪跟伊儿雪，还有很多的宾客。因为留了很长的胡子，看起来脸孔更长的罗宾教授也在场；李雪德把她长长的黑发挽到头顶上，牛奶色的面孔配上黑色的眼睛，叫人看了不禁想吻她一下；英俊潇洒、一双眼睛仿佛在做梦的克雷林也在场；金黄头发、白

色肌肤的安妮德始终保持谜一般的笑容。具有幽默爱尔兰面孔的汤姆和胖嘟嘟而秃头的艾文生也在场，艾文生时常说自己最有女人缘，以致言谈举止都效法某一位皇太子，叫人感到啼笑皆非。兰金斯把一张空椅子挪到前面，一张面孔仿佛是鹿爪儿，他一定是在等待着自己的女伴；年轻而胖嘟嘟的爱儿雪任由蜡烛光照耀着她的一双玉手，因为它们正是她身上最美的部分。

虽然参加派对的人有那么多，但是艾米莉只注意到迪迪跟伊儿雪两个人！对她来说，其他的人只是跑龙套的罢了！

那一群人面对着艾米莉坐着。迪迪穿戴得很整齐，他那一头金发跟伊儿雪的金发很相近。伊儿雪在肩膀上戴着玫瑰花束，丰腴的胸部装饰着一片泡沫似的花边。她穿着一件蓝色波纹绸缎的衣裳，看起来仿佛女皇一般！

艾米莉看到他俩时，伊儿雪正抬起头看了一下迪迪，好像在问他某种问题——从伊儿雪的眼光判断，那必定是关系着一件大事的问题。说真的，艾米莉从来就不曾看过伊儿雪有过这种表情呢！她的脸上有着一种挑战的意味。

迪迪并没有看着伊儿雪，只是低着头回答。艾米莉察觉到迪迪的回答中，的确有一句"爱你"的字眼。接着，他俩对看了好久——至少，看在艾米莉的眼光里，那是一段相当长的时间。旋即，伊儿雪涨红了她的脸，把她的眼光投射到其他地方。那就奇怪啦！有史以来，伊儿雪就不曾涨红过脸呀！几乎就在这个时候，迪迪的眼睛发射出胜利的光辉，看着桌子上面。

艾米莉顿时像是从光明的花园，跌入幻灭而恐怖的境地。

在刚刚一个小时前仍然很轻盈的心，一下子就变得沉重了，仿佛是死了一般。在一片笑浪和灯光中，冷冷的黑夜扑到她身上。人生的所有东西突然变得丑恶起来！至于兰金斯自己说了一些什么，她根本就不知道。

迪迪与伊儿雪的交谈似乎要无穷尽地延续下去，艾米莉始终不曾再看迪迪一眼。在晚餐时她的态度冷若冰霜，不曾有过任何的反应。兰金斯尽量地说一些逗趣的话，但是具有维多利亚女皇一般出众记忆力的艾米莉，始终不曾表示出感觉趣味的样子——这使得姬洛德夫人十分后悔开汽车去迎接反复无常的艾米莉。

其实，艾米莉很感激兰金斯坐在她身边，因为他是一个喜欢自言自语的人。就算始终没有人理他，他也会滔滔不绝地讲个不停。

对艾米莉来说，那次的舞会简直是一种折磨。因此，她很快就感到厌恶，眼看着别人在翩翩起舞，她仿佛是处在一群乱晃乱动的幽魂堆里。

艾米莉只跟迪迪跳了一支舞！可是，迪迪感到自己好似在拥抱一个娃娃，眼看着艾米莉提不起劲、魂魄已经飞到半天外时，他再也不想跟她继续跳下去了！

迪迪再度跟伊儿雪跳舞。在庭园里，他也一直坐在伊儿雪的身边。他对伊儿雪的殷勤，引起了众人的注意。

姬洛德夫人问艾米莉，伊儿雪跟迪迪订婚的传言是否属实。

"那个迪迪一天到晚追随在伊儿雪身边呢！"姬洛德夫人如

此地说。

"可能是真的吧！"艾米莉以冷淡的口吻回答。

姬洛德夫人以为艾米莉是在生伊儿雪的气呢！

当然啦！迪迪是爱着伊儿雪的。关于这一点，根本就不是什么不可思议的事情啊！伊儿雪固然很美，但是，她能敌得过黄金彩虹和象牙的美吗？

事实上，迪迪只是把她当成老朋友而已！也就是说，迪迪喜欢伊儿雪，但仅止于老朋友的关系而已！

艾米莉又犯了一次错误。她一直都在欺骗自己。在毕雷瓦多散步的那个早晨，她差不多在迪迪面前暴露无遗了，或许，迪迪已经完全看透了她的内心，这种认为已被看穿内心的感觉，实在叫她受不了啦！

这以后，艾米莉会学乖吗？对啦！今晚她就获得了一些宝贵的经验，她发誓再也不要作贱自己了！以后她要变得更精明更威严一些，叫别人不敢随便接近她。有句话说："马儿被盗走了，方才将马厩上锁。"这岂不是一件很愚笨的事情吗？而且啊！今夜剩余的时间该如何度过呢？

第十五章

因为有一个表哥即将结婚，艾米莉到华雷斯舅舅那儿滞留了一个星期。她回来经过邮局时，听说迪迪刚走了不久。

"他在一个小时以前才走的呢！"克罗比夫人说，"他收到了一封电报，内容是说，问他是否愿意担任蒙特尔艺术大学的副校长。于是他就走了！这不是一件很值得庆幸的事情吗？迪迪的名声真是愈来愈大了！毕雷瓦多的人都以迪迪·肯德为傲呢！你说是不是？只是，他的母亲实在太怪了一些！"

所幸，克罗比夫人并无意等待艾米莉的回答。

艾米莉感到自己的脸孔变得苍白，她对什么事情都感到了无兴趣了！她取了邮件以后就匆匆地走出邮局。

艾米莉在路上碰到了各色各样的人，但是她一点儿感觉也没有！结果呢？大伙儿当然是又把她说成自大的姑娘。

不过，当艾米莉回到了新月山庄时，劳拉阿姨交给她一封信。

"这是迪迪留下来的。昨天晚上他来此地辞行。"高傲的史

达小姐差一点儿就歇斯底里地哭出来。

乖乖……马雷家的人竟然也会歇斯底里呢！这件事情如果传出去的话就完蛋了——绝对不能让别人知道。艾米莉咬紧牙根，取了那封信后就进入她的房间里面。她内心的冰雪逐渐地融化。"为什么自从姬洛德夫人的舞会以后，我要那样冷淡地对待迪迪呢？我做梦也没想到他竟会如此快就走！现在我该怎么办？"

艾米莉打开了信封。原来是佩利的一首诗。这首诗曾被刊登在夏洛镇的某家报纸上，一直被大家当成笑柄。迪迪跟艾米莉看了这首诗以后，曾经捧腹大笑——伊儿雪却一直板着面孔，根本就笑不出来。迪迪曾经表示要把这首诗剪给艾米莉，没想到他真的做到了！

艾米莉静静地坐在自己的房间里面，眺望着黑色天鹅绒似的夜晚。不久以后伊儿雪来了。

"迪迪走了！他写信给你了吗？他也写信给我了呢！"

"他写信给你？"

"嗯……"艾米莉说。这件事情并非虚假，纵使虚假又何妨呢？

"迪迪并不喜欢突然的上任呢！但是，对方要求迪迪快点做决定。迪迪说，他必须到实地去看看，否则的话，他不可能做最后的决定。不管是哪一种职位，迪迪必须考虑再三才能决定。事实上，大学副校长的职位不错的嘛！啊……我得走了！这一次的假期实在叫人太满意了。对啦！明儿晚上在德利举行的舞会，你想参加吗？"

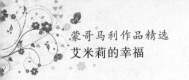

听了这句话，艾米莉摇摇头说："迪迪既然走了，去参加舞会又有什么意思呢？"

伊儿雪很热心地说："这个夏天原有不少叫人感到兴趣盎然的事情，只可惜一切都不如想象中的美好！我满以为可以回到孩童时代呢！结果根本就办不到嘛！我们只是在装腔作势而已！"

天哪！我是在装腔作势吗？噢……我的心疼只是在装腔作势吗？关于我的那种燃烧似的羞耻，以及听到刺耳之言的痛心，迪迪并没有在他的信件里面提起。艾米莉的内心非常清楚——自从姬洛德夫人的舞会后，艾米莉就知道迪迪并不爱她。

但是，艾米莉认为他俩之间还有友谊存在。她认为所谓的友谊，总是还有一些用处的吧！万万想不到，迪迪并不把她的友谊当成一回事。原来，他在这个夏季之所以回到毕雷瓦多，只不过是为了度假！

如今，迪迪已经回到真正的生活里去了，开始从事他认为有意义的事情。而且，他还写信给伊儿雪呢！她一心一意地想要复仇，有时，马雷家族的傲气也会变成争斗心呢！

"所幸夏天已经过去了！"艾米莉很在意地说，"我也得开始工作了！整整两个月之久，我不曾书写任何东西呢！"

"换句话说，你只想到这件事情？"伊儿雪有些不可思议地说，"我也喜欢工作，可是我不像你，老是被工作羁绊住。我在一瞬之间就可以呼风唤雨呢！我们哪！每个人都有不同的天份。可是艾米莉啊！在整个人生里，若始终只想到一件事情，是否

也会叫你感到快乐呢？"

"至少，比起想及很多的事情来，会叫人感到好受些。"

"也许真的是这样吧！"

"因为你在你的女神前面供奉很多东西，当然一定会成功。这也就是我俩之间的不同点了！我的基础是由软土所形成的。不管我如何逃避，还是非做一些自己预料以外的事情不可。诚如佩利所说——我一旦得不到自己喜欢的东西，就会去喜欢能够到手的东西。这是否就是所谓的常识呢？"

艾米莉在内心里想到：如果她能够像伊儿雪一般愚弄他人的话，那该多好！她如此地想着，再走到窗户那边，在伊儿雪额头吻了一下。

"伊儿雪啊！我们已经不是小孩子啦——而且，我们再也无法回到孩提时代啦！长大了，就必须成为最有用的大人才行！我希望你能一辈子过着幸福、快乐的日子。"

"你也一样。"

伊儿雪说着，握起了艾米莉的手。

第十六章

一九ＸＸ年　　十一月十七日

形容十一月天有两个非常适当的词，那就是"厌烦"与"阴郁"。因为它们很早就结了婚，是故，我们不能叫它们离婚。正因为如此，这两天，不管屋子的内侧、外侧，或者物质与精神方面，都叫人感到厌烦与阴郁。

今天的天气是好转了一些！暖和的秋风缓缓地吹着，吉米的南瓜园给古老灰色的仓库添置了"亮丽的金黄色"。

小河旁的山谷伫立着落叶的乔木，看起来相当地美。下午，我进入了尚有一些美的余韵，但是叫人感到不快的十一月森林里徜徉，从黄昏散步到夕阳西沉为止。

那是没有任何声息的傍晚，山野由一大片灰色的寂静覆盖着：虽然说是寂静，但只要利用心灵的耳朵聆听的话，仍旧可以听到很多细小的微妙声响。不久，星星出现在苍穹里面，我似乎听到了它们相互呢喃的声音。

　　不过，今天实在是一个叫人感到烦厌的日子，以致在今夜我几乎失去了所有的美德。写了一整天，到了夜晚再也写不出只言片语了！我索性把自己关在房里，有如一只笼中鸟般地在狭窄的室内徘徊。那个小小的时钟已经报出了三更半夜的时间，但是我仍然睡不着，始终都没有困意。打在窗上的雨声叫人感到恐怖，咻咻地刮着的秋风，有如死亡的进行曲。

　　所有过去的欢喜的亡魂都回到我的心里，就连未来恐怖的亡魂也不放过我。

　　今夜，朦胧中，我又想起了"失望之家"——在风雨交加之下，小丘上的那栋房子最叫我魂牵梦萦！在其他的午夜梦回时，我会想着狄恩到底在何地旅行，迪迪何以不给我只言片语——那种寂寞无助的感觉，往往会夺走我浑身的力量，叫我欲振奋而乏力。

　　碰到这种场合，我只好从日记簿中找一些能抚慰自己的东西，就仿佛向忠实友人求助。

　　一九ＸＸ年　　十一月三十日

　　庭院里，有一朵玫瑰、两朵菊花展开了笑颜。那朵玫瑰花仿佛是包含了诗歌、梦幻以及魅力；菊花也是风情万种的花儿，但就是不宜把它放置在玫瑰花附近。

　　如果单纯以菊花来说的话，它们也算是豪华而亮丽的花儿。它们有着不同的缤纷色彩——粉红色、黄色以及樱花色，应有尽有；不过，一旦把它们放在玫瑰花旁边的话，它们看起来就

会像女皇厨房里的女佣人!

菊花之所以不如玫瑰,并非菊花本身的缺陷。为了公平起见,我都会把它们分开来放置。

今天,我写了一篇很动人的故事。我想,即使是嘉宾德老师看到了也会感到满意。我在撰写它时感到十分幸福,但是写完后回到现实时……

反正,我不想再发什么牢骚了!总而言之,人生还是值得眷恋的。

看到我一副愁眉不展的样子,劳拉阿姨还以为我真的罹患肺病了呢!我实在想不通,我看起来真的那么像肺病患者吗?就凭这一点,劳拉阿姨看起来更像维多利亚女皇时代的妇女了!

我不断地在奋斗。终于,我获得了胜利,再度变成了自由的妇女。只是我的嘴里仍然留存一些愚蠢的痕迹,以致偶尔会带给我一种难以言喻的痛苦。

的确,我不停地在进步,我生活所需的收入也不断地增加。到了夜晚,伊丽莎白阿姨就会阅读我写的小说,给劳拉阿姨跟吉米听。今天,我虽然能够愉快地生活,但是想想明日的生活,实在很困难呢!

一九ⅩⅩ年　　一月十五日

在月光照耀之下,我穿着雪鞋出去散步。寒冷的空气,叫人感到冰霜的气息,实在是一个凄美的夜晚。我就好比是一首

星星众多又寒冷彻骨的霜夜之诗。的确，有些夜晚就像蜂蜜一般，有些夜晚类似酒浆，有些夜晚像苦恼中的种子，今夜则是像酒一般的夜晚——仿佛是白色的酒浆一般，喝了它以后，往往会叫人的头脑感到空洞。

我为了某一种愿望、期待，以及信念，内心沸腾了起来，这件事情发生于昨夜的三点钟左右。

当我拉开窗帘，看着外面，庭园由于积满白雪，全部变成一片银白色，在月光下闪闪地发光。在雪地上面，看起来只有死与悲伤的无叶树木，昂然地伫立于那儿。不过，这只是外表罢了！延续生命的"血液"就在树木的内心里面。想必在不久以后，它们将以青翠的叶子和粉红色的花朵装饰自己。而且，花朵累累的树枝，将吹奏出早晨的喇叭之歌。

新月山庄的对面，是一片又一片的原野，很寂寞地在月光下躺着。它们是否会寂寞呢？事实上，我并不想书写"寂寞"两个字，它们只是偶然地被我书写了出来。我并不感到寂寞——因为我有工作，有很多书籍可以阅读，又有春天的希望；同时，我也认为这种寂静而单纯的生活，比起去年夏天疯狂的生活，更为幸福！

我在书写日记以前就知道了这件事情；可是，现在我已经不相信这句话了！因为那并非事实，只不过是自我安慰而已！

天哪！我感到非常地寂寞——一种别人无法理解的寂寞。不管我再怎么否认也没用。虽然我曾经感觉自己是一个胜利者，但是如今呢？我的旗帜再度沾满了灰烬。

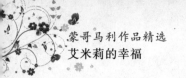

一九××年　　二月二十日

在早春的二月里发生了一件事情。

二月实在是一个古怪的月份。这几个星期以来的天气，确实就跟马雷家的传说一样。

叫人感到恐怖的大风雪，正肆虐着山丘上面的树林。

我已经预料到在树林子的那一边，毕雷瓦多已经变成白沙漠里的一小撮黑丛。外面黑夜里所刮的大风雪，使火光熊熊的小房间住起来叫人倍感舒服，比起一月里美丽的夜晚更叫我感到满足。

至少今夜并不像那夜，叫人感到有一种被愚弄的感觉。

今天，《普拉斯赫德》杂志刊登了一篇由迪迪描绘插图的小说。那篇故事里女主角的面孔，有一部分是我的翻版。每次碰到这种情形时，我就会有一种仿佛见了"鬼"的感觉。

今天不知怎么搞的，当我看到了该女主角的面孔时，心里不禁产生了一种无名火；因为对迪迪来说，我的面孔已经没有任何的意义了！

话虽如此，我仍然把该杂志"人物介绍栏"里迪迪的照片剪了下来，再装入玻璃框里面，然后放置在我的书桌上面；因为一直到今天，我还不曾拥有过迪迪的照片。

到了晚上，我却忍不住从玻璃框里取出那张照片，再把它放在暖炉上面付之一炬。

火焰快要熄灭时，那张照片抖了一下，使得照片里的迪迪仿佛在向我挤眼睛——他看扁了我似的挤了一下眼睛，再如此

地说："你认为你已把我忘掉了对不对？如果你真的能忘掉我的话，你就不用把我付之一炬啦！你已经是属于我的了！你老早就属于我了！不过，我绝对不会对你低声下气。"

　　如果有一个好心的小精灵出现，叫我说出内心愿望的话，我就会如此对他说——你就叫迪迪再度到高个儿约翰林子那边吹口哨吧！叫他一遍又一遍地吹口哨吧！可是，我绝对不会去见他的！我绝对不会去见他的！我连一步也不会走出新月山庄！

　　唉……我再也受不了啦！我非得把迪迪赶出我的人生不可！

第十七章

　　继艾米莉二十三岁诞生日之后的夏天，对马雷家族来说，乃是一个叫他们最感到恐怖的夏天。在那一年，迪迪跟伊儿雪都没回来。伊儿雪到西部旅行，迪迪则跟随印第安观光团一起旅行，以便描绘连载小说里的插图。

　　在毕雷瓦多的艾米莉后头，跟了一大群的求婚者。人们都讥笑着说，那些求婚者多得像蜈蚣的脚。虽然求婚者有一大串，但是没有一个人能获得家族的一致赞成。

　　德利镇的一个花花公子，外表挺漂亮的杰克·巴尼对艾米莉大献殷勤。潘利医生批评他为"绘画一般的放荡者"。所谓的"绘画"也就是表示杰克的包装很漂亮。

　　杰克放荡不羁，什么法则也奈何不了他。他不但貌如潘安，更是舌绽莲花，谁也不敢保证他追不到艾米莉。马雷一族为了这个，整整操了三个星期的心。

　　"艾米莉啊！你不要跟杰克在一起！"奥利佛舅舅非常气愤

地说出这句话。

"据说，杰克喜欢把他恋爱的对象所说的话，一字不漏地记录下来！"劳拉阿姨很烦恼地说。

"劳拉阿姨，请您不必操心！他绝对不敢把我所说的话记录下来的！"艾米莉斩钉截铁地回答。

另外一个追求者是哈罗鲁·荷威。此人是修鲁斯贝利人，已经二十多岁，外表有如诗人一般，有一头漆黑而卷曲的美发，一对很秀气的茶色眼睛。此人相当喜欢音乐。

艾米莉出席音乐会时碰到了他。这使得新月山庄的两位阿姨几夜不能成眠。然而，当洛德·丹佛插进来时，事态就更为严重了！

"那家伙的大伯是个宗教疯子呢！"华雷斯舅舅忧郁地说，"那人整整睡了十六个年头。我不知道艾米莉到底在想些什么？她到底是不懂事的傻子，还是玩世不恭的女孩？"

不过，丹佛一族是颇有名望的，甚至不下于马雷族；但是拉利·德斯克又算是什么呢？不错，他们是普利斯多的远房亲戚——拉利的父亲曾经在坟场养过牛儿；拉利的伯父因为憎恨邻人，愤而把一只死在古井里面的猫儿抛向邻人……

目前，拉利是相当有名的牙科医生，生意很好，日进斗金，为人也很热心，实在无从挑剔；但只可惜他是德斯克的后代。

总而言之，当艾米莉把拉利轰出去后，伊丽莎白阿姨方才放下了一颗忐忑不安的心！

"真是马不知脸长呢！"劳拉阿姨对于拉利的厚脸皮，只有

好笑的份儿。

"劳拉阿姨，我拒绝拉利的求婚，并非看不起他的家世。"艾米莉如此地说，"我只是不喜欢他求婚的方式。因为他把本来很美丽的事情丑化了！"

"我想——一定是他求婚的方式不够罗曼蒂克，所以你才拒绝的对不对？"伊丽莎白阿姨有一些揶揄地说。

"不是啦！因为我想到了圣诞节时，他一定会送给我一部吸尘器。"艾米莉如此回答。

"这个女孩子不会认真地接纳任何人的。"伊丽莎白阿姨很绝望地说。

"我认为艾米莉已经迷失了自己，"华雷斯舅舅说，"在这个夏季，她根本不曾跟认真的求婚者见过面。正因为她有一些轻佻，因此那些正经的男子都不愿接近她。"

"我听人家说过，艾米莉很轻浮，"罗丝阿姨说，"当然真正有价值的男人，是不会接近她的。"

"她一直都在搞稀奇古怪的恋爱事件呢！"华雷斯舅舅如此地说。

马雷家族都认为华雷斯说对了，艾米莉的恋爱事件，绝非马雷族应该有的恋爱事件，因为它们实在太过于幻想化了！

不过，艾米莉非常地庆幸，因为除了伊丽莎白阿姨，没有人察觉到她正身处幻想式的恋爱事件中。如果其余的马雷族人都知道的话，他们一定会说，艾米莉除了轻佻，还有一种强烈的报复心理。

夏洛镇有一家日报，曾经在夏季出了一篇特刊，宣传爱德

华王子岛的美景，并且向世人介绍这是一块避暑胜地。那一次，他们向美国的报馆购买了一部没有版权的旧小说，作者为马克·库利浦，乃是一个默默无名的笔耕者——那篇小说的名称为《王族的订婚》。因为报馆编辑部的人员并不多，因此一个月之前，就着手编排特刊，最后，除了最后一章，几乎全部都编排好了；然而不知怎么搞的，最后一章竟然无端地消失了！总编辑大发脾气，但是仍然找不到。

到了这个地步，一时之间也找不到其他相同篇幅的作品；就算能够找到，也来不及排版印刷了，因为特刊在一个小时之后就必须要印刷出来！难怪总编辑急得有如热锅上的蚂蚁。

很凑巧地，艾米莉就在此时出现在编辑部。因为总编辑跟艾米莉是好朋友，是故，每逢上街时，艾米莉必定会去编辑部看看他。

"你可真是万能的神派来的！"总编辑威尔逊说，"你赶快来救救我们吧！请你帮我们重新写个结尾，现在还有三十分钟的时间。你就行行好吧！"

艾米莉火急地看了那篇小说，依照她的想法，作者马克似乎对结局并没有特别的安排。

"你还记得它是如何收尾的吗？"艾米莉问。

"我完全不知道呀！因为我根本连一行也不曾看过，"威尔逊呻吟了一下，"因为长度刚刚好，所以我才把它买了下来。"

"好吧！我就尽量帮你写吧！不过，我并不熟悉皇室的生活。"

"这点你不必操心。因为作者马克也不是熟悉皇室生活的

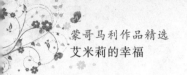

人。"威尔逊又呻吟了一声。

在三十分钟以内，艾米莉写好了很漂亮的完结篇，并且很巧妙地解开了所有的谜题。威尔逊急忙把稿件交给负责人，并且对艾米莉道谢不已。

"读者会不会看出'接缝'呢？作者马克看到的话，又会有什么感想呢？"

艾米莉在内心如此想着。

其实，根本不会有人注意到这件事情的，所以很快地，艾米莉就把件事情给忘了。

两个星期以后，艾米莉在客厅，使用伊丽莎白阿姨的水晶花瓶——瓶底镶着红宝石，乃是新月山庄上一代的遗物——插玫瑰花时，吉米引导着一位陌生的男子走了进来。那时，艾米莉做梦也料想不到他竟会跟《王族的订婚》有着密切关系。她只发觉那位绅士显露出焦急的样子。

吉米很懂礼貌，立马走出了客厅。接着，劳拉阿姨使用玻璃盘子装满了草莓酱，把它放置在客厅的桌子上面；在使它们冷却时，她曾经看了一眼这个紧绷着脸的陌生男子，但是，她实在猜不透他跟艾米莉到底有什么关系。

艾米莉自己也感到非常地纳闷。这位陌生的男子一直站立于桌子旁边，动也不动一下，他在阳光很少照射到的古老房子里面，看到艾米莉穿着单薄的绿色衣裳，举止娴雅，予他一种星星似的感觉。

"您请坐啊！"艾米莉以新月山庄一族人特有的威严态度说。

　　但是，客人并没有坐下。他一直站在原地不动，目不转睛地凝视着艾米莉。艾米莉唯一的感觉是——刚进来时他有如一堆烈火，一直在瞪眼吹胡子，但是，现在的他已经心平气和多了！

　　这位陌生男子穿着引人注目的服装，戴着单眼眼镜——也就是只有一只眼戴着眼镜——他的眼睛就像小小的黑色透镜一般闪闪发光，其上有两道黑色的八字眉。他的黑色头发长及肩膀，下巴更是出奇地长，整个面孔有如大理石般白皙。

　　如果是在照片里面的话，或许可称为是一张出色而富于罗曼蒂克的脸；但是处在新月山庄客厅的话，那就不太适合，反而有一些叫人感到恶心呢！

　　"真是诗一般的人物呢！"他凝视了艾米莉一阵子以后，如此地赞美。一开始，艾米莉认为此人很可能是从疯人院逃出来的。

　　"你绝不可能会犯下丑恶的罪行，"他很热烈地说，"这真是个感人的瞬间——实在太叫人感动了！必须使用言语把它们表现出来，实在是'很俗'的一件事情。真是神妙透啦！灰中带紫的大眼睛，仿佛镶嵌着黄金。这正是我有生以来所一直追求的眼睛，我想我已经跌进你那双美丽的眼睛里面了！"

　　"您到底是谁呀？"这时，艾米莉已经百分之百地确定对方是个疯子。于是如此地问他。

　　"我就是马克·库利浦。"对方把手按在胸部，低垂着头回答。

　　"什么？马克·库利浦？"艾米莉感到那个名字好熟悉，好像在哪儿听过。

　　"你难道不晓得我的名字吗？这是个家喻户晓的名字呢！世

界上每个角落的人，都认识我呢！"

"噢！"艾米莉叫了起来，她的面孔顿时转为明朗，"我、我想起来啦！你就是《王族的订婚》的作者！"

"也就是被你毫不留情地'杀掉'的那部作品的主人——"

"啊！真是对不起！"艾米莉歉然地说，"当然啦！你一定感到愤愤不平。事实是这样的，如你所知——"

他挥了一下又长又白的手阻止了她："无所谓啦！一点都无所谓了！到了现在，我什么都无所谓啦！刚来此地时我暴跳如雷。我就居住于德利镇的饭店。唉……要怎么说才恰当呢？嗯——就像是一首诗，又神秘，又浪漫。今天早上我看了《夏洛镇日报》的特刊，那时，我非常地气愤——我有气愤的权利吧？其实，我的悲哀胜过愤怒，我的作品竟然被糟蹋成那种样子——

"我非常不喜欢大团圆的结局。我最不齿于这种手法了！我的作品结局，向来都是悲伤而充满了艺术的气氛。所谓的大团圆毫无艺术的气氛可言。我看了你修改的那篇东西以后怒不可遏，于是，我愤怒万分地赶到了报馆，调查究竟谁是'元凶'。我本来的目的嘛……就是来此地责备你，好好地发一顿脾气的！不过，我现在改变了主意。如今，我只有满腔崇拜你的意念。"

到了这个地步，艾米莉也不知道该说些什么才好。以新月山庄来说，这样的事情有史以来就不曾发生过。

"关于那篇小说，你彻底误解了我的意思，不过，我现在认

为那无伤大雅！我来到此地时，满腔的愤恨——想不到，我却看到了你。在看到你的那一瞬间，我就非常高兴地知道，你是属于我一个人的'东西'了！"

艾米莉真希望这时没有人进来。因为她感到非常地不对劲。

"请你不要疯疯癫癫的好不好？我们是第一次见面呢！"艾米莉只能如此地说。

"我们才不是第一次见面呢！"他强调着说，"我们已经在上辈子相爱过了。我们的爱是那么鲜活而感人——那才是永恒的爱呢！我一踏入此地，立刻就认出你了！只要你从惊讶中清醒过来，想必你也会察觉到这点的。你准备何时跟我结婚呢？"

第一次碰面的男子，竟然在见面五分钟后提出结婚的要求，这不仅不能使人感到愉快，反而叫人瞠目结舌，不知如何才好。

"请你别乱说一通，我不可能跟你结婚的！"艾米莉斩钉截铁地说。

"什么！你不想跟我结婚？那可由不得你！到今日为止，我不曾向任何人求过婚。我可是响叮当的马克·库利浦！而且拥有不少财产。法国籍的母亲给我魅力和浪漫，苏格兰的父亲给我冷静的头脑。我凭着自己身上流的法国血统认识了你的美与神秘；我也要凭着苏格兰的性格，在你的威严和深思熟虑前跪拜。

"告诉你吧！很多的妇女追求过我，但是我并不爱她们。你是我唯一理想的女性——值得我崇拜。我在进入这个房间以前，乃是一个自由自在的男人；不过在我步出这个房间后，我就要变成一个俘虏了！

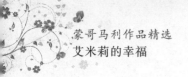

　　"如今哪！我是幸福的俘虏呢！我所钟爱的主人啊！我在内心已经向你下跪了。"

　　艾米莉很担心他不仅会在精神方面对她下跪，甚至真的会在肉体方面下跪呢！如果伊丽莎白阿姨这时刚好进来的话，她将有何种想法呢？

　　"请你回去吧！"艾米莉发出了绝望的声音，"我实在很忙，不能够再跟你谈了！关于你的小说，我感到非常地抱歉；但只要经过我的解说，我想你必定能够谅解的！"

　　"我不是说过了吗？不必再提小说的事情了！我只希望你以后别再写大团圆的小说，这样也就够了！我会好好地对你灌输悲伤与不完美的艺术思想。我想——你必定会是一个出色的女徒弟！能够教导你这个徒弟，我感到非常地荣幸。让我亲吻一下你的手吧！"

　　他仿佛要抓住艾米莉的手儿一般向前踏出一步。

　　"你一定是疯啦！"艾米莉嚷了起来。

　　"我看起来像发疯了吗？"库利浦又向前进了一步。

　　"没错！你是疯啦！"艾米莉毫不思索地说。

　　"或许，我看起来有一点儿像发疯吧，或许真的是那样——我疯了，我喝了玫瑰醇酒而沉醉了！所有的情侣都是不正常的。好吧……你那还不曾接过吻的漂亮唇儿……"

　　艾米莉把头昂得高高的。她认为——必须尽快结束这场莫名其妙的闹剧不可，因为她已经忍受不了啦！

　　"库利浦先生！"艾米莉如此地说，她的脸上已经显露出了

马雷族特有的表情，使得一向吊儿郎当的库利浦，也知道她真的在生气了，"我不想再听那些无聊透顶的话。既然你不听我解释有关那篇小说的事情，那么，你就请回吧！"

马克·库利浦认真地瞧了一下艾米莉，再庄重地说："你要接吻（kiss），还是手打脚踢（kick）？"

或许，他是在打比喻吧。反正不管是打比喻，还是实话实说都无所谓。

"那就手打脚踢（kick）吧！"艾米莉傲然地回答。

库利浦真的抓起了花瓶，把它抛向壁炉。由于一半恐惧一半惊讶，艾米莉呻吟了一声。"完啦！那可是伊丽莎白阿姨最珍贵的花瓶呢！"

"那只是单纯的防卫手段而已！"马克瞪着艾米莉说，"我非得那样做不可——否则的话，我一定会杀了你！你这个冷若冰霜的姑娘！你呀！就像北国的霜雪一般地冷！好吧！再见啦！"

他走出去时并没有砰地关门，只是静静地拉上了门。他借着如此的动作告诉艾米莉，她所丧失的是一件很贵重的东西。艾米莉看着他走出庭院，恼怒地踩踏着脚下的泥土时，方才叹了一口气。

"谢天谢地，他不曾把盛满果酱的玻璃盘子摔在我身上呢！"艾米莉有一点歇斯底里地说。

伊丽莎白阿姨进入了客厅。

"天哪！艾米莉呀！你把水晶花瓶——你外婆的宝贝花瓶，砸碎了吗？"伊丽莎白阿姨很惊讶地问。

"伊丽莎白阿姨，不是我！那是马克·库利浦砸的！他把水晶花瓶抛到壁炉上面。"

"什么，抛到壁炉上面？"伊丽莎白阿姨感到甚为迷惑，"他为何要把水晶花瓶抛到壁炉上面呢？"

"因为，我拒绝了他的求婚！"

"什么，求婚？你以前碰到过他吗？"

"一次也不曾碰到过呢！"

伊丽莎白阿姨捡起了水晶花瓶的碎片，一句话也没说就走出去了！

这就奇啦！一定发生了什么古怪的事情，必定是发生了古怪的事情！错不了啦！一定是这样的！男人只见一次面就对她求婚吗？这个女孩子一定有什么不寻常的地方……

不过，对马雷一族来说，那个夏季叫他们感到最难挨的，乃是日本的皇太子事件。

伊丽莎白阿姨的远房堂妹——露伊丝·马雷居住于日本长达二十年之久，在她返回到德利家乡度假时，身边带着一位日本的皇太子。这个皇太子是露伊丝丈夫朋友的儿子，而这位异国朋友在她的不断游说之下，变成了基督教徒；而且，他表示希望能跟露伊丝到加拿大瞧瞧！

日本皇太子将要驾临一事，使得马雷族的男女，以及地域社会引起了一阵骚动。然而这种骚动，比起日本皇太子爱上艾米莉所引起的骚动，根本就算不得什么了！

艾米莉很喜欢日本皇太子，也可以说，对他非常有兴趣。他

体会到了毕雷瓦多和德利的基督教气氛以后，一时傻了眼，正因为如此，艾米莉非常同情他。虽然日本皇太子已经改信基督教，但是他仍然感到很不习惯。艾米莉有耐心地对他说明——皇太子能说一口流利的英语。到了月儿爬上柳梢头时，艾米莉就陪着他在庭园散步。

这以后，有着一双吊尾眼、漆黑头发梳得很整齐的日本皇太子，每夜都会出现在新月山庄的客厅。

不过，当日本皇太子把翡翠雕刻的青蛙送给艾米莉时，马雷一族的人都慌张了起来。

看到了这种情形，露伊丝流出了眼泪，因为她知道那只翡翠的青蛙意味着什么。原来，那只翡翠的青蛙，向来只流传于皇太子的家族之间。除非当成结婚的赠物，否则的话，是不会轻易地送给别人的。

艾米莉是否算是跟日本皇太子订婚了呢？罗丝阿姨以为大家都疯了，愈想愈不妥，以致专门到新月山庄演了一出闹剧。

艾米莉也感到万分尴尬，以致不管罗丝阿姨问什么，她都三缄其口。艾米莉非常厌恶她的族人在整个夏季里，为她的一些求婚者而大惊小怪。

"有些事情不宜说给别人知道。"艾米莉如此对罗丝阿姨说。

感到一筹莫展的马雷一族，最后做了一个结论，那就是——艾米莉想当日本的太子妃啦！

既然艾米莉如此决定，他们又夫复何言？艾米莉是说到做到的女孩子，谁也奈何不了她。这仿佛是神的安排，但是马雷

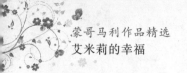

一族仍然感到惶恐异常。

在高傲自大的马雷族眼里，日本皇太子并没有什么值得他们感到特别的地方。而且，这一族的人，从来就不曾考虑过跟外国人结婚，遑论日本人了。他们就是做梦也不曾想到，他们的下一代竟会嫁给异族的日本人呢！

不过这也怨不得谁，因为艾米莉是朝三暮四的女孩子！

"她呀！老是跟有问题的男人搞在一起，但是这件事情，我实在连做梦也想不到呢！天哪！竟然是异教徒，而且又是——"

"你弄错了啦！那个皇太子并非异教徒！"劳拉阿姨说，"他已经改信基督教了——露伊丝曾经如此说过。所以嘛……我认为那已不是问题，只是——"

"我还是认为他是异教徒！"罗丝阿姨又嚷了起来，"露伊丝何德何能？她焉能叫别人改信基督教呢？叫别人改信别种的宗教，表示她本人就有问题。而且啊她的老公就是革新派的呢！你们别管我！那个黄面孔的异教徒，还有他的翡翠青蛙，实在叫人感到烦厌呢！"

"可是，艾米莉很中意他呀！"伊丽莎白阿姨如此说时，正在想那个水晶花瓶。

"真是莫名奇妙！"华雷斯舅舅如此地说。

"至少，她也应该选择一个白种人啊！"安德烈自以为是地说。

露伊丝认为自己应该为这件事负起责任，她流着眼泪说："日本皇太子是个再忠厚不过的青年人。"

"如果艾米莉选杰姆斯牧师就好了！"伊丽莎白阿姨如此地说。

　　这一族的男女在慌乱与骚动中度过了五个星期。五个星期后日本皇室召回了皇太子。露伊丝如此地说——皇太子决定娶武士家的女儿，而且这件婚事，是早就敲定了的。

　　不过，他还是把翡翠的青蛙留给了艾米莉。某夜，当月亮照耀着庭院时，他不知对艾米莉说了一句什么话。

　　听了这句话，艾米莉稍微变了脸色，但是一直默默无语；当她回到伊丽莎白阿姨那儿时，却笑个不停，尤其是看到了露伊丝时，更是狡黠地笑了一下。

　　"我并没有成为日本的太子妃。"艾米莉说着，擦了一下眼睛。

　　"我说艾米莉啊！我知道你对皇太子只是恶作剧，对不对？你使他感到非常地不幸呢！"露伊丝训了艾米莉几句。

　　"我根本就不曾对他恶作剧呀！我俩只是一直在谈论文学和历史罢了！我想，他再也不会想起我了！"

　　"我记得皇太子当时的表情，"露伊丝说，"而且，我也知道翡翠青蛙所包含的意义。"

　　新月山庄的人终于舒了一口气，再度回到了平静的生活。劳拉阿姨一双年老温柔的眼睛，再也没有了忧虑之色；伊丽莎白阿姨很悲哀地想着杰姆斯牧师。这个夏季叫新月山庄的人紧张万分，几乎没有一刻让他们感到安宁的时间。

　　毕雷瓦多的人都在彼此低语道：艾米莉又失恋了；但是他们又说，她会感谢这一次的失恋。

　　"真不敢相信，她竟然会喜欢上外国人。至于是皇太子还是其他人，我们才不管呢！"大家异口同声地如此说。

第十八章

　　到了十月的最后一个星期，吉米开始在山间的田地耕耘。艾米莉不经意间竟发现了马雷家的传家宝——"失去的钻石"（请参照《新月山庄的艾米莉》）。而伊丽莎白阿姨在下阁楼阶梯时，一脚踏空，以致摔断了腿。

　　在暖和的阳光照耀下，艾米莉站在大门口的砂石台阶上，看着一片迷人的黄昏景色。几乎所有的树木都覆上了树叶。不过，小小的山毛榉仍然顶着金黄色的装饰物，从枞树的间隙露出了它们的一部分——换句话说，山毛榉覆满了枞树的阴影——小径末端的杉树，仿佛是金色的蜡烛！

　　对面山坡的田地有三条红色的镶边——那就是吉米所耕耘的田园。

　　艾米莉书写了一整天后，感到甚为疲倦，于是走到庭园，穿过缠满了常春藤的亭榭——她一面想着：到底郁金香的球根要种植在哪儿比较好呢？一面有如梦游一般徜徉着。嗯……这

里最好——吉米最近挖开的古老小径，现在正有松松的泥土，只要把球根种植在这里，明年春天就会开满一大片的郁金香，到时就不愁没有可以举行宴会的场所了。

艾米莉的鞋沾满了潮湿的泥上，随后走到了石凳旁边，摇动双脚，意图抖掉沾在鞋底的泥沙。就在这时，某种东西掉了下来，有如露珠一般，在草丛里面闪闪发光。

艾米莉发出了低沉的惊呼声，蹲下身子将它捡了起来，很惊喜地把它握在手里——自从祖伯母米莉安·马雷进入亭榭至今，它已经整整失踪了六十年之久。

在孩提时代，艾米莉的美梦之一，就是寻觅这颗"失去的钻石"——她记得时常跟迪迪、伊儿雪在那一带寻找，前后有好几十遍，到了最近几年，她几乎把这件事情全给忘怀了。

万万料想不到钻石仍然在此——它仍然美得耀眼。它可能是从古老的石阶角落掉进土壤里去的，而且在那儿整整长眠了六十年之久。

对新月山庄来说，这真是一件天大的事情。几天之后，马雷一族的人，全部集合在伊丽莎白阿姨的床边，召开了一场如何处置"钻石"的会议。

爱德华跟米莉安夫妻俩老早就过世了，他俩并没有留下后代，于是那颗钻石应该归艾米莉所有。

"我们都是那颗钻石的继承人。"华雷斯舅舅说，"我听说在六十年前，它就值一千美元呢！我们就公平地分享它吧！艾米莉可获得她母亲的那一份。"

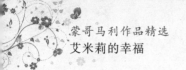

"我们不能把家族的钻石卖掉！"伊丽莎白阿姨斩钉截铁地说。

也许，除了华雷斯舅舅，这是马雷一族人的共同意见吧。最后就连华雷斯舅舅，也只好同意这种处置方式，他也承认钻石应该归艾米莉所有。

"艾米莉可以把它打造成项链，佩戴在胸前。"劳拉阿姨说。

"那是用来打造戒指的，"罗丝阿姨表示反对，"一直到结婚为止，不管在任何情况下都不能戴它。事实上，如此大的钻戒，并不适合年轻的姑娘！"

"什么，她要结婚？"亚蒂舅妈邪恶地笑笑。她无非是表示——如果艾米莉等到结婚才能戴钻石的话，她可能永远没有佩戴的机会了。今年，她已经二十三岁了，但仍然没有结婚的打算。

"遗失了六十年的钻石，再度被你找回来啦！它一定会带给你幸运的！"吉米如此地说，"那颗钻石留给你是很好的。既然是你找到的，它当然是你的东西；不过，你能不能时常带它来给我瞧瞧呢？我只想看看它而已！看到它时——我似乎能够彻底地理解自己。碰到那种场合，我再也不是愚蠢的吉米了！我会很清楚地看出——如果我没有跌入古井里的话，我会变成什么样的人。你就时常带它来让我瞧瞧吧！"

"说实在的，我最喜欢的宝石是钻石。"那一夜，艾米莉写信给伊儿雪时，如此地叙述着，"对于各式各样的宝石，我几乎都很喜欢，除了土耳其石——我一向很讨厌土耳其石，像珍珠的平滑，红宝石的光辉，蓝宝石的柔和，紫水晶的神秘，蛋白

石的火焰——我都很喜欢。"

"那么，翠玉呢？你喜不喜欢？"伊儿雪在回信里面如此地说。艾米莉认为，这句话有着冷嘲热讽的味道。

艾米莉并不知道，伊儿雪在修鲁斯贝利的朋友，曾经写信向伊儿雪报告，佩利到新月山庄拜访时，对艾米莉如何如何地亲昵。其实，那些都只是无中生有的话！

佩利偶尔也会到新月山庄走走，不过，他再也不曾向艾米莉求婚了。如今，他已经全力投入自己的工作。至少，他已经被公认是一个出色的人，一些颇负众望的政治家们，甚至认为他将会竞选州议员呢！

"我想，每个人都能够看得出来，你极可能变成我朋友的'夫人'呢！佩利很可能会出人头地的。"

艾米莉认为——这种说法比起翠玉来，更富于冷嘲热讽的意味。

最初，艾米莉发现的钻石并没有给新月山庄的任何人带来幸运。在它被发现的那个黄昏，伊丽莎白阿姨跌断了腿骨。那时，她为了探望邻居的病人，戴上帽子和披肩——就以老年人的帽子来说，那种帽子老早就不流行了，但是，伊丽莎白阿姨仍然将它戴在头上。

在出门之前，伊丽莎白阿姨到阁楼取果酱的瓶子。不知怎么搞的，她突然绊了一跤以致摔断了腿骨。如此一来，伊丽莎白阿姨有生以来，第一次必须躺在床上长达几个星期。

当然啦！虽然伊丽莎白阿姨人是躺在床上，但是新月山庄仍然在向前行进。如今比起维持新月山庄的秩序来，安慰伊丽莎白阿姨的心更为重要。因为静静不动地躺在床上，叫伊丽莎白阿姨感到受不了，以致脾气也变得十分暴躁——虽然她的阅读能力并不算太好，然而，她就是不喜欢别人念书给她听；她还担心那些植物会被野狗吃光；她更担心自己会变成瘸子，在残余的生涯里，必须拐着腿走路，好像一个废人；潘利医生一定是笨瓜一个；搞不好，劳拉无法把苹果全部摘下来；所雇用的那些半大不小的男孩，可能会欺骗吉米……

"伊丽莎白阿姨，你要不要听听我今天所写的短篇故事？或许多少能够解解你的闷。"

"是不是无聊的恋爱故事呢？"

伊丽莎白阿姨有一点冷淡地问。

"不是啦！完全不涉及恋爱呢！这是一出喜剧。"

"好吧！我就听听看，也许可以打发无聊的时间。"

艾米莉于是将她写的故事念了出来。伊丽莎白阿姨一句话都不曾说过。但是到了翌日的下午，她很客气地说："昨天黄昏，你念给我听的故事，还有续集吗？"

"没有呢……"

"是吗？如果有的话，我很想再听听。听了你所讲的故事，我似乎可以忘怀自己的痛苦呢！那里面的人物栩栩如生！正因为如此，我很想知道他们的最后会如何……"伊丽莎白阿姨有一些害羞地说。

"既然阿姨喜欢，我就再写个续集吧！"艾米莉如此地答应

伊丽莎白阿姨。

当艾米莉念完了第二篇以后，伊丽莎白阿姨表示，她很想继续听听第三集。

"艾米莉呀！这个故事实在太有趣了！"伊丽莎白阿姨如此地说，"在你故事里面出现的人物，我都有种似曾相识的感觉。那个名叫裘莉·查普的小孩子，长大了会变得如何呢？实在太可怜啦！"

那一天的黄昏，艾米莉很寂寞地望着窗外灰色的牧场，感受着在山丘上吹刮树木的风儿时，突然萌生了一部小说的构想。她听到枯叶被刮落在庭院的声音。棉絮一般的细雪，纷纷扬扬地飘了下来。

那一天，艾米莉收到了伊儿雪的来信。

原来，迪迪有一幅题名为《微笑少女》的画，正在蒙特利尔展示，并且引起了很大的骚动，而巴黎的沙龙也把它列入展览的对象。

我立刻从旅途折返，在展示的最后一天赶到了会场。

伊儿雪如此写着：

天啊……那张画的模特儿就是你啊！艾米莉，画中人原来是你呢！那张是他在好几年以前就完成的素描——也就是被你南施姑奶奶夺走的那张素描啊！你还记得吗？只是再经过了一

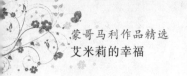

番润饰而已！

在迪迪的画布上，你栩栩如生地微笑着。批评家对迪迪使用的色彩、技巧以及触感，说出了很多的评语。一位美术评论家说："那位姑娘的微笑，将有如蒙娜丽莎的微笑一般永垂不朽。"

艾米莉啊！我已经好多次看过你的脸上浮现出那种笑容，尤其是当你看到肉眼看不到的东西时——你一向称此为"灵思涌至"。迪迪是那么准确地抓到了你那种微笑的奥妙之处——你那种微笑与带着轻蔑的、挑战性的蒙娜丽莎微笑不同，那是一种令人觉得不可思议的、秘密的微笑。

关于你的那种微笑，很多批评家说那是永远的微笑，也就是——只要你对谁说话，谁就会变得幸福的微笑。我认为那只是技巧的问题——包括你和任何人，都不知道这个中玄机的所在；不过，你看起来比任何人更懂得那种微笑，实在叫人感到不可思议！

的确，迪迪是个天才——除非是天才，否则的话，绝对画不出那种微笑来的。是你给天才的迪迪灵感的，听了这种说法，你有什么感觉呢？如果有人对我那样说的话，即使寿命缩短一大截，我也不会在乎！

对于伊儿雪在信里所写的东西，艾米莉并不十分明白；但是，她对迪迪产生了一种无名火。

迪迪欺骗了她的感情，并且无视她的友情，然而，他又一

再地描绘她的面孔、灵魂以及幻影，一再地把它放在世人面前展览——他哪儿来的这种权利呢？

的确，在孩子时迪迪说过，他将来必定会那样做——当时艾米莉也答应了；然而，如今一切的一切，都跟往昔不可同日而语了！反正，什么都改变了。

关于伊丽莎白阿姨甚感兴趣的有关"裘莉"的故事，艾米莉萌生了一种把它改写的构想——不如把它写成一本书试试看。当然啦！它不可能有如往日的《出售绮梦的人》那般地感动人了！反正啊！往昔的一切再也不可能回来啦！但是，艾米莉很快地完成了这本书的大纲——那是一出充满了机智、充满了人性光辉的喜剧。她立刻走进伊丽莎白阿姨的房间。

"伊丽莎白阿姨，对于上一次我念给你听的故事，我想把它改写为一本书，你认为如何呢？我要为阿姨您每天写一章。"

伊丽莎白阿姨感到甚为高兴，但是，她注意着不使自己的喜悦表面化。她如此地说："如果你想写的话，就开始写吧！我也喜欢听。不过你务必要牢记一件事情，那就是，千万别把你认识的人写进故事里面。"

艾米莉并不曾把她认识的人写进故事里——也实在没有那种必要，因为她故事里的人物名称、居住的地方，一个接一个，不断地在她的意识里面涌现。

这些艾米莉想象中的人物有笑的、有哭的、有雀跃不已的，也有皱眉的——不仅如此，还引起了一些恋爱事件。伊丽莎白阿姨也知道，小说一旦没有恋爱，就很难动人心弦，因此，她

允许艾米莉描写一点儿恋爱场面。

艾米莉每晚都要念一章给伊丽莎白阿姨听。接着，劳拉阿姨跟吉米也变成了艾米莉的忠实听众。听完了这个故事以后，吉米感到非常地高兴。认为到目前为止，他不曾听过如此动人的故事。

"艾米莉啊！每当我听了你的故事，都有一种返老还童的感觉，感觉自己年轻多了！"劳拉阿姨如此地说，"有时我想笑，偶尔也想哭泣呢！一旦想到阿普凯多一家的命运会变成如何时，我甚至睡不着觉呢！"

"也许，他们的命运会变得更恶劣呢！"伊丽莎白阿姨如此断言，"艾米莉啊！我希望你所描写的那段——我指的是阿普凯多的抹布，充满油臭味的那段，最好全删掉。因为德利镇的查理斯夫人会感到不自在，因为她的抹布就不时会飘散油臭味。"

"星星之火足以燎原啊！"吉米如此地说，"阿普凯多在书本里出现，固然会叫人喷饭，但是跟他居住在一起的话，就会叫人感到恐怖了！他为了拯救世界以致太忙碌。我想应该有人去劝劝他，多阅读点《圣经》。"

"可是，我不喜欢阿普凯多的老婆，因为她所说的话，都经过好几倍的夸大。"劳拉阿姨如此地说。

"那是因为她是个浅薄的人！"

伊丽莎白阿姨附和着说。

"我实在忍受不了阿普凯多这个人。他愤怒时就只会打猫儿出气！或许在不久以后，他就会死掉。"

"他可能会悔改吧。"

劳拉阿姨满怀希望地说。

"噢……不必啦！他不必悔改啦！"吉米很忧虑地说，"如果有必要的话就杀了他吧！不必叫他有悔改了。对啦，艾米莉啊！你就把贝姬的眼睛颜色改变一下吧！我实在忍受不了绿色的眼睛——我一向憎恨绿色的眼睛。"

"但是现在已经改不了啦！她本来就有一对绿色的眼睛呀！"艾米莉表示反对。

"好吧！那么就去掉阿普凯多的胡子吧！我喜欢阿普凯多。他为人爽朗而大方，不过他的胡子……"吉米对阿普凯多的胡子有点不以为然。

"那怎么成？"艾米莉斩钉截铁地说。

为什么大家都不明白呢？阿普凯多本来就有胡子——他一向喜欢胡子。他一心一意想留胡子。艾米莉没有权利改变他呀！

"反正啊！这些人都不是实际存在的人啊！"伊丽莎白阿姨骂了一声。然而，艾米莉以为这是她的大胜利呢！接着，伊丽莎白阿姨又笑了起来。艾米莉感到非常地羞耻，以致在朗读以后的一段时间内，根本就笑不出来。

"我说伊丽莎白啊！我认为神一定不喜欢听我们的笑。"吉米如此地说。

如果伊丽莎白阿姨不是摔断了腿躺在床上的话，劳拉阿姨恐怕又要笑出来了呢！

吉米歪斜着脑袋说："艾米莉是怎么办到的呢？她怎能够办

到呢？我也会写点诗章——可是这个故事里面的人物实在太生动了！"他一面如此说着，一面走到楼下。

依照伊丽莎白阿姨的看法，其中的一个人物"鲜活"得离了谱儿。她如此地说："故事里面的尼古拉·阿普凯多，实在太像那个修鲁斯贝利的道格拉斯·考西了。"

"艾米莉，我不是对你说过，不要把我们认识的人写进小说里去吗？"

"伊丽莎白阿姨，我根本就不认识道格拉斯·考西呀！"

"根本就跟他一模一样嘛！吉米也那样觉得。艾米莉啊！你最好把他删掉。"

但是艾米莉强硬地说，她不能删掉这个人物，因为年老的尼古拉在她的这本书里面，乃是一个非常出色的灵魂人物。

到了这个时候，艾米莉几乎废寝忘食地从事她的创作。当然啦！现在的艾米莉已经没有了创作《出售绮梦的人》时，那种刻骨铭心的感动了，但是，她还是感到兴趣盎然。在一心一意书写的时候，她几乎忘怀了日常生活里的其他琐事。

当伊丽莎白阿姨取下了腿上的托板，拐着脚走到厨房的沙发上休息时，艾米莉写好了最后一章。

"艾米莉呀！谢谢你扶我到厨房来，"伊丽莎白阿姨如此地说，"我真的很感谢你，因为唯有在这儿，我才能够监督家里的一切呢！对啦！你要给那本书取什么名字呢？"

"《玫瑰的道德》。"

"噢……听起来并非很响亮的书名，因为叫人不懂它的含

义——我想，可能没有人会懂的……"

"不要紧啦！那只是个书名而已！"

伊丽莎白阿姨叹了一口气说："你到底是从哪儿遗传了那种倔强呢？我实在不懂。你呀！完全不理会别人的忠告、劝解。待你那本书出版了以后，考西一家人就不会再理我们了！"

"那本书不可能被出版的，"艾米莉有一点忧郁地说，"它一定会被退回来的！充其量，只是添几句好听的话而已！我实在是有一点'不要脸'呢！"

伊丽莎白阿姨在听到那一句"不要脸"后，感到非常地不自在，认为高尚的新月山庄妇女，是不应该说这句话的。

"我说艾米莉啊！"伊丽莎白阿姨以严肃的口吻说，"我不要从你的嘴里听到那句话。只有伊儿雪才可能说出那种话——那个可怜的孩子从小就缺乏教养，所以才不能克服各种坏的癖性。那个孩子的标准跟我们完全不同呢！新月山庄的马雷族，不应该使用那种话。"

"那只不过是一句流行的词罢了！"艾米莉有一点儿忧郁地说。

现在的她感到很疲倦——她对一切事情都感到厌倦。再过几天就是圣诞节了。漫长而死气沉沉的冬天——空荡荡、没有任何目标的冬天又来临了！眼前并没有任何有价值的东西——就连寻找能接《玫瑰的道德》的出版社，也叫艾米莉感到烦恼万分。

艾米莉仍然使用打字机把《玫瑰的道德》打好，再寄给出版社。果然不出所料，它被退回来了。艾米莉再寄，结果连续

被退回了三次——到了这个时候，原稿已经变得皱巴巴的了。从那年的冬天到翌年的夏天为止，艾米莉陆续地将它寄给好几家出版社，结果，书稿每次都像倦鸟归巢般回来了！

最叫艾米莉感到吃不消的是，新月山庄的人们看到退稿时，都会表现出同情与愤怒的态度。尤其是吉米，每当看到退稿时，整天都不吃东西。正因为如此，有关退稿的事情，艾米莉尽量都不让他知道。

有一次，艾米莉好想把稿件寄到珍妮小姐那儿，拜托她为稿子寻找出路；但是马雷家的高傲并不允许她这样做。

到了秋天，当最后的一家出版社把稿子退回时，艾米莉连封口也懒得拆，就把它扔进桌子的抽屉里面。

"我的心已经太痛了，无法再跟失败斗争了。一切都结束了，我的美梦也该醒了。我要把这些稿纸当作废纸。再来嘛……就死心地过动锅铲的生活吧！"

"至少，杂志社的编辑比单行本的编辑更容易亲近吧。"吉米愤恨地说。

那本书绝望地被扔在抽屉里的同时，杂志社的编辑对艾米莉的索稿量日益增加。她每天伏案十数个小时，充分地享受了工作的乐趣。但是，失败的意识并没有消退。看样子，她还是无法攀到"阿尔卑斯山"的顶端！那个顶端，似乎并非是为她存在的。如今，只有动锅铲的路在等着她。

伊丽莎白阿姨如此地说："不如凭着比较简单的方式过活吧！"

珍妮小姐率直地写信告诉艾米莉，她在节节后退了。

"艾米莉，你不行啦！"她如此地告诫说，"你已经陷入了自我满足之境。劳拉阿姨跟吉米的夸奖，对你只有坏处罢了！你早就应该来这里。我们会把你抬得高高的。"

如果在六年前，她把握住绝好的机会到纽约的话，这本书或许就得以出版了吧？爱德华王子岛的邮戳是否真会埋没她呢；这个远离繁华世界的小岛，是否一直给人们一种不曾出过啥好东西的印象呢？

或许，珍妮小姐的说法是对的，但是对了又如何呢？

在那个夏季，没有人来到毕雷瓦多。这也就意味着迪迪并不曾返乡。伊儿雪到欧洲旅行去了，狄恩则选择了太平洋沿岸为他长久居住的地方。

新月山庄的生活一直保持单调的方式。伊丽莎白阿姨稍微跛着脚；吉米的头发突然变得苍白，简直是在一夜之间就白了似的。艾米莉突然感到吉米已经年迈了！他们三个人已经逐渐老迈了。

伊丽莎白阿姨差不多七十整岁了！她死了以后，新月山庄就归安德烈所有。

现在伊丽莎白阿姨等三位长辈还在世上，但是，安德烈时常到新月山庄作威作福，仿佛他已经是此地的主人。当然啦！他并不想居住在这儿；但是为了把房地产出售，预先总是要做一些准备。

有一天，安德烈对奥利佛舅妈说："那些杉树非砍掉不可，上面太过于茂盛了嘛！这些年来，杉木已经不时兴啦！那些长

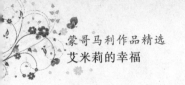

满小枞树的原野，必须好好地耕耘了，以便改种其他农作物。"

"那个古老的果树园也非砍掉不可了！"奥利佛说，"果树园已经变成丛林了！那些树木都太苍老了！吉米跟伊丽莎白已经赶不上时代了！那些田园也都利用不到一半。"

偷听了这些话后，艾米莉不禁咬牙切齿。她绝对不能眼看着新月山庄被改变——她所心爱的树木绝对不能被砍伐！

已经结实的枞树怎么能被砍伐呢？有如美梦一般的果树园，焉能被砍伐殆尽呢？有如过去幽魂一般的庭园，焉能全部被改头换面呢？这些都叫艾米莉无法忍受。

"当初如果你跟安德烈结婚的话，新月山庄不就会变成你的东西吗？"伊丽莎白阿姨看到艾米莉流泪时，如此对她说。

"可是，变化难免会发生啊！安德烈根本就不可能听我的话。那个男人时常说'丈夫就是妻子的头'。"艾米莉如此地说。

"你呀！过了这次的生日就已经二十四岁啦！"伊丽莎白阿姨如此地说。

这句话，又意味着一些什么呢？

第十九章

一九ＸＸ年　　十月十日

下午，我坐在窗边，一面撰写新的小说，一面眺望着庭园入口处那些可爱的小枫树。

在整个下午，小枫树们彼此都在说着一些悄悄话。它们一直在低语着不便向外人诉说的事。热心地叙述了数分钟以后，再退回到后面，彼此对看一会儿，再伸出手做出怪模怪样的德行，旋即又装出惊讶万分的样子。到底"树木之国"有些什么样的新计划呢？

一九ＸＸ年　　十月十日

今夜实在太美了！我独自一个人，在秋天的黄昏里踽踽而行，一直走到天色完全黑下来，星星对着我眨眼祝福。我虽然形单影只，但是并不感到寂寞。我是幻想国的女皇，跟一些喜欢幻想的同志们款款交谈。而且，我也想到了很多事情，使得

我对于自己的创作力不得不另眼看待。

一九ＸＸ年　　十月二十日

今夜，我外出做了一次长途的散步，黄色的天空里，卷起了森冷的云朵，山岳幽闭于森林的沉默里面。带着妖气的紫色影子，不停拍打着岩岸的海浪。整个看起来，仿佛是——等待着最后审判的人们。

那些景象，叫我因为害怕而不敢向前。唉……我实在是个很容易受到气氛影响的人啊！伊丽莎白阿姨曾说我"朝秦暮楚"，而安德烈却批评我是"轻佻"——唉……我到底是哪一种呢？

一九ＸＸ年　　十一月五日

天气实在是变幻莫测！前天的世界一点也不美——仿佛是一个穿着茶色皮衣的老妇人。昨天仿佛是在效法春天，恢复了年轻的元气和气质，并且披上了彩霞一般的披肩。今天却是摇身一变，成为丑态毕露的老太婆！因为看到自己脸上充满了纵横交织的皱纹的丑态，整天自暴自弃地发着脾气。当我午夜梦回时，还听到风儿正对着树木怒吼，并且把愤怒与憎恨的泪水，洒在玻璃窗上面。

一九ＸＸ年　　十一月二十三日

雨一直下个不停，今天已经是第二天的秋雨了，进入了十一月以后，几乎每天都在下雨。昨天并没有任何邮件。由于

树梢一直在啪哒啪哒地滴水，原野又弥漫着一片枯黄，外面的风景真是没什么看头；而且，湿气和阴郁之气，似乎渗透到我的心灵里面，带走了我所有的生气与精力。

除非勉强自己，否则的话，我始终快乐不起来——我非常讨厌自己这种德行。

如果继续这样生活下去的话，我不发霉才怪！好啦！我如此稍微发泄后，内心就感到好受多了！

集结于内心的不平、不满，多少已经发散了一些。不管是哪个人的生涯，总是会碰到倒霉的时候，当然也就会使人鸣不平发发牢骚。就算是最晴朗的日子，仍然会有少许的乌云啊！

不过别忘了，就算是这种日子，仍然有太阳啊！

但是，如果一个人处于倾盆大雨之下，光是想想太阳仍然在天空中，真的就能够使湿透的身体变得干燥吗？

好啦！不管如何，世界上没有所谓"完全一样的两个日子"。这件事情就值得我们感激不尽了！

一九ＸＸ年　　十二月三日

青白色、枯萎的山丘后面，也就是高个儿约翰的树林一带，因为受到了夕阳的照耀，树梢都在闪闪地发光。我站在窗边看着这些景色。下面的庭园呈为灰暗之色，连一朵花儿也没有，小径上面散乱着很多枯叶。

可怜的枯死的叶子啊——事实上，它们并没有完全死亡，仍然在苟延残喘，只是感到寂寞难当。风儿仍然在揶揄它们，

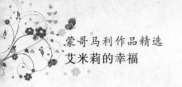

妨碍它们宁静的安息。我觉得那些树叶实在非常可怜！黄昏，当我凝视着四周时，我突然感到"火大"——如此莫名其妙的"火大"，叫我感到好笑至极，于是我就咯咯地笑出声来——跟那些不让树叶休息的风儿一块儿哈哈地笑。

为何我竟会为了那些已经没有生命的枯叶感到心疼呢？伊儿雪好久没来信了，想必她已经把我忘得一干二净了吧！

一九ＸＸ年　　一月十日

今天黄昏，我从邮局回家时——手中握着三篇作品被采用的通知，受到内心欣喜的影响，四周的景色看起来格外地美，以致叫我的心灵雀跃不已！周围静谧没有杂音，低垂的太阳把淡淡的粉红色投射在云层上面。

巨大的一轮明月已经出现在山丘的上方，看起来就像我多年的老友。

想不到才三篇被采用的小说，就能够完全改变我的人生观！

一九ＸＸ年　　一月二十日

这些日子以来，实在叫人感到非常地不好受，白昼也只有些微灰色的阳光。白昼里我不停地工作，但漫漫长夜来临时，我的心灵就会笼罩上一层抹不开的忧郁。我实在很难形容出那种情绪。那实在是叫人感到恐怖的心境——比起肉体的痛苦更叫人感到厌烦。如果非要使用言语形容的话，又当如何表达呢？那是一种叫人感到非常忧郁的心境——不是肉体的痛苦，

也不是头痛，而只是一种情绪而已！

　　那也就是对未来的恐怖——对整个未来，就连幸福的未来也一样。实际上，对于未来是否能够幸福，我感到非常地恐慌。这又是为什么呢？因为根据我奇妙的预测，我的幸福必须耗费很大的代价才能够得到——也就是说，我必须付出超过自己所拥有的力量，方才能够获得幸福。

　　我之所以会产生那种恐怖的心态，乃是想获得幸福的话，必须耗费很大周章的缘故——换句话说，我得付出很大的精力才行！

　　我要很诚实地把一切都吐露出来——在别的地方，我不敢说，但是在这本日记簿里，我将痛快淋漓地把一切事情都抖了出来。

　　我非常理解自己所处的状态。今天下午，我到阁楼放置旧物的地方整理几口皮箱。如此一来，我看到了一大叠迪迪在蒙特利尔最初一年写给我的信件。愚痴的我就坐在那儿，再度把那些信件重新看了一遍。

　　我实在是愚蠢得可以了！念完了那些信件，又立刻感到痛苦而流泪。那些信件里蕴藏着令人伤心的回忆。现在，我还是被痛苦的回忆，以及一些过去的亡魂所包围着：也就是那些过去欢欣的幻影，团团地把我困在里面。

　　一九ＸＸ年　　二月五日

　　我的生活并不像以前那样子，有些"东西"如今已经丧失

得无影无踪。

其实，我并没有非常不幸的感觉。只不过，生活方面变得相当消极了！大体说来，生活仍然叫我感到愉快，甚至还有美妙而感人的瞬间。我自己觉得我已经相当地成功——至少我已经获得了某种成功。

我不停地在进步，周围的人都喜欢我，他们不断地给我鼓励与安慰。话虽如此，我仍然挥不掉某种空虚感。

那是因为我的膝盖以下，都被冰雪埋没了，我不能再向前走一步。我得耐心等待别人带来锯子。只要持有锯子的人到来，我就不难挣脱此地，前往接触枞树的香气，以及银白色的山丘——《圣经》里的这句话真是太美了！看样子，我必定能够很快地恢复健康的。

一九ＸＸ年　　二月六日

昨夜，我看着壁炉上花瓶里的染色草，不觉"气"从中来，实在再也忍受不下去啦！就算它被摆在那儿已经四十年了吧，我也不管了！我抓起了它们，从窗户把它们抛到外面的草坪上。如此一来，我就感到好受多了！像个婴孩一般睡得十分香甜。

想不到在今天早晨，吉米把它们全部捡了回来，交给我说，千万别再把它们扔掉了！因为被伊丽莎白阿姨知道的话就麻烦了！我只好再度把它们插回花瓶里面。反正啊！不管如何，我是逃不出伊丽莎白阿姨的手掌心的！

一九ＸＸ年　　二月二十二日

今天的黄昏，夕阳照透了奶油色的雾霭；待天黑以后，月华又笼罩上了整个大地。那是很迷人的月华，也是很醉人的夜晚，似乎能够叫人梦到美好的庭园，醉人的旋律，以及亲密的朋友。进入朦胧的梦境以后，仿佛进入了故事里面的月世界一般，耳际似乎响起了曼妙的月世界音乐。

为了形单影只地在光影的妖精世界漫步，我走出了新月山庄。我走过了布满黑影的果树园，再登上了星光灿烂的白色山丘，以及神秘的森林小径。

在森林里面无法看到月光。我横穿过织满了黑檀和象牙之梦的原野。我跟老朋友风姨有个约会。森林里的和风，有如竖琴一般发出悦耳的声音。我浑身被洗涤清净了以后，方才回到新月山庄。

不过，伊丽莎白阿姨跟其他的毕雷瓦多居民都说，若有人看到我独自一人在黑夜里徘徊时，将会以为我是一个疯婆子呢！劳拉阿姨担心我在外面遭了风寒，是故给我一杯黑色的茶水喝。

吉米是个有心人，他知道我为何喜欢在月光下散步，他如此对我说："你又逃出去了！我就知道你会如此做！"

"我的灵魂在广大的牧场徘徊，因为我跟星星在一起饲养羊儿。"我就如此地回答吉米。

一九ＸＸ年　　二月二十六日

最近，修鲁斯贝利有一个名叫杰士巴的男子来到新月山庄。我认为我俩在昨晚谈了那些话以后，他可能不会再来了！他对我说："我将以永远的爱爱着你。"

伊丽莎白阿姨却感到有一些失望。

伊丽莎白阿姨挺喜欢杰士巴的，而杰士巴的家世确实也很好，我也喜欢他；但是他未免太会装模作样了！而且过于精明了一点儿。

"艾米莉啊！难道你喜欢慢吞吞的求婚者吗？"伊丽莎白阿姨说。

这实在叫我难以启齿！因为我只是喜欢他，并不爱他。于是，我就如此地说："不温不热的求婚者最理想了！"

"女孩子家不要太挑剔啦！"

我知道伊丽莎白阿姨的意思是："你已经二十四岁啦！还要挑什么呀？"她却改口为："你自己也不见得十全十美，别太挑剔了！"

我好希望嘉宾德老师仍然活着，好让他听听伊丽莎白阿姨那句伤人的话。真的，那句话实在太伤人了！

一九ＸＸ年　　三月一日

从高个儿约翰的树林那儿，传来了沁人肺腑的小夜曲。噢……不对，那儿不再是高个儿约翰的树林啦！最近，我使用自己稿费的积蓄把它买下来了！如今，它已经是属于我的了，

它已经完全是我的啦！

凡是树林里面所有的美丽东西都是属于我的了。月儿照耀下的美妙景色，在星光下伫立的窈窕树儿，布满影子的小小山谷，在那儿生长的羊齿和野花儿，水晶一般的清泉，比古老小提琴奏出的音乐更悦耳的风姨的旋律，无一不是属于我的，如今，再没有人能够砍伐它们，更没有权利伤害到它们啦！

如今，我感到非常地幸福。风儿是我的同志，而夜空里的星辰则是我的好友。

一九ＸＸ年　　三月二十三日

暴风雨的夜晚，风儿在窗户和屋檐下咆哮呻吟着，听起来叫人感到十分悲伤，不禁由心底萌生了一种不祥的感觉。

那些悲凄的风声，听起来仿佛是失恋的美丽妇人在呻吟、在怨天尤人。我过去品尝过的痛苦，仿佛是有意再度回到往昔被赶出的樊笼。在我窗边呼啸的夜风，有着一种不可思议的声音。我可以从它那儿听出我昔日的悲泣声，以及绝望似的呻吟，还有死去的幽魂所唱的歌声。

夜风就是过去的彷徨的幽魂。它们没有所谓的未来——正因为如此，它们才会感到悲哀。

一九ＸＸ年　　四月十日

今天早晨，我比平常更为清醒，于是我独自到德雷克拉山去散步。

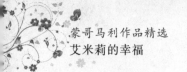

那个静谧的早晨，有着浓浓的雾霭，天空美丽有如珍珠一般，空气里有着浓烈的春天气息。那个山路的每一拐弯处，都令人感觉亲切；而且，每一种东西都很富于朝气。四月是一个不知老为何物的月份。

年幼的枞树沾湿了它们的针叶，跟珍珠一般的水珠儿非常要好。

"你是属于我的东西。"毕雷瓦多对面的海洋如此地呼叫。

"我们各有所属。"山丘们如此地说。

"她是我的姊妹。"愉快的小枞树如此说。

看着它们时，我突然灵思涌现——在过去的岁月里不曾光临的"美好的时刻"，在我年齿日长之后，是否会永远失去呢？如此的话，除了"普通的一些小光荣"，是否什么都不会光临了呢？

至少，在今天早晨它确实光临了！至今，我才体会到了所谓的"永生不灭"。换句话说，一个人能够感到自由与否，那要看他的心灵！

因为大自然是不会违背她的爱护万物之心的！

只要我对大自然表示谦逊，它就会不断赠予我可爱之物。

想到这里，所有不愉快的记忆，以及内心的不满都消失了！我突然想到，某种古老的欢悦，正在山麓等着我。

今夜，蛙儿不停地鸣叫着。蛙儿实在是既古怪又可爱的动物。

一九ＸＸ年　　五月十五日

当我死去以后，在夏、秋、冬三个季节里，我可能会安详地躺在九泉之下。但是当春天来临时，我一定会从长眠中醒过来，我的心脏也会开始跳动，并且会呼叫我身边广泛的世界呢。当春天跟早晨彼此呼唤时，我就会偷偷地走到那儿，成为它们的第三个伙伴。

伊儿雪寄了封信给我。关于她的近况，她始终吝于提起——只是告诉我，她即将回家。

"我罹患了思乡病呢！"她如此写着，"毕雷瓦多的森林还在歌唱吗？波浪仍在山的那边呼啸吗？我很怀念它们。咱们童年时眺望了好几十遍的港口，如今还有月儿东升吗？

"艾米莉啊，我很想瞧瞧你呢！信纸载不动我的千言万语，我有很多话要跟你谈谈。我今天好像一下子苍老了很多！这实在是一种非常奇妙的感觉呢！"

伊儿雪始终不曾提起迪迪的事情，但是她如此地写着："据说，佩利就要跟一位审判官的千金订婚了，这是否是真的呢？"

我并不认为佩利真的会跟审判官的千金订婚；但是由这句话判断，可见佩利更上一层楼了！

第二十章

　　到了满二十四岁那个生日，艾米莉打开了往昔自己所写的那封信——十四岁的她写给二十四岁的她的信。

　　不过，这件事情并没有像她预先所想的那么快乐。她的手里拿着那封信，长久地坐在窗边，看着高个儿约翰树林子上面那颗黄澄澄的晨星。

　　打开了那封信以后，到底会看到什么东西呢？是否是青春的亡魂呢？或者是雄心大志的亡魂？抑或是逝去的恋爱？或者是消失的友情？艾米莉感到——与其阅读它们，还不如把它们付之一炬比较好。

　　不过话又说回来啦！那样做的话未免太卑鄙了吧。人必须要勇敢面对事实才行——就算是亡魂也不能逃避呀！想到此地，她打开了信，很快地取出信纸。

　　立刻有一种扑鼻的古朴味道飘散开来。里面还夹着几片玫瑰花瓣，当她用手去触摸时，它们立刻变得粉碎。

　　噢……对啦！她想起了那些玫瑰的来历——有一天黄昏，迪迪把这些玫瑰花送给她。那时仍然是孩童的他俩，常常一块儿玩耍。迪迪将潘利医生送他的玫瑰花苗，小心翼翼地种在花盆里，当它第一次开出红色的玫瑰花时，迪迪感到相当得意——因为那是那盆玫瑰的唯一花朵。对于儿子爱着这棵植物，表示出一股妒火的迪迪的母亲，有一夜把玫瑰花盆从窗口摔了下去——就算迪迪知道是谁故意打翻花盆的，他也不会去追究。

　　艾米莉把那朵玫瑰插在花瓶里，放置在书桌上，希望它能够长久地美丽；但是，在艾米莉书写这封信的夜晚，它就凋谢了。

　　艾米莉把散乱在桌子上面的花瓣捡了起来，吻了几下后，再把它们夹在白纸中间。经过这么多年，她早已把这件事情全给忘怀了。

　　今夜，那些花瓣从艾米莉手里掉了下来；不过，它们仍然跟昔日拥有无限希望的新鲜玫瑰花一般，残留着若干美丽的影子。整个信封里充满了古雅而凄美的气息——这到底是属于感性的呢，还是属于实际的呢？艾米莉一时难以领会。

　　如今已经二十四岁的艾米莉对自己说，那封信写得真是既蠢又幼稚，实在叫人感到好笑——针对这封信的某部分，艾米莉笑出了眼泪。天哪！真是太蠢、太幼稚了，老是在感情方面打转——实在叫人喷饭。

　　又好笑，又可怜，太喜欢感情用事啦！恰如使用花朵刻意装饰一般，写下那些废话连篇的东西，实在太好笑了！毕竟是因为太年轻，方才那么感伤……在二十四岁人的眼里，十四岁

确实是太年轻了！

你撰写了一本伟大的小说吗？

十四岁时她如此地问。

你攀登上"阿尔卑斯山的顶端"了吗？噢……成熟的二十四岁啊！我好羡慕你！到了你那种年龄，一定会做出很多轰轰烈烈的事情。在你的眼里，我是不是很可怜呢？我想你不会在门口徘徊不前了吧？

想必你已经结婚而安定下来了吧？想必你已经有好几个孩子了吧？你是否跟自己的心上人一起居住于"失望之家"呢？我敬爱的二十四岁的你，不要拘泥于所谓的传统，尽量使你的生活充满戏剧性吧！你不是一向最喜欢富于戏剧性的人生和事情吗？

哦，我想，你已经是什么太太来着了，你到底是什么人的妻子呢？哦，可爱的二十四岁啊！我就在这封信中吻你——

我要送你一撮月光，玫瑰的花魂，以及昔日美丽的青山里野生紫罗兰的香气，并且希望你幸运、成功、标致、亮丽。同时，我也希望你别把一切事情都忘怀了！

你的愚蠢的——

　　看完了这封信，艾米莉把它放入抽屉里面，并将抽屉锁上了。

　　"以后我绝对不会再做这种愚蠢的事情啦！"艾米莉如此自言自语着，然后坐在椅子上面，再把上半身伏在桌子上。小小而愚蠢的十四岁啊！在那种多梦又幸福的岁月里，老是天真地认为，将来必定会发生美妙而伟大的事情；以为必定会抵达大富大贵之境，美梦必定能够实现。只一心一意认为必定能够幸福的十四岁！

　　"我实在太羡慕你了！"艾米莉说，"我很后悔打开你的信。愚蠢的十四岁小姑娘啊！你就回到你黑暗的过去，再也不要回来啦！因为有了你，我必须好几个夜晚都要失眠。我必须整夜清醒，可怜自己！"

　　但是，命运的脚步已经在楼梯响了起来——艾米莉知道那是吉米的脚步声。

　　吉米带来了一封信——那是一封很薄的信。如果艾米莉不是热衷于自己十四岁所写的信的话，她一定会察觉到吉米的眼睛有如猫眼一般闪闪地发着光，全身洋溢着无法隐藏的兴奋。当她道了一声谢谢，再度回到桌子时，吉米就站在外面灰暗的走廊上，透过半开的门注视着艾米莉。

　　最初，艾米莉似乎并不想打开信封——她只是把信放在桌子上面痴痴地看着。

　　看到这种情形，吉米几乎要憋不住了！幸亏两三分钟后，艾米莉察觉到了那封信，她轻轻叹了一口气，接着把手伸到信件上面。

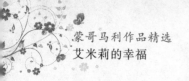

"如果我猜得不错的话，艾米莉啊，我保证你看完这封信以后，绝对不会再叹气了！"吉米以兴奋的口吻说着。

艾米莉看了这封信上面的地址。为何华盛顿的出版社会写信给她呢？那么大的威汉出版社，也就是美国最古老，而且资本最雄厚的出版社，为何会写信给她呢？

接着，艾米莉以一种不敢相信的眼光看着那封由打字机打成的信件——就在这个时候，吉米在走廊上，踏着伊丽莎白阿姨编织的地毯，无声无息地跳起了舞。

"这到底是怎么回事呢？"艾米莉喊叫一声，咽下了一口气。

亲爱的史达小姐：

本公司的审稿人员，对《玫瑰的道德》有着很高的评价。如果你同意的话，我们将在下期的出版目录上，刊登你的大作，并且如期出版。你不妨把自己将来的计划寄来，给我们作为参考。

你亲爱的 ××

"这是怎么一回事啊！这到底是怎么一回事啊！"艾米莉又如此地说。吉米已经忍耐不下去啦！他大呼万岁。艾米莉穿过房间，把吉米拉了进来。

"真的采用了吗？"吉米热烈地问。

"是啊！可是我并不曾将稿子寄去啊！我认为那本小说是没人

要的啦——乖乖……是威汉出版社呢！我……是不是在做梦呢？"

"哪儿的话！你决不是在做梦。那么，我就告诉你吧！可是，你可别生气哦！一个月以前，伊丽莎白叫我整理阁楼那件事情，想必你还记得吧？我移动你塞满各种东西的纸箱时，纸箱的底面掉了下来！结果里面的东西被撒了一地。在一件一件地收拾时，我发现了《玫瑰的道德》的稿子。我看了好几页——那时我就坐在原地不动，一小时以后伊丽莎白上来时，发现我还在阅读你的稿子。我因为看得十分入神，并没有发现她已经上了阁楼。

"那时，差不多已经到了吃午餐的时间，可是我的工作还没做好一半。伊丽莎白有一点儿不高兴，但是我不管那么多了！那时我一直在想——把这本稿子寄给出版社吧！可是我只知道威汉这家出版社。于是，我就把稿子装入饼干的盒子里面，寄给了他们。"

"你没有附上退稿的回邮吗？"艾米莉很惊骇地问。

"我根本就没有想到那件事情。也许是因为没有附上回邮，他们才要出版你的作品吧？你一向都附上回邮，所以他们才会退稿……"

"天哪！"艾米莉想笑，却哭了出来。

"艾米莉！你在生我的气吗？"

"哪儿的话呀！我高兴都来不及呢！我不知怎么说才好，因为我实在太高兴了！威汉怎么会……"

"自从寄出稿子以后，我每天都在注意邮件，"吉米笑着说，

　　"伊丽莎白还以为我哪一根筋不对劲了呢！我暗暗地打算，万一小说稿被退回来的话，我就悄悄地把它放回原来的地方，如此的话你就不会知道了！

　　"今天我看到那个薄薄的信封时，就知道有好消息上门啦——啊……可爱的小艾米莉，你不要哭嘛！"

　　"我怎么能不哭呢？我不能不哭啊！我刚才那样对待你，实在非常对不起！"

第二十一章

迪迪跟伊儿雪将于七月间回到毕雷瓦多。艾米莉实在想不通，为何每一次他俩都会一起回来。

这件事情绝非偶然。她实在不想看到他俩一块儿回来。不过，艾米莉很喜欢伊儿雪回来——不知怎么搞的，她对伊儿雪始终没有那种想逃避的感觉。不管伊儿雪离家多久，在看到她的那一瞬间，艾米莉都能够找到往昔的伊儿雪。

不过，艾米莉不想看到迪迪，因为迪迪老早就把她给忘了！自从去年离开以后，他连一次也不曾写信给艾米莉。迪迪已经成了著名的女人肖像画家。据伊儿雪说，迪迪因为太有名气，再也不想为杂志社工作了！听了这句话后艾米莉倒放心多了！因为如此一来，往后她翻开杂志时，再也不会看到她自己的面孔和影子了。因为每逢杂志上面有酷似艾米莉的女人肖像出现时，迪迪都会在一角署上他的名字"迪迪·肯德"。

比起她整个脸的画像来，艾米莉更讨厌只有眼睛像她的画像。

迪迪既然能够把她的眼睛描绘得出神入化，当然就能够洞悉她心灵深处。每次想到这点时，她就会感到又愤怒又羞耻，而且，她也感到发慌。她不曾对迪迪说，再也不要以她为模特儿描绘杂志的插图，同时，她始终不承认那种插图中的女人就是她——她是绝对不会那样做作的。如今，迪迪就要回来啦！

这一次，迪迪又要回来干什么呢？如果艾米莉有地方可以逃避的话，她真想避开不要跟迪迪见面。珍妮小姐一直劝她到纽约，但伊儿雪既然要回来，她就舍不得走开了！

好啦！我在发什么神经呢？艾米莉把她的头昂得高高的——我在发什么神经呢？迪迪是要回到他的家，他是想尽人子的义务，回家陪陪他的母亲，他也会很高兴地会见老朋友吧？这也不算什么了不得的事情啊！

艾米莉打开窗户坐在那儿。户外的夜晚，仿佛是一朵沉甸甸而沉滞的花朵。这个夜晚好似在等待着什么，又好像要发生什么事情。这个夜晚实在静谧得可怕。以这种夜晚来说，本来应该有美妙的天籁——树叶彼此的摩擦声，风姨的叹息声，海洋的呼啸声，如今却听不到一半的音量了！

不过，夜晚仍旧很美，又显示出几分神秘和馨香，使得艾米莉的心灵感觉很满足。在这个时候，再也没有任何东西可以占有艾米莉的心境了！她就地蹲了下来，抬起脸，看着宝石般的天空。

接着，高个儿约翰的树林那儿响起了高低不同的口哨声，

那是往昔叫艾米莉狂奔的呼叫声。艾米莉那一张苍白的面孔，仿佛变成了窗边蔓藤嵌镶的石头一般，她纹丝不动地坐在那儿。他就在那边——迪迪就在那边！他就站在高个儿约翰的树林边缘，有如往昔一般地呼叫着她。

艾米莉几乎从椅子上面弹了起来。她准备下楼梯，奔到外面的一片黑暗里面。他拖着一道长长的影子，正在美丽的月色中等待着她——或许他正在试验自己对艾米莉是否还有魅力吧？

迪迪在两年前，在不曾写一言两语的惜别之下，远走高飞了。艾米莉浑身充满了马雷家的高傲之气，她能够奔到把她看扁的男人身边吗？马雷家的高傲绝对不允许她如此做。在幽暗的光线之中，艾米莉年轻的面孔浮现出强烈的决心。

"我才不去呢！你要吹口哨的话，那就继续吹下去吧！你别以为我那么容易受你的指使！"艾米莉再也不作贱自己了！迪迪你别以为自己很了不起，能够任意摆布我！别以为我艾米莉在听到你的口哨声之后，又会不顾一切地奔到你的身边。

口哨声再度响了起来，又继续响着。他的确在附近，就在她的附近。如果她有意的话，只消一下子就可以飞奔到他的身边，然后把她的手伸入他的手里，他的眼睛就会凝视着她的眼睛，甚至——

可是，他不是在不曾辞别之下就远走高飞了吗？

艾米莉缓慢地站立起来点燃了油灯，再坐在窗户旁的桌子前面，握起了笔杆开始书写——或者说装着在书写的模样；翌日她仔细地看那张纸，原来，她重复地书写着学生时代所学到

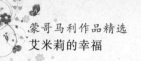

的一些古诗。艾米莉一边书写，一边竖耳静听。迪迪会不会再吹口哨呢？会不会再吹一次呢？结果他再也不吹了！

艾米莉获知迪迪不会再吹口哨时，吹熄了油灯，躺在床上，把自己的脸埋在枕头里。至少她的自尊心已获得了满足，不过，她的枕头沾湿了泪水。

翌日的夜晚，迪迪跟伊儿雪开着新汽车来到了新月山庄，接着是一连串的握手与欢笑——噢！那是非常开朗而得意的笑声呢！

伊儿雪戴着一顶黄色的大帽子，插着一朵大红色的玫瑰花，看起来明亮照人。现在的伊儿雪跟昔日爱捣蛋的伊儿雪不同了，但是仍然很可爱，没有人会不喜欢她的！

迪迪一副春风得意的样子。他好像是大人回到了孩童时代的家一般，乐融融的，好似对一切东西都感到非常有兴趣；而且，他确实摆出了威风八面的态度。

伊儿雪问艾米莉是否就要出书了："那实在太棒啦！内容到底是什么呢？我非购买一本不可！毕雷瓦多一点也没有改变。回到了'依然故我'的地方，实在叫人感到很高兴。"

艾米莉认为在高个儿约翰树林响起来的口哨声，只是她的幻觉罢了！

不过，随着伊儿雪和迪迪到普利斯多，他们仍然引起了一场大骚动，因为汽车才刚问世不久，每个人都感到新奇。

他们能停留的日子实在很短。伊儿雪本来要滞留三个星期，但是，她算来算去，实际上只能够滞留五天。甚至看起来有如

自己时间的主人的迪迪，也不想滞留五天以上。

他俩向艾米莉辞别时，三个人趁着月夜，开汽车到附近一带兜风——他们笑得很开心，伊儿雪紧握着艾米莉的手，说她仍然跟往日一般地爱她。迪迪也同意这句话。

"如果佩利也在此地，那该多好！非常遗憾，不能看到佩利。大家都说，佩利仿佛居住在燃烧中的屋子一般，一直感到坐立不安呢！"迪迪如此地说。

原来，佩利正被公司派到沿海一带出差。对于佩利的成功，艾米莉感到相当骄傲。迪迪实在不应该认为只有他一个人关心佩利。

"佩利比以前更懂得礼节了吗？"伊儿雪问。

"对咱们单纯的爱德华王子岛的居民来说，他的礼节已经很足够了！"艾米莉以一种揶揄的口吻说。

"那就好啦！最近我不曾听说他在别人面前剔牙的事了！"伊儿雪有点感触地说。

"你想必也知道，"伊儿雪如此说时，艾米莉已经注意到了她瞄了迪迪一眼，"以前，我非常关心佩利呢！"

"真是幸福的佩利！"迪迪很满足地浮现一种类似理解的笑容。

伊儿雪不曾吻别艾米莉，但是热烈地跟她握手。迪迪也如此效法。

这次，艾米莉很感谢自己在迪迪吹口哨时，不曾飞奔而去！

伊儿雪和迪迪开车在热闹的街道兜风。不过在数分钟后，艾米莉转入新月山庄的小径时，她的背后响起了急促的脚步声，

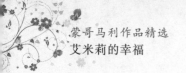

接着有人从背后拥抱了她。

"可爱的艾米莉啊！再见啦！我会永久地爱着你，但是一切改变得太厉害了——我们再也不能时常到魔术的岛屿了。但愿这一次我不曾回来——我希望你永远地爱我，否则的话，我会受不了的！"

"伊儿雪，我当然会永远地爱你，一直到海枯石烂！"

她俩拥抱了好久，而且带着一种悲剧的气氛——在那么一点儿甘醇的气息里，她俩感到一种淡淡的哀愁。伊儿雪听到迪迪按喇叭的声音时，从小径走了出去；艾米莉则回到两个年老的阿姨和吉米身边。

"迪迪跟伊儿雪会结婚吗？"劳拉阿姨说。

"伊儿雪最好能安定下来！"伊丽莎白阿姨说。

"真是可怜的伊儿雪！"吉米有一点儿悲哀地说。

在十一月某一个晴朗的日子里，艾米莉从邮局带回了伊儿雪的信件和一个小包。

她沉醉于幸福的气氛里面。在那一整天里，柔和的蓝天，遥远森林里若隐若现的葡萄一般的花儿，以及照耀着山丘的阳光，都叫艾米莉感到魅力十足。

昨天夜里，艾米莉在梦里看到迪迪，待她醒来时已经是日上三竿了——往日亲密的迪迪，整整一天里，她感到他仿佛就在身边，好似他的脚步声就在她身边响起来。她甚至认为只要走到长满了羊齿的洼地，由枞树边的角落就可以找到他——他俩能够爽朗地笑着，仿佛他俩之间不曾有过隔阂，热情地在一

起交谈着。

说实在的，艾米莉已经有一段相当长的时间不曾想到迪迪了！

夏、秋两季，老是叫艾米莉忙得不可开交——她正在撰写一本新的小说，伊儿雪的来信变少了，而且内容也日益简短。伊儿雪怎么会突然变了呢？偶尔接到伊儿雪比较厚的信件时，她总是怀着一些希望，希望能够看到一些有关迪迪的消息；但是，每次她都感到失望。

其实，最叫艾米莉感到兴奋的是那个小包。小包上面有威汉出版社的巨大印章。光凭这一点，艾米莉就知道里面装着她的新书《玫瑰的道德》。

她想抄近路回家，于是走上了一条小径——这条小径时常有流浪汉徘徊，她所深爱的男人也曾走上这条小径，投进她甜蜜的怀抱。疲倦的庄稼汉，放学的孩子们，都曾走过这条小径。

这条小径通到毕雷瓦多和"昨日的小径"旁的牧场。走到了"昨日的小径"灰色的树枝茂密的地方，艾米莉就坐了下来，打开了她的小包。

不错，正是她的书！出版社寄来刚出版的新书，那是叫她感到兴奋的时刻。她是否已经到达了"阿尔卑斯山"的小径呢？

艾米莉使用她光芒闪闪的眼睛，看着十一月蔚蓝的天空，再瞧瞧太阳照耀下的青色小峰。不管到什么时候，都有一种叫人更想往上的新的高峰。似乎没有人能够真正地爬到顶端，不过如果能够到达一个高度，在那儿眺望"阿尔卑斯山"的话，又另有一番滋味了！经过了长久岁月的辛苦、努力、失望以及

沮丧，这何尝不是一种报酬呢？

哦！可是她未经问世的《出售绮梦的人》的命运，未免太悲惨了吧！

在那一天的下午，新月山庄的人们都为艾米莉的新书感到兴奋。

吉米毫不考虑地停止了耕耘的工作，坐在屋子里面，热烈万分地讨论那本书《玫瑰的道德》。劳拉阿姨高兴得不禁哭了起来——那是想当然的事情。伊丽莎白阿姨很惊讶于艾米莉的小说被订为"一本书"的样子，同时也感叹于制作技术的高超。在那一个下午，伊丽莎白阿姨为了套被单等不足道的小事情频频地犯错，她也不问吉米为何不到田里工作。在某位访客开汽车来访以前，伊丽莎白阿姨甚至故意把原本放置在艾米莉桌子上面的《玫瑰的道德》移到客厅的桌子上面。

对于这本书，伊丽莎白阿姨没有说什么话，来访者也没有注意到这本书的存在。待他们回去以后，伊丽莎白阿姨表现出怒不可遏的样子，又以不屑的口吻说，约翰·安卡斯然是顽冥不灵，如果她是玛格莉特的话，她才不敢穿年轻二十年的服装呢！

"天哪！老羊还披小羊皮呢！"伊丽莎白阿姨有一点蔑视地说。

如果这对夫妻对《玫瑰的道德》，说了一些什么赞美的话，伊丽莎白阿姨一定会说——约翰·安卡斯然真伶俐，懂得享受人生，而且玛格莉特看起来比实际年龄还年轻呢！

在这一阵子的兴奋当中，艾米莉并没有忘记伊儿雪的信，但是她决定，待情绪稳定以后再阅读。

　　到了黄昏时，艾米莉回到了自己的房间，宁静地坐在逐渐变暗的房间里。太阳下山后，起风了，傍晚时叫人感到寒冷彻骨。吉米所说的"雪刃"开始下降，使得枯萎而脏污的庭院变成了银白色；不过，暴风雪已经过去了！在白色小丘和黑色的枞树上面，天空变成了稍微晴朗的黄色。

　　艾米莉打开信封时，伊儿雪使用的香水味立刻弥漫于四周。艾米莉一向厌恶那种香味。艾米莉跟伊儿雪的性格几乎背道而驰：伊儿雪喜欢带着异国风味——东方式煽情性的水，而艾米莉就是死了，也不想去闻那种叫人感到寒冷的香味。

　　前后曾经不止一千次萌生写信给你的念头。

　　伊儿雪如此地写着：

　　但是，被卷进工作的旋涡时，实在又放不下手里的工作。几个月以来，我就像被一只狗追赶的猫儿一般，一直被工作驱策着。就算我想停下来喘口气，狗一定也不会放过我。

　　可是在今夜，我非提笔写信不可！因为我有一件事非告诉你不可！而且，今天我也收到了你的信件，所以今夜我非写不可！

　　我很高兴你的身体一向很好，脾气又那么温顺。我说艾米莉啊！有时我非常地美慕你呢！你那么娴静，一直都是那样的心平气和，在那么悠闲的新月山庄里，悠然自得地从事自己喜爱的工作。我也记得你对我说过，你非常美慕我有那么多旅行

的机会。

可爱的艾米莉呀！从一个地方跳到另外一个地方，实在不能称之为旅行。如果你也像鲁钝的伊儿雪一样，把自己的目的、雄心当作蝴蝶一般，一次又一次更换了好几十次的话，那你就不能称为幸福的人了。

你一直在给我某种启示——我时常在回忆咱们的孩童时代，同时也会想起某一个人的名字——她的灵魂就像星星一般远离她了。

当一个人不能获得她真正追求的东西时，往往会不择手段去迁就看起来很美好的东西。

我知道——对于我暗恋佩利的事情，你一直认为我很愚蠢。但我认为你并不懂得个中的奥妙。艾米莉啊！请问你可曾真正地爱过一个人？正因为没有，你才会认为我很愚蠢！

或许，我曾经愚蠢过吧；但是，我就要开始培养自己的气质了！我就要跟迪迪结婚了——啊！我终于说出来啦！

艾米莉颓然坐了下来——或者说，她手中的信件掉了下去；不过，她并没有感到痛苦和惊讶。要来的事情终于来了！其实，她老早就预料到这件事情，远在姬洛德夫人的舞会时，她就知道得一清二楚。不过，当这件事情实际地发生时，她似乎已经体会到了死亡的痛苦。她站在幽暗的镜子前面瞧着自己。

天哪！原本镜中的艾米莉是这种德行吗？然而，这个房间

一直都不曾改变呀！不曾改变的事实，莫名其妙地使艾米莉感到恼怒。数分钟后，艾米莉捡起了信件，再度阅读下去。

当然啦！我并不爱迪迪。他只是我生活中习惯性的一个人而已！没有了他，我什么事情都做不来——我现在只有两条路可以走：一条是在没有迪迪的情况下独自生活，另外一条是跟他结婚。他表示受不了我的迟疑。而且，他将会名利双收。我当然喜欢成为有名男子的老婆，而且他的收入也不断在增加。可是我并非拜金的女人。上周我拒绝了百万富翁的求婚——事实上他是很好的男人，但是他喜欢装成什么事情都懂的样子，这一点叫我感到不愉快。

我拒绝他求婚时，他竟然哭起来了呢！实在叫人感到非常地不愉快。

我想——我之所以会突然萌生跟迪迪结婚的念头，乃是基于一种对于生活的倦怠感。尤其是这两三年以来，倦怠感更为浓烈。我实在喜欢迪迪这个人，因为他是一个很体贴的人；而且，我俩都喜欢开玩笑，他绝对不会叫我感到无聊。当然啦！以男子的标准来说，他实在太漂亮了一些——想必有不少轻浮的女人会追求他；但是，我绝对不会感到嫉妒，因为我并不爱迪迪，我只是喜欢他而已！

这几年以来，我知道迪迪对我有着好感；不过，我一直在避开他，谁知命运之神硬是要把我俩撮合在一起。

两个星期前的某一个黄昏，我俩在半途碰到一场大雷

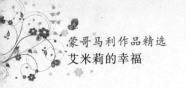

雨——最叫人感到遗憾的是，那条小路并没有避雨的地方——雨水有如倾盆一般下下来，雷声隆隆、闪电交加，实在叫人受不了！只能拼命地奔跑，我的神经几乎崩溃了。我对迪迪说："我已经没有神经啦！"接着有如小孩子一般哭了起来。

迪迪使用他的双手抱着我，说我必须跟他结婚。我也对他说，我要嫁给他，由他来照顾我。他给了我一个翠玉的戒指——那是他从欧洲买来的。据说那是一个具有历史意义的戒指，似乎跟某件凶杀案件有关联。

我认为由男人照顾并非坏事，因为到目前为止，我没有体会过被照顾的滋味呢！一直到我知道妈妈的历史以前，爸爸从来就不曾照顾过我；从那以后，爸爸又只会宠我，他并不算是真正地照顾过我呢！

我俩决定在明年的六月结婚。我想，到时候爸爸一定会很高兴。不过，爸爸说我并非一个善于服侍丈夫的女人。爸爸只是外表装作很年轻的样子，事实上，他的想法非常地古板。

艾米莉啊！到时请你做我的伴娘吧！噢……艾米莉啊！我多么希望今夜能够看到你。我想跟你有如往日一般一起爬山、划船、进入森林里面探险，再到开着红色婴粟花的庭园散步。

我好希望能再回到光着脚丫的幼年时代。人生仍然叫我感到很快乐，人生实在太叫人感到快乐啦！不过，真正无忧无虑的快乐再也回不来了！艾米莉啊！我俩是一对岁月悠久的好友。你想不想时光倒退呢？

　　艾米莉把那封信读了三遍，然后抬起头望着满天星空，静静地坐在那儿。屋檐下的风儿有如幽魂一般发出凄厉的声音。

　　伊儿雪信中的字句萦绕在她的意识里面，句句都有如毒针般刺着她。

　　"你必须做我的伴娘""我喜欢迪迪""我迟迟不答应迪迪"。

　　"一般的姑娘会迟迟不答应迪迪的求婚吗？"艾米莉微微一笑。她是否在笑自己呢？或者是在笑整天纠缠着她不放的迪迪的灵魂？或者是在笑她心中残存的一些小小的希望？

　　在这个时候，迪迪跟伊儿雪可能在一起吧？

　　"如果那晚我不是那么骄傲的话——去年的夏天，当他吹口哨叫我时，如果我去了的话，可能就不致演变到今天这种地步了。"

　　艾米莉在想——会不会是她的高傲导致了今天的这种结局呢？

　　"我很想憎恨伊儿雪呢！如果能做到那种地步的话，也许，我就能够觉得好受些了！"她如此地想着，"如果伊儿雪爱着迪迪的话，我就能够憎恨她。不知怎么搞的，因为伊儿雪并不爱迪迪，所以我并不感到非常地难过。说起来也够邪门，想起伊儿雪对迪迪那一份'喜欢'之情，我并不会感到很痛苦；但是一想到迪迪爱着她时，我简直受不了！"

　　艾米莉感到疲倦得离了谱儿！有生以来，她第一次感到死亡就像朋友。她很晚才上床，将近黎明时，才睡了一小段时间，天亮时她又醒过来了！她记得仿佛听到了某种声音。

　　她起床穿上衣服，再对"镜中的艾米莉"说："我把人生

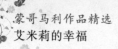

甘醇的酒全泼在地上了——我也不知道为何会那样；不过，甘醇的酒再也不可能收回了，所以，我得一辈子干着喉咙。如果那夜我到迪迪那儿去了的话，我可能就不会把甘醇的酒泼在地上了！"

　　想到此地，艾米莉似乎看到了狄恩那充满嘲讽的眼光。突然间她笑了起来。

　　"恰如伊儿雪所说——那是疯疯癫癫的一件事儿！"

第二十二章

　　不管事情演变成如何，生活仍然照常进行。每天例行的工作，不管人们的幸或不幸，仍然照常进行着。艾米莉凭着自己的力量战胜了痛苦。她凭着马雷家的自尊心与史达家的忍耐力，在心平气和中给伊儿雪写了回信。

　　迪迪跟伊儿雪订婚的消息，被刊登于蒙特利尔的报纸，随后，又被刊登于爱德华王子岛的报纸上。

　　"好啦！他俩终于订婚了！这以后就需要大家的帮忙了！"潘利医生如此地说。他外表装成平淡的样子，但是仍然无法掩饰他内心的满足感。

　　"本来，大家以为你跟迪迪才是一对呢！"潘利医生随便地对艾米莉说。艾米莉回答以世事往往叫人难以预料。

　　"反正我们就来筹划一个比较像样的婚礼吧！"潘利医生如此地宣言，"好久没有人办婚礼了！大家或许已经忘了什么叫婚礼了吧？伊儿雪写信告诉我说，你答应要当她的伴娘，这实在太好了！"

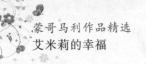

　　"当然啦！只要我能够做到的事情，我必定会鼎力帮忙的。"艾米莉自发地说。但是，我绝对不能使大家看到我的心事——就是死，我也不能让大家知道这件事情。

　　如果没有这件事情的话，艾米莉必定能够很惬意地过活。因为《玫瑰的道德》一开始销售就很成功，初版在十天之内就售罄了——在三个星期之内，就出了三版——八个星期之内已经出了五版。过火的批评，在各处都可以听到。

　　到了这种地步，华雷斯舅舅破天荒地对艾米莉表示了尊敬之意；亚蒂舅妈很遗憾安德烈那么快就放弃了跟艾米莉之间的婚事。

　　德利镇年老的夏洛德听说《玫瑰的道德》再版了那么多次，认为艾米莉必须陪大家看那么一大堆的书，一定会感到劳累万分；而修鲁斯贝利的人们以为他们都被写进小说里面，以致感到非常地生气。无论哪一个家族都认为，自己就是书中的阿普凯多家族。

　　"艾米莉，还好你没有来纽约！"珍妮小姐如此地写着，"如果当初你真的来了纽约，你绝对写不出《玫瑰的道德》这种小说。因为在都市里根本就没有野玫瑰啊！你的小说看起来就仿佛是朵野玫瑰，既可爱又美丽，而且又有那么多令人想象不到的意外。全书贯穿着机智与讽刺。总之，它是一部温柔有力，并且充满了对人性的理解的小说。它并非单纯是一则故事而已，它蕴藏着某种魅力。史达小姐，你年纪小小的，到底从哪儿理解了那么复杂的人性呀？"

　　狄恩也如此地说："艾米莉，那实在是一部上乘的杰作。人

物都很自然，而且个个富于人性，读起来叫人感到十分愉快，尤其是贯穿全书的青春气息最叫我喜欢！"

"我想从新刊介绍中学习一些东西，不过，我发现它们互相矛盾，"艾米莉如此地说，"一个介绍者称赞了书本最好的地方时，一定会有人站起来说那是最坏的地方。你就听听这些吧——'史达小姐不能把她创作的人物描写得很逼真。''作者所描写的人物，都是反映自真正的生活。那些人物非常地自然，实在不像是杜撰的人物。'"

"我不是说过了吗？他们一定能够从书里面看到道格拉斯·考西的影子。"伊丽莎白阿姨如此地说。

"'那是叫人感到厌倦的书！''那是很平凡的小说！''无论哪一页都有著名的艺术家出现！''那是草率而缺乏吸引力的浪漫小说！''那本书有着古典小说的风味！''那是少见的独特小说，洋溢着文学方面的才能'莫名其妙的，又无价值，又叫人感到索然无味的小说！''书里所描写的事件，根本不可能在这个世界上发生！''能够长久受到欢迎的书本！'天哪！我到底要相信哪一种说法才好呢？"

劳拉阿姨说："我只相信好的一面。"

艾米莉叹了一口气。

"劳拉阿姨，我刚好相反。我只认为坏的批评才是真的。至于好的批评呢，只不过是恭维而已！说真的，有关书本的事情，不管人家如何我都不会生气；不过，有人批评我书本里的女主角的话，我就会生气！

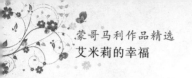

"我看了佩姬的批评，她如此地写道：'作者是叫人感到哑然的蠢女孩！''女主角对于她的使命持着过高的意识！'"

"我认为那个女人的神经有问题！"吉米愤然地说。

"'苗条而可爱的女主角！''女主角叫人感到烦厌！''奇妙，实在太奇妙啦！'"

"艾米莉啊！我不是要你别让那个女人有一对绿色的眼睛吗？"吉米不以为然地说，"小说里的女主角，通常都有一双蓝色的眼睛。"

"啊！你们听听这个！"艾米莉很高兴地说，"'贝克·阿普凯多叫人感到非常地愉快！''贝克拥有非常出色的性格！''他是一个颇具吸引力的男主角！''贝克叫人感到仿佛做梦般愉快！''她是文学领域中，能够永远地活下去的一个姑娘！'吉米啊！你不喜欢绿色的眼睛吗？"

吉米摇摇头，关于这一点，他是永远不妥协的。

"这里还有批评呢！"艾米莉很有力地说，"'如果用心去阅读这本书的话，就不难发现，这本书具有心理方面的深刻意义。'"

"除了两句，其他的评语我都看不懂。"吉米歪斜着脑袋说。

"'具有近视型的气质，又具有倔强而魅力十足的性格。'"

"这到底是什么意思啊！"吉米说，"不过听起来仿佛在赞扬。"

"'传统性的一般小说。'"

"所谓的'传统'又是什么意思呢？"完全不理解文学用词的伊丽莎白阿姨如此地问。

"'词句很美，富有一种喜感的幽默。史达小姐是文学史上

　真正的艺术家！'"

　　"天哪！这个批评家还相当'识货'呢！"吉米说。

　　"'这本小说给人一种无聊的印象！'"

　　"这个批评家在乱嚼舌根呢……"伊丽莎白阿姨如此地说。

　　"'这本小说缺乏自发性。它仿佛是一出宜人的歌剧，予人一种新鲜感。'"

　　吉米如此地说："我曾经不慎掉入古井里面。或许正因为如此，我才不懂这句话的含义吧。"

　　"'此本小说能够使你产生共鸣！''或许史达小姐有如她发明了故事中的绿色女主角一般，也同时发明了阿普凯多的果树园吧？因为爱德华王子岛并没有果树园，那强热海滨吹来的风，使果树无法存活！'"

　　"艾米莉，你再把它念一遍！"

　　艾米莉照办。吉米搔了一下他的头，再摇摇头说："亏他说得出那种话！"

　　"'这本小说充满了魅力。人物的描写很上乘，对话更是自然，说明的部分具有惊人的效果。那种静态的幽默叫人感到相当愉快。'"

　　"我希望这一句话，不致使你得意忘形。"伊丽莎白阿姨如此地告诉艾米莉。

　　"'这是柔弱感伤而装模作样的故事——如果它能够称之为故事的话，那也不只过是一些无聊琐碎的闲谈而已！而且又有一连串不关痛痒的叙述，拖拖拉拉的会话，还掺杂了一些冥想和自我反省。'"

"这个人到底知不知道自己在写些什么呢？"劳拉阿姨如此地说。

"'不会教坏读者的故事。'"

"这倒是个正确的批评！"

伊丽莎白阿姨如此地说。

吉米喜形于色。小小而可爱的艾米莉怎会教坏读者呢？

"'想批评这本小说，无异于扯破蝴蝶的翅膀，以及扯下玫瑰的花瓣！'"

"批评得太不高尚了！"伊丽莎白阿姨说。

"'作者凭诗一般的幻想，写出了这本感伤而幼稚的小说。'"

"我真想狠狠地揍一下这个男人！"吉米说。

"'它是没有害处的读物。'"

"不知怎么搞的？我讨厌这一种的批评。"劳拉阿姨有一点不以为然地说。

"'这本小说，能够使你的内心与嘴唇，浮现温和的笑容！'"

"这才像话，我懂得它的含义。"吉米很高兴地说。

"我要说的是——《玫瑰的道德》阅读的遍数愈多，愈是会叫人感到喜欢。到昨天为止，我已经阅读四遍了！我非常喜欢它！为了它，我几乎忘了吃午饭呢！"吉米如此地说。

艾米莉微笑了起来。受到新月山庄人们的赞扬，比受到全世界人们的赞扬都要好得多！伊丽莎白阿姨以最后审判的口吻所说的几句话，比任何批评家的话，都叫艾米莉感到受用。

"我实在不敢相信，原本虚假的故事，如今竟然真有那么一回事似的。"

第二十三章

　　在某一个夜晚，艾米莉访友回家时，决定抄近路回到新月山庄。

　　那是个几乎没有冰雪的冬天，脚下的地面光秃而坚硬。她一面走着，一面欣赏着没有花朵的牧场和寂寂无声的森林。不久，尖尖的枞树梢出现了一轮明月。艾米莉忆起了那天伊儿雪寄来的信。她尽量不去想那信的内容，不过有件事情叫她实在无法忘怀！

　　那就是结婚的日子——六月十五日。

　　艾米莉啊！我希望你当伴娘时，能穿象牙的波纹绸缎、上面再披上蓝色的薄纱。如此的话，你黑色的头发将显得更为亮闪闪呢！

　　我的结婚衣裳是使用象牙色的天鹅绒制成的。苏格兰的祖伯母——艾迪丝送给我的是玫瑰色的面纱，而另一位祖伯

母——德蕾莎则送了我银色的东方刺绣。

迪迪计划到欧洲的一家古老旅舍——也就是没有人想去的地方，度过我们的蜜月，再到"巴兰布洛索"瞧瞧。美尔顿的那首诗《巴兰布洛索》中的小河畔的落叶时常在引诱着我，那实在是一幅很美的图画呢！

为了完成婚前最后的准备工作，我将在五月回家，迪迪则先回他家，陪他的母亲一段时间。迪迪的母亲对我俩的婚姻不知有何感想，我知道她并不喜欢我。有她那种婆婆实在太不幸了！不过，迪迪非常地不错。

我实在想不通，对于迪迪那种又潇洒又富于魅力的男子，我为何不热衷于他呢？或许这样比较幸福吧？一旦太过于亲昵，必定会吵架，而一旦吵了架，我的心一定会碎的。

看完了信，艾米莉打了一阵子寒颤。那时她的生活将变得非常地单调和无聊。

啊！真希望伊儿雪的婚礼已经完毕了——伊儿雪要成为新娘的婚礼，而艾米莉却只是当她的伴娘！艾米莉感觉她身上的象牙波纹绸缎和蓝色纱仿佛变成了麻布与灰尘！

"艾米莉！艾米莉！"

艾米莉吓了一大跳！直到她在黑暗中看清对方的面孔，她实在没想到对方竟然会是迪迪的母亲——肯德夫人。

"艾米莉！我有很多话要对你说。刚才我看到你从远处走来，因此，我一直站在这里等你呢！好吧！进来屋里坐一下吧！"

　　艾米莉本来想拒绝她，不过，她仍然有如一小片枯叶跟在肯德夫人背后，走过了什么都没有生长的院子，进入寒酸的屋子里面。自从迪迪名利双收以后，曾经想整修他的家，但是肯德夫人从来就不答应。

　　自从孩提时期艾米莉跟伊儿雪来此地陪迪迪游玩以后，转眼已有好几年不曾再踏进此地了！不过环境完全没有改变。它仍然是一栋忘记了笑声的屋子。西边的院子里，古老的柳树以幽灵似的手指在拍打着窗户。

　　壁炉上面悬挂着一帧迪迪最近的照片。那是一张拍得很好的照片。看来他好像就要开口说话——说他最感到得意的事情："艾米莉！我找到了金色的彩虹！我获得了名誉和如花美眷！"

　　艾米莉背对着他坐下。肯德夫人则面对着她坐下来，她以紧抿的嘴唇，布满了皱纹的面孔，脸上的醒目伤痕对着艾米莉——这张脸曾经必定是相当标致的。艾米莉感觉肯德夫人眼睛里面的恨意似乎完全消失了！

　　肯德夫人把她的身体稍向前倾，使用她有如鸡爪的手接触了艾米莉的手。

　　"你想必已经知道迪迪要娶伊儿雪的事情了吧？你对这件事情有什么想法呢？"

　　艾米莉仿佛受不了般地移动身体说："伯母，这件事情跟我的感情毫无关系呀！迪迪爱着伊儿雪。她是个长得标致、心地又善良的姑娘，我希望他俩能够一辈子幸福。"

　　"你仍然爱着迪迪吗？"

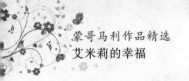

　　艾米莉很惊讶于自己并不感到激动，她以平淡的口吻回答："我不再爱他了！我曾经以为自己爱过他呢。我这个人一向就喜欢胡思乱想；不过，现在，我已经不再为这份感情所折磨了！"

　　肯德夫人宁静地笑笑。

　　"以往，我很讨厌你，"她苦笑着说，"如今，我一点儿也不讨厌你了！现在，我跟你站在同一条战线。我俩都爱着迪迪，他却把我俩给忘怀了——他投进了伊儿雪的怀抱。"

　　"伯母，迪迪一直都在关心你呀！你想必也知道，人并非只能爱一个人，他甚至可以同时爱很多人呢！我希望你不要怀恨伊儿雪！"

　　"我不会恨她的！伊儿雪的外貌虽然比你标致，但是她没有你一半的内涵。她不能像你一样，完全得到迪迪的心。我很想知道一件事情——你是否因此而感到不幸呢？"

　　"那只是偶然会产生的念头罢了！我有很多工作要做，没有很多时间想到那件事的。"

　　"我也认为如此。这样比较好。如此的话，你就不至于感到很大的痛苦。反正啊！过度的爱一定会带来痛苦，因为神会感到嫉妒啊！如果你跟迪迪结婚的话，他可能会把你的心撕得粉碎呢！所以我认为你最好保持现在的心境。"

　　"伯母，我们还谈论这件事情吗？"

　　"你跟迪迪在坟地谈话的那夜，我实在非常地憎恨你！"肯德夫人嚷了起来，"今天，迪迪之所以不在这儿，都是你造成的！因为在那夜我听了你的话以后，就决定让迪迪到修鲁斯贝

利深造。如果他不到修鲁斯贝利的话，也许你也不会失去他呢！你现在是否很后悔对我讲了那句话？"

"我一点也不后悔呢！只要迪迪能够出人头地，我就感到很满足了！"

"我实在不懂——我一点也不懂呢！"肯德夫人仿佛在自言自语地说，"你的爱跟我不同。或许正因为如此，我才会感到那么痛苦和不幸吧！过去我憎恨你，可是现在我完全不恨你了！那时，我知道迪迪爱你的心，超过了他爱我的心。你跟迪迪批评过我吗？"

"我们根本就没有批评过你。"

"可是我并不那么想——因为每个人都在批评我。"肯德夫人突然拍打着自己的小手说，"你为何要告诉我，你不再爱迪迪了呢？可是，我相信你所说的每一句话。因为马雷族绝对不会说谎。"

"如今，那件事情根本就不重要了！"艾米莉压抑着内心的痛苦说，"如今，迪迪已经不在乎我的爱情了！他已经是伊儿雪的人了。伯母，你也不必再嫉妒我了！"

"我根本就没有嫉妒你，我并不是指这件事情，"肯德夫人以奇妙的表情看着艾米莉，"啊……一切都太迟啦！我说艾米莉啊！你能够时常来看我吗？我实在太寂寞了！因为迪迪已经一心一意向着伊儿雪，再也不管我这个可怜的母亲了！

"我在上星期四收到了迪迪那张照片，于是，我就把它悬挂在那儿。可是这样反而叫我难过呢！因为照片里的迪迪正在想

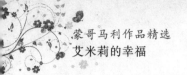
着伊儿雪呢！他的眼睛里只有伊儿雪，哪有我这个母亲呢？如今，我什么都没有了！"

"伯母，我来看你的话，请你不要再提他俩的事情好吗？"艾米莉有点悲哀地说。

"好的。我不会再提起他俩了！不过，我实在忘不了他俩啊！你就坐在那儿，我则坐在这儿，我俩来闲话家常，在内心想想那孩子，这不是一件很有趣的事情吗？"

艾米莉点点头站了起来，她实在忍受不下去啦！她如此地说："伯母，有什么事情的话，请您随时吩咐——"

"如今我很想休息，"肯德夫人有些狂乱地说，"艾米莉啊！你能给我找真正能够休息的地方吗？我是一缕幽魂呢！我在好几年以前就死了！现在，我正独自在黑暗中摸索着。"

艾米莉背后的门扉关上以后，她立刻就听到肯德夫人的哭叫声音。她舒了一口气，走入夜空下霜雪的世界。到了此地，她就能够舒畅地呼吸了！

第二十四章

伊儿雪在五月回来。美丽的伊儿雪时时笑得花枝乱颤的——她本来就是个乐天而不知愁苦的女孩子。

如今,她更是谈笑风生,甚至摆出了玩世不恭的态度。她不仅嘲笑世态,甚至取笑自己这次的婚礼,叫伊丽莎白阿姨和劳拉阿姨感到哑然!艾米莉一直保持缄默,为的是不要别人探知她内心的秘密。粗心大意的伊儿雪并没有察觉到艾米莉的心态,只觉得她很沉默。

"待迪迪跟我从蜜月旅行回来,到蒙特利尔购置房子以后,每年冬季你就来跟我俩居住在一起吧!新月山庄的夏季虽然很美,但是到了冬季,就仿佛是被活埋了!"

艾米莉并没有答应。她实在不敢想象自己在迪迪家作客的情形。每夜就寝前,艾米莉都认为她熬不过明天,但是等到"明天"来临时,她照样活着,甚至还可以从容地跟伊儿雪谈及结婚的种种事情。蓝色的衣裳准备好了!在迪迪抵达以前,艾米

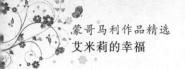
莉已经试穿过两次了！

"你穿上那件衣裳，就仿佛是个梦中人！"伊儿雪有如猫儿一般，蜷伏在艾米莉的床上说。迪迪的翠玉戒指，在她的手指上闪闪发光。

"迪迪的伴郎是哈尔塞，"伊儿雪又说，"哈尔塞是一位著名的作家，他的作品相当受欢迎，几乎所有蒙特利尔的人都读过他的作品呢！艾米莉，如果你俩能配成对一定很理想。"

艾米莉一面脱下蓝色衣裳一面苦笑着说："伊儿雪，你就不必为我的事情费心啦！我会一个人以老小姐的姿态好好地活下去的。"

"那个叫哈尔塞的人嘴巴大得不得了！否则的话，我可能已经跟他结婚了！在谈恋爱时，他处处询问对方的意思，但是他的城府好深，叫人摸不透他的心。而且，他的眼睛周围有好多的皱纹，相比之下，迪迪不是很漂亮吗？"

"迪迪的面孔很有个性美啊！"

"什么？'个性美'？"伊儿雪嚷着说，"他才没有什么个性美呢！只是跟我很配罢了！因为他皮肤黑，而我长得白净，配起来很理想呢！我很喜欢当一个黑色的贵夫人。

"对啦！迪迪还管我叫'天使'呢！啊……我真是多嘴婆，什么事情都抖出来啦——所幸房间关着，劳拉阿姨听不见，否则的话，我就惨了。我才不要当什么'天使'呢！我情愿当'魔女'。艾米莉，你呢？"

伊儿雪的胡言乱语，叫艾米莉感到有一些不受用——这些

日子以来，她的神经几乎崩溃了！还好只剩下两个星期，一切都会变成明日黄花了。

到了黄昏时，艾米莉拿着几本书还给肯德夫人。自从那个黄昏以来，艾米莉时常去拜访肯德夫人，使得她俩之间产生了奇妙的友情。

艾米莉向肯德夫人借了一本《南非的农业》。当夜，艾米莉翻开那本书时，发现该书里夹着一封贴着邮票的薄信封，上面写着"给德比·肯德太太"，而且，这封信还不曾被打开，因此，艾米莉把书本还给肯德夫人时，顺便对她说："伯母，您的书里夹有一封信，不知您看到了没有？"

"什么？你在一本书里面发现了这封信吗？"肯德夫人喃喃着，"它竟然夹在那本书里面整整二十五年之久！你知道吗？这是我丈夫写的信——可是我一点儿都不知道呢！"

艾米莉已经感受到某种悲剧的气息——也许，这跟肯德夫人生涯的秘密有关。

"伯母，我要回去了！您就一个人好好地看信吧！"艾米莉把信交给肯德夫人，独自走了出去。肯德夫人有如抓着一条蛇似的，脸上刻满了不安。

"我有很重要的话要对你说，是故，特别请你过来一趟。"肯德夫人说。

那是六月的一个夜晚，但是仍然寒冷。艾米莉在看到肯德夫人的那一瞬间，就感到她比平常显得更柔弱和可怜；不过，她的眼睛里面有着不肯认输的气焰——总之她看起来并不像不

幸的女人，她的脸上有种难以言喻的和平气氛，长久地被折腾的灵魂，终于脱离了苦海。

"我曾经死过而且堕入地狱，但我又活过来了！"肯德夫人说，"多亏你找到了那封信，叫我明白了一切。所以我也非把这件事情告诉你不可！或许如此一来你会憎恨我，但是，我实在不得不告诉你！"

艾米莉并不想听肯德夫人准备要说的话，因为她认为那一定是有关迪迪的事情。

"伯母，您就不要说了吧！"

"但是我非说不可！我做了一件有昧良心的事——或许，现在已经来不及补救了吧！不过，我还是非说不可！待我说完，你一定不会原谅我，不过，你总会或多或少地同情我吧？"

"我一直都很同情伯母您呀？"

"艾米莉，在少女时代我并不是这个样子。我跟一般人一样，长得相当标致呢！当德比·肯德先生爱上我时，我长得很标致。他在信里面如此地说着。"

说罢，肯德夫人取出了那封信，吻了它几下。

"我就告诉你里面写着一些什么吧！你不会知道我多么地爱他！我想——你爱迪迪的程度，绝对远不及我爱他父亲的程度。"

关于这点，艾米莉虽然有着不同的意见，可是她并没有说出来。

"他跟我结婚以后就带我到摩鲁敦。我俩生活得很幸福。或许正因为如此，才遭受到天忌吧？德比的家人都认为他娶了一

个身份比较低的女人，因此非常排斥我。

"尤其是德比的母亲非常地憎恨我。那时的德比时常出差。他家里的人给他写信时从来就不曾提起过我。他的姊妹还曾经当着众人面嘲笑我，不时地找我的碴，挑我的毛病。他的家人总是联合起来欺负我，想不到德比竟永远站在他家人那一边。虽然如此，我仍然感到非常地幸福。

"最后，我不小心打翻了油灯，使我的衣服着火，甚至烫伤了脸，留下了这个丑恶的疤痕。我以为德比不会再爱我了，以致变得神经过敏，时常跟他吵架，他仍然百般地迁就我。那时我已经怀孕了，但是我还没有说出来。因为我担心他爱孩子的心会胜过爱我的心。同时，我还做了一件伤天害理的事情。德比喜欢狗，我却不喜欢，所以我就把他的狗毒死了！我也不知道自己为什么会变成那样，在这以前，也就是我的脸还未受伤以前，我并不是这种残忍的人——会不会是有了孩子才会这样呢？可是，德比发现我所做的事情了！为此，我俩大吵了一架。那时，他正准备到威尼奥克出差，我因为火大，大声地辱骂他！说是再也不想看到他的脸了！想不到神真的成全了我，我的丈夫在威尼斯堡死于肺炎。一直到收到他死亡的通知以前，我并不知道他病了呢！

"那家医院的护士，跟我的丈夫有着某种亲戚的关系。我丈夫生病期间都由她照顾，因此我憎恨她，决定一辈子也不原谅她！我丈夫死了以后，她就把我丈夫的所有遗物都送回来了！那本书也在里面。可是，我因为气愤，一直没有打开我丈夫的

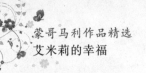

遗物。我想——他是在临死以前写了那封信，把它夹入书本里面。那名护士在还未告诉我以前就死去了！或者是她故意不告诉我也未可知！

"我那可怜的德比，他是在病重时，勉强支撑着写了那封信——他口口声声叫我可爱的妻子，叫我原谅他。他也原谅了我最后那一天的粗鲁。万万料想不到，他对我一点儿也不生气，是爱着我而死的呢！

"生下了迪迪以后，我就搬出了那个家，靠着我丈夫的保险费生活。然后你来了，我以为你会夺走迪迪呢！对了！迪迪很爱你。当他离家以后，我就把你的轻浮行为告诉他。你还记得两年前的事情吗？迪迪决定到蒙特利尔时，你碰巧不在，于是他就留下一封信给你。"

艾米莉发出了低沉的否定声音。

"的确，迪迪留了一封信给你。他就把信封放置在桌子上面，但是我把它烧掉了！可是我还记得他所写的内容——他表示要在临走以前，对你说出他有多么爱你，如果你也爱他的话，就写信给他；如果你不爱他的话就不必写了——我看了信件以后气炸了！把那封信付之一炬，再把信封封好。迪迪什么也不知道，匆匆地把它寄出去了。

"昨夜，你把那封信带给我——信中充满了原谅和和平，非常令我感动。到此，我方才知道自己做了一件非常可怕的事情。我毁了你的一生，同时也毁了迪迪的一生，艾米莉！你能原谅我吗？"

　　肯德夫人说了那么多的话，但是艾米莉只意识到一件事情，那就是——她的痛苦、屈辱以及羞耻全都消失了！迪迪仍然爱着她。至少这种念头，胜过了其他所有的感觉。

　　如今，愤怒、怨恨都无法在她的心灵里栖息，她仿佛重生了，以诚恳的语气说："不要操心，您不要操这个心，我不会怪您的！"

　　肯德夫人突然挥起了双手。

　　"艾米莉，会不会太晚了？他们还没结婚呢！我知道，迪迪爱你的心远胜过爱伊儿雪的心，只要我对迪迪说——"

　　"不必啦！"艾米莉很热情地说，"一切都太迟了！不要让迪迪知道这件事情，你也不要对他说——"

　　"可是，你会变得不幸呀！"

　　"我不会变得不幸的。你刚才所说的话，已经治好了我所有的痛苦。我可以过着幸福而忙碌的生活，再也不会对旧梦抱着憧憬之心了！"

　　"那是马雷家的骄傲，"肯德夫人说，"艾米莉啊！对你来说，自尊与骄傲比爱情更为重要呢！"

　　"或许是那样吧！"艾米莉笑着说。

第二十五章

如今，距婚礼只剩两个星期了。艾米莉咬紧牙根，做着她份内的工作。伊儿雪则有如一只麻雀，到处叽叽喳喳，什么事情也不做。

"她太吊儿郎当啦！"潘利医生说。

"我为了预防晕船，准备了四十九种药品，"伊儿雪说，"如果凯多伯母在此地的话，她一定会准备五十种呢！有个热心的亲戚真好！"

她俩在房间里等待着迪迪。伊儿雪连续试穿了七八件衣裳，又把它们脱下来。

艾米莉从窗户看着外面。月光在拥着罂粟花。庭园里仿佛是一片银海。

"我说伊儿雪啊！迪迪并不在乎你穿什么衣裳，只在乎你的心。"

"艾米莉啊！你为什么要说迪迪爱我爱得很深呢！是否是你陈旧的维多利亚王朝思想叫你那样说的呢？"

"你不要提什么维多利亚王朝了！"艾米莉以不似马雷族的倔强嚷着，"你叫我感到烦透啦！为何高尚、自然、简朴的感情都是属于维多利亚王朝的呢？我喜欢高尚的东西，就算是维多利亚王朝之物，我也不在乎！"

"艾米莉呀！你以为你的伊丽莎白阿姨，会认为男女热烈相爱是一件高尚的事情吗？"

两个姑娘都扑哧一声笑了出来，紧张的气氛也就消失了！

"艾米莉！你难道真的要回去吗？"

"是啊！难道你要我当电灯泡吗？"

"又来啦！你以为我要整夜跟倔强的迪迪在一起吗？我时常跟他吵架呢！至少一周吵一次——我以前就时常跟佩利吵架。可是佩利已经懒得跟我吵了！"

"你仍然忘不了佩利吗？"艾米莉如此地说。

"那已经是过往云烟了！艾米莉啊，你仍然是一个孩子呢！话虽如此，但是我也没有热烈地爱着迪迪啊！换句话说，我们都在谈古董式的恋爱呢！我们只是把冷却的汤加热而已！你不必操心，我会尽量为他尽心的。我一向不把他看成天使，如此对他只有好处。男人哪！老是认为他们很完美呢！所以我从来就不跟他们唱同调。如果跟他们唱同调的话，他们就会得寸进尺了！

"很多人都说我'抓住'了迪迪，是最幸福的，这件事叫我感到非常地不高兴。

"我的米契儿婶婶说——'伊儿雪啊！你逮到了一个上乘的男

人！’在烟囱管镇打扫的蒙妮也说：‘伊儿雪小姐啊！你钓到了一位金龟婿呢！’还有一个女孩子叫迪迪对她如醉似痴之后，竟然一脚把他踢掉。我好恨她——这实在是很奇妙的一件事情啊！”

“你就不要憎恨那个女孩子了吧！”艾米莉有一些忧郁地说，“或许，她也不知道自己在做些什么事情呢！”

“我是憎恨她以那种方式对待迪迪。艾米莉啊！为何我会憎恨她呢？请你用你著名的心理解剖技术，帮我解开这件不可思议的事情吧！”

“其实你之所以会憎恨她，不外乎你认为所得到的是她‘吃剩’的东西之故。”

“天啊！怎么会这样呢？不过，相差也无几了！不管是哪件事情，仔细地分析以后，都会变得非常地丑陋。我一直以为——因为她折磨了迪迪，我才会如此憎恨她呢！我一直认为，自己在这方面的爱情是非常高尚的呢！说来说去，还是维多利亚时代的人比较聪明。反正啊！所谓的丑陋都非隐藏起来不可！好吧！你想回家的话，那就请便吧！那么，我就装成一个被祝福的人吧！”

哈尔塞跟迪迪一块儿来到了毕雷瓦多——虽然他有一个大嘴巴，艾米莉却很喜欢他。哈尔塞的性格很爽朗，有着一双看穿人心的眼睛，嘴角不时浮现出玩世不恭的笑意。尤其是——他一直认为迪迪的这一次结婚是在开玩笑。

不知怎么搞的，这种态度却给艾米莉一种很和睦的感觉。对于四个人一块儿度过的黄昏，艾米莉感到非常地有趣。她很

担心自己在迪迪面前一直保持沉默。

"在你心爱但是不信任的人面前，千万别保持沉默。"嘉宾德老师曾经如此对艾米莉说，"沉默会表露你的心态。"

迪迪的态度看起来似乎很亲密，但是他的眼睛一直在回避艾米莉。有一次，当他们四个人走在潘利家杨柳包围的小径时，伊儿雪找出了个人喜欢的星星。

"我喜欢天狼星，哈尔塞，你呢？"

"我喜欢天蝎座的安帝鲁斯——南边的红星。"哈尔塞说。

"我喜欢猎户座的贝拉多利克斯。"艾米莉很快地说。她在以前，从来就不曾想过贝拉多利克斯，但是在迪迪面前，她一刻也不能踌躇。

"我没有特别喜欢的星星，不过我有一颗最讨厌的星星，那就是琴座的威嘉。"迪迪平静地说。

哈尔塞跟伊儿雪都不知道原因，但是迪迪的声音有着不快的成分。因此，他们就不再谈论星星的话题了。艾米莉却独自看着那些星星，一直到清晨它们全都消失。

在举行婚礼的前夕，毕雷瓦多和德利的人们都看到了伊儿雪跟佩利开着新汽车一起兜风，以致掀起了一阵骚动。伊儿雪很坦白地承认，艾米莉也就说了她几句。

"我只是跟佩利去兜风。因为我跟迪迪过了一个无聊透顶的黄昏。我跟他吵了一架，而且是为了一只小狗！迪迪说，我爱小狗胜于爱他。我因为非常生气，所以回答他'是啊！我爱那只小狗胜于你'听了这句话，迪迪虽然不相信，但是他非常地

生气。因为他一直相信我爱他入骨呢！

"迪迪对我冷嘲热讽地说：'你是一只不曾追过猫的狗！'他说了这句话以后，我俩彼此的火更大啦！到了十一点钟时，他不曾吻我就回去了。看了这种情形，我一心一意想做出一件轰轰烈烈的事情。我走下山丘，独自在美丽而寂寞的路上走着。碰巧佩利开着汽车来。于是，我就改变了主意，跟佩利一起兜风去了！

"艾米莉，你不要以那种眼光看我呀！好歹我还没有结婚呢！我跟佩利虽然一直兜风到午夜一点钟，但是我俩并没有越轨的行为啊！

"不过有一次，我曾经如此想过——如果说，我突然对佩利说：'佩利你好可爱，我真正爱的人是你呢！为何我俩不能结婚呢？'如果我真的如此说的话，后果会变成如何呢？或许我到了八十岁方才会那样说吧？"

"伊儿雪，你不是说过，你完全放弃佩利了吗？"

"艾米莉，你难道真的相信那句话吗？你必须感谢你并不是身为潘利家的人。"

艾米莉感到好悲哀，纵使生于潘利家又有什么好处呢？如果不是马雷家的自尊心的话，那晚迪迪叫她时，她一定去了——如此一来的话，明天的新娘就不是伊儿雪，而是她了！

明天，明天伊儿雪跟迪迪就要结婚了。到了明天，她将站在迪迪的身旁，听着他对另外的女人宣誓一生的爱情。所有的事情都准备妥当了！

"我们就来办个真正传统的婚宴吧——不要掺杂自命为近代人爱好的种种口味，就以纯粹昔日的口味为标准吧！"潘利医生如此地说。或许，新娘与新郎不会吃很多吧，但是其他的人有的是胃口呢！

"而且，这也是好几年以来此地唯一的婚礼。我们将感到有如处于天堂般快乐，虽然并非我自己要结婚，但是我喜欢大举地请客。艾米莉呀！你就请劳拉阿姨到时大声地哭吧！"

伊丽莎白阿姨跟劳拉阿姨监视潘利医生展开大扫除。这是二十年来潘利家的第一次大扫除。潘利医生说："我什么都准备好了！可是没有人注意到，神到底在干什么呢？"

伊丽莎白阿姨跟劳拉阿姨缝制了绸缎衣裳。在这以前，她俩一直没有缝制绸缎衣裳的借口。伊丽莎白阿姨做了结婚蛋糕，同时也准备了一些火腿和鸡肉。

劳拉阿姨则准备了奶油、果酱，以及色拉，艾米莉将它们全部送到潘利家——她好希望自己能昏睡过去，直到婚礼后再清醒过来。

"我必须等待这场骚动停止下来以后才能够安下心来！"吉米呻吟一下说，"艾米莉几乎要累死啦！你就看看她的眼睛吧！"

"今夜你就跟我一起睡吧，艾米莉！"伊儿雪如此地要求说，"我不会整夜喋喋不休，叫你睡不着觉，更不会痛哭流涕。我可以向你保证。就是你有如捏碎蜡烛一般地捏碎我，我也会感到心满意足的。

"琴亚是米莉的伴娘，在结婚前的那一夜，她跟米莉一起度

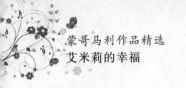

过，两个人哭成泪人儿一般。乖乖……她们的眼泪比水库里的水还多呢！米莉是为了结婚而哭泣，琴亚虽不是要结婚，却也哭成一副惨兮兮的模样。还好我俩并不是那种人呀！

"我俩是不会哭泣的。那么，我俩来斗斗嘴吧！明天，肯德夫人会来吗？我认为她不会来啦！迪迪曾经告诉过我，我想关于结婚的事情，他是不会告诉他母亲的。

"说起来真邪门，迪迪的母亲完全变啦！她变得温柔、沉着，仿佛是脱胎换骨了。我说艾米莉啊！到了明天这个时候，我就变成伊儿雪·肯德了！"

艾米莉当然知道这件事情。正因为如此，她并不针对这个问题说什么。两个小时以后，不能成眠的艾米莉以为伊儿雪睡着了呢，谁知道她竟然爬了起来，在黑暗中抓起了艾米莉的手说："我说艾米莉啊——如果能一直沉睡，待结婚以后才睁开眼睛的话，那该有多好！"

现在已是黎明了。在伊儿雪结婚的那一个黎明，艾米莉从床上爬起来，走到窗边时，伊儿雪还在睡觉。

在黎明时，毕雷瓦多的一旁，一堆松树仍然静悄悄的。空气由于妖精的音乐而颤抖着。风儿轻拂着山丘。港口有跳跃的波浪。东边的天空有如开花一般。港口的灯台，朝向天空伫立着，发出了闪闪的珍珠色。在遥远的那一边，仍是绽开水泡之花的青色海原。山丘上面笼罩着金色的雾霭。

艾米莉的心灵深处只有一个愿望，那就是——这一天尽快过去。

她如此地想道："不管是什么事情，能够尽快地过去，总是叫人感到安慰的！"

"艾米莉——艾米莉——"艾米莉从窗户那边回过头。

"伊儿雪，天气很好呢！太阳即将在你的头上发出明亮的光辉呢！伊儿雪啊！你怎么啦？你为什么哭起来啦？"

"我……我实在忍受不下去啦！"伊儿雪说，"我实在不应该取笑米莉。事实上，我非常害怕呢！我那种害怕的感觉难以言喻。艾米莉啊！你以为我在床上骂出声音来，可能会比较好过一些吗？"

"伊儿雪啊！你到底在害怕什么呢？"艾米莉感到有一点儿好笑。

"啊！"伊儿雪从床上跳了起来，"我最大的烦恼是——担心自己会在牧师面前伸出舌头呀！至于这以外的事情，我才不害怕呢！"

等一下，宾客们就要陆续来临了。艾米莉因为一直在欢迎客人，脸上的笑容差不多已经冻结了。因为宾客不断地送来新婚贺礼，所以艾米莉必须不断地收拾它们。

伊儿雪在艾米莉收拾时来看那些赠品。

"艾米莉啊！那些茶具是谁赠送的呢？"伊儿雪如此地问。

"是佩利呀！"艾米莉说。那是古式的玫瑰图案茶具，设计方面非常别致。卡片上面还有佩利笔迹苍劲的签名。

伊儿雪把它们一个接一个拿了起来，然后砸得粉碎。艾米莉虽然惊讶异常，但实在来不及阻止她。

"伊儿雪！你疯了吗？"

"你听！那种声音不是很好听吗？艾米莉呀！劳你驾，请你把它们扫掉吧！摔这种茶具比躺在床上撒气好受多了！我想我的气已经出完了，我可以跟迪迪结婚了！"

艾米莉很有耐心地把碎片捡了起来。

法拉明·米契儿夫人穿着薄毛布的衣裳，披着樱花色的披肩进来了。她是潘利医生的堂姊，她的个性很爽朗，终日笑嘻嘻的，对于任何事情都有兴趣。

"伊儿雪啊！谁送你这个礼物的呢？那个礼物又是谁送的呢？你真是一个出色的新娘。"

法拉明夫人继续说："迪迪·肯德是个很出色的青年。他是很理想的结婚对象。这一切的一切，都仿佛是小说一般。我很喜欢你这种婚礼。我很庆幸自己虽然不再年轻，但是仍然对这一事情非常有兴趣。而且，我的感情一向很丰富，我一点也不羞涩地把它表达了出来。听说，伊儿雪在结婚时所用的丝袜，一双就价值十四美元？"

米契儿夫人很不欢喜她那昂贵的纹玻璃器皿，被排在阿纳贝儿的布娃娃旁边。是故，她并没有留下很好的预言。她如此地说："但愿一切能够进行得圆满；可是，我有一种很恼人的事情就要发生的感觉。这就是所谓的预感吧？你们相信所谓的预兆吗？刚才在外面时，有一只很大的黑猫，横行过我的面前。后来上了小径，我在拐弯处又碰到一张陈旧的选择海报，在海报上我看到了'青色灭亡'四个字。"

"或许，那只是你的坏预兆，而非伊儿雪的坏预兆吧。"

艾米莉如此说时，米契儿夫人摇了摇头说："史达小姐，你不曾听到人家说过吗？爱德华王子岛从来就不曾有过如此奢华的婚礼。史达小姐，你以为万能的神会允许这种婚礼吗？"

"米契儿夫人，那些价值连城的东西，都是伊儿雪苏格兰籍的祖母所赠送的啊——况且，每个人毕生才结一次婚啊！"

说到此地，艾米莉才想起米契儿夫人结了三次婚；不过，她并不认为黑猫跟伊儿雪的婚礼有什么关联。米契儿夫人走出去以后，曾经对一些人说："那个姓史达的姑娘，自从出了一本畅销书以后，就神气得不得了！她对任何人都敢说失礼的话，实在叫人受不了啦！"

艾米莉在享受自己的自由以前，必须敷衍众多的米契儿的亲戚。其中的一位祖伯母就不赞成另一个祖伯母以波西米亚的玻璃花瓶为礼物。

"琴恩真是三八，为何要选择玻璃花瓶呢？将来孩子们必定会把它们砸破的。"

"你是说谁的孩子？"

"咦？当然是说伊儿雪两口子的孩子啊！"

"你别说得太多！史达小姐会把你写进书本里面的！"米契儿的老公提醒了她。接着，他独自笑笑，再对艾米莉说："实在太邪门啦！今天怎么不是你当新娘而是伊儿雪呢？我实在想不通！"

二楼的伊儿雪叫艾米莉帮她穿衣裳，让她喘了一口气。在二楼，伊儿雪的伯母和堂姊妹们仍然穿梭不息。

"艾米莉啊！你还记得我们初相识的那个夏天吗？那时，我曾经为了谁应该扮演新娘而跟你吵了一架对吗？我现在似乎在办家家酒呢！一点也没有踏实的感觉。"

艾米莉在心灵深处也感到一种"不真实"的感觉，可是她仍然如此地安慰自己——一切很快就会过去啦！到时，她就可以独处了！穿好衣裳的伊儿雪看起来实在标致，她实在很适合此种喧嚣的婚礼。

"仿佛是个女皇！"劳拉阿姨有一点儿崇拜地说。

艾米莉穿上自己蓝色的衣裳，吻了珍珠与玫瑰花面纱下面的伊儿雪。

"伊儿雪啊！你真是可爱。即使我对你说，我将为你永远的幸福而祈祷，也不要笑我那是无可救药的想法。"

伊儿雪握住了艾米莉的手，低低笑了出来。

"还好，劳拉阿姨并没有说我像维多利亚女皇，"伊儿雪如此低语着，"我一直在怀疑潘妮婶婶正在为我祈祷呢！当她来吻我时，我就知道这件事情了！每逢我知道有人为我祈祷时，我就会变成疯婆子似的！艾米莉啊！我最后拜托你，你叫她们都出去吧！我要一个人反省几分钟——只要几分钟就够了！"

艾米莉费了很大的劲才完成了这项使命。伊儿雪的伯母跟堂姊妹们全都到楼下去了！

至于潘利医生呢？他一个人在走廊焦急地等待着。

"艾米莉啊！都准备妥当了吗？迪迪跟哈尔塞正等着进入客厅呢！"

"伊儿雪说，她需要独处几分钟。啊！艾达婶婶，欢迎你的光临！"艾米莉对着上气不接下气的爬楼梯的肥胖妇人说。

"是不是发生了什么重大事情呢？"

"是一件天大的事情呢！"艾达婶婶喘着气说。

其实，艾达只是伊儿雪的远房婶婶罢了！她长得其貌不扬，却生活得很幸福。她最喜欢率先报告新闻——尤其是坏的新闻。

"我的那口子不能来，我是独自搭乘出租车来的——唉……好可怜的佩利……你们一定认识他吧？他是一个聪明的年轻男子——他大约一个小时前发生车祸死了！"

艾米莉拼命压抑想要大叫的冲动。她很担心地看了一下伊儿雪的房间。伊儿雪的房门打开了一条缝。

"什么，佩利死啦！到底是怎么一回事啊？"潘利医生问。

"他是被杀的呢！现在可能已经死啦！当人们把他从车底拖出来时，他已完全没有了意识。他已经被送到夏洛镇的医院了。听到了这个消息，我就奔来啦！我很庆幸伊儿雪没有跟医生结婚。因为医生在结婚以前，有时还得脱下外套去看急诊的人呢！"

艾米莉隐藏着对佩利死亡的悲哀，把艾达婶婶带到伊儿雪的房间，然后回到了潘利医生的身旁。

"绝对不能把这件事告诉伊儿雪，否则，婚礼一定会变得很糟糕——伊儿雪跟佩利是老朋友了！"潘利医生说，"不过，必须叫伊儿雪快一点，因为时间已经来不及了。"

艾米莉仿佛做梦一般，穿过了走廊，敲打着伊儿雪的房门，

但是完全没有反应。当艾米莉打开房门时，地面上放着新娘子的面纱和马雷家跟潘利家都不曾使用过的兰花花束，伊儿雪却杳如黄鹤了。房间的窗户打开着。

"到底是怎么搞的呀？"潘利医生在艾米莉背后叫了起来。

"她不知道跑到什么地方去啦！"艾米莉有如白痴一般地说。

"这个丫头野到哪儿去啦？"

"我想……她一定是去找佩利了，"艾米莉很有把握地说，"因为，伊儿雪很可能听到了艾达婶婶的话，所以——"

"蠢货！"潘利医生骂了一声。

仅仅在数分钟之内，整栋房子就沸腾了起来。感到惊讶不已的宾客们纷纷做各种猜测。潘利医生气炸了！他根本就不忌讳在一群女客面前说出一大串难以入耳的粗话。

就连平常最冷静的伊丽莎白阿姨，这一次也被吓得瞠目结舌，说不出一句话来，因为不曾有过这种先例。朱莉叶确实跟男人私奔，但是她好歹经过了结婚这一关。在伊丽莎白阿姨的记忆中，这方圆五十里的地域里，不曾发生过这种事情。只有艾米莉一个人针对此事还有一点具体的行动和想法！

艾米莉连忙问罗夫·米契儿，伊儿雪到底是以何种方式离开的。罗夫回答说："当我在前庭停靠汽车时，我看到伊儿雪把衣裳缠绕在肩膀上面，从那个窗户一跃而下。她的衣摆勾到了屋顶，但是，她仍然有如猫儿一般跳到地面；她奔入小径，再从米契儿的庭园消失于无形。我以为她在发狂呢？"

"是啊！基于某种意义来说，确实是这样。我说罗夫啊！

你非去把她找回来不可！我叫潘利医生下来跟你一道去吧！我要留在此地善后！哦……夏洛镇离此地十四英里，如果赶一赶的话，可以在一个小时之内回来。我必须叫客人们耐心地等一下——"

"艾米莉呀！我看一点用处也没有呢！"罗夫如此地预言。

一小时过去了！但是，只有潘利医生跟罗夫回来，伊儿雪始终没有回来——其实，佩利没有死，甚至没有大不了的伤痕，但是伊儿雪仍然没有回来。

她说："我只要跟佩利结婚，绝对不嫁给别的人！"

潘利医生在楼上，坐在一群眼泪汪汪的女人堆里——伊丽莎白阿姨、劳拉阿姨、罗丝阿姨，以及艾米莉。

"唉！如果她母亲还在的话，她绝对不敢做出这种事情的！"潘利医生有如发痴一般地说，"我实在不晓得，她竟然那么喜欢佩利——好吧！你们想哭的话，就哭个痛快吧！"

劳拉阿姨一反平时的柔弱说："哭泣又能怎么样呢？哭死也没有用啊！我想，应该找一个人去对迪迪解释一切的。至于宾客们嘛……必须先喂饱他们。艾米莉呀！你是世界上最有理智的人，你就来帮阿姨的忙吧！"

艾米莉并非一个神经质的女孩，但是，她很想以生平第二大的声音喊叫起来——她认为到了这个地步，除了大声叫喊，根本无法解决事情；但她只是招呼宾客们坐了下来。

艾米莉十分明白，在这阵兴奋退去了以后，宾客们是不肯空着肚子回去的！

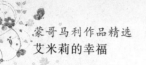

除了专门喜欢到婚宴打牙祭的汤姆·米契兰，没有一个人能吃得尽兴。只有汤姆爷爷在狼吞虎咽，他不时抬起头来说："女客们到底怎么啦？"说罢，又继续地大快朵颐。伊儿雪的表姊——伊莎贝又在发表另一个新的预言，但是每个人都懒得去听。新来的牧师夫人德利，差点就哭了出来——事实上，她的眼眶里已经噙满了泪水，或许，她正在心疼自己的那个大红包吧，因为没有了那一笔钱，她再也无法购买新帽子了！

艾米莉一面端菜，一面看着德利太太，差一点儿就笑出来了！但是她并没有真正地笑出来。修鲁斯贝利的人们都说，艾米莉一向对人冷淡，而且脸上总有种轻蔑人的表情，他们异口同声地说："她到底是不是一个完全没有感情的人呢？"

不过，艾米莉只意识到一件事情："如今，迪迪到底会在哪儿呢？他会有什么感想呢，他到底正在想些什么，干些什么呢？"

如今，艾米莉不禁憎恨起那个害惨了迪迪的伊儿雪。

"这到底是什么日子啊？"回到新月山庄时，劳拉阿姨哭着说，"这是很一件羞耻的事情！实在是叫人看不过去的一件事情！"

"如今，潘利医生只好责备自己了！"伊丽莎白阿姨说，"谁叫他不多管管伊儿雪呢！她完全不懂得所谓的自制啊！她一向我行我素，根本就不知道什么叫作责任。"

"可是，她当真那么爱佩利的话——"劳拉阿姨为伊儿雪辩护。

　　"既然如此，为何又要跟迪迪结婚呢？她如此地胡作非为，叫人无从为她辩护啊！潘利家的女人，怎能到烟囱管镇找丈夫呢？"

　　"不过，总得有人把那些礼物退给贺客呀！"劳拉阿姨很悲哀地说，"我看那满满一个房间的礼物，谁知道……"

　　艾米莉回到了她的房间——因为惊骇过度，她什么感觉都没有。

　　"啊——啊——"艾米莉叫了起来，"如今，只有你一个人能够沉住气呢！"

第二十六章

两天后，伊儿雪神色自若地来到新月山庄，进入了艾米莉的房间。她的双颊玫瑰色，意气高昂。艾米莉从头到脚地看着她。

"怎么，地震停止啦？如今还有啥事呀？"

"伊儿雪！你呀！"

伊儿雪从手提袋里取出一本笔记本，好似在看着什么。

"我把你可能说的话都记下来啦！那么你的下一句该是'你不感到难为情吗？'对吗？可是，我一点儿也不感到难为情呀！"

"你知道迪迪此刻的心情吗？"艾米莉很严肃地说。

"难道他会比狄恩更难过吗？"

艾米莉的面孔涨得通红："你别提啦！我的确是对不起狄恩，可是我——"

"我听到佩利将死时，根本就没有想到迪迪的余地。我只是想道：在佩利死亡之前一定要见他一面。不看到他的最后一面，我是不会甘心的！谁知道到了医院，才知道他的伤势并不

严重！那时他坐在床上，面孔上有很多伤痕，又缠着绷带，但是他显得好俊——"

伊儿雪就坐在艾米莉的脚边，有如要勾取艾米莉的好奇心一般，抬头看她。

"亲爱的，对于已经决定的事，反对是无济于事的。你就不要'胡乱'地同情迪迪啦！他根本就不爱我——我终于明白了这点。他只是自尊心受创而已！好吧！你就代我把这个翠玉戒指退还给迪迪吧！"

"迪迪已经前往蒙特利尔啦！"

"艾米莉，你碰到过迪迪吗？"

"没有啊！"

"艾米莉啊！到了明年我就要跟佩利结婚——在我到达医院时，他立刻抱着我，吻我的颈子。我的眼泪一直流呀流的，就流到了地面上呢！我终于对佩利说，我爱他，我才不要跟迪迪结婚呢！艾米莉呀！我俩是天生的一对呢！"

"我最亲爱的伊儿雪，你实在很幸福——永远都是那么幸福！"

"这是很难得的维多利亚王朝式的祝福呢！"伊儿雪很满足地说，"艾米莉呀！以后我就可以安定下来了！这几周以来，我一刻也安静不下来呢！现在，我不在乎洁妮婶婶为我祷告了！或许，那样反而叫我高兴呢！"

"你知道潘利医生多么生气吗？"

"天哪！我爸爸又使性子啦！"伊儿雪耸动了一下她的肩膀

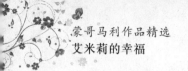

说，"我爸爸仍然是雷霆脾气，不过，不久以后他就会好起来的。我变成今天这种德行，爸爸也有责任呀！谁叫他那么宠我呢？叫我养成了任性的习惯。"

"伊儿雪啊！你最好时时听取佩利的意见，再多为他尽一点心。"

"嗯……我会的！你一定会很惊讶地发现我变成了一位贤惠的妻子。当然啦！我会继续我的学业，一年以后，再跟佩利到某个地方悄悄地结婚。哇！实在好险！如果再延迟十五分钟的话，我很可能就跟迪迪结婚啦！"

对艾米莉来说，那是一个痛苦的夏季。待痛苦消失了以后，她又感到一种刻骨的空虚。

爱，友情，永久地消失了！除了雄心壮志，什么东西都没有留存下来。艾米莉决心回到工作上面。生活再度恢复单调，一年复一年，时光也撇下她走了！春天的紫罗兰香气，夏天的缤纷花朵，秋天里歌唱的枞树，冬天银河里的淡淡火焰，挂着宁静新月的四月天空，在月光下翩然起舞的杉树，十月黄昏时飘落的枯叶，果树园的月光，都值得流连再三。

啊……人生仍然有很多美不胜收的地方——在人类热情的对面，总是有一种不灭之美，使得她再度获得了灵思，以及努力光荣的时间。

肯德夫人为了能跟迪迪在一起，远走他乡了；佩利也在秋天里，到蒙特利尔把伊儿雪带走了，他俩决定在夏洛镇过上幸福的生活。艾米莉时常去拜访伊儿雪，但是她始终不曾跌进伊

儿雪布置的结婚陷阱里。

"新月山庄又多了一个老小姐了！"华雷斯舅舅说。

如今，仍然驱着红色马车，贩卖五金的凯利爷爷，再不以结婚这件事情揶揄艾米莉了；只是偶尔绕一个大圈子，表示很可惜。如今，他再也不对艾米莉眨眼睛，或者意味十足地点头了。他只是问艾米莉如今在写什么书，听了艾米莉的报告后，歪斜着白发苍苍的脑袋思考一阵子，然后就走了。

他如此自言自语着："唉……男人们到底在想什么啊？噢……我的小马儿快跑呀！"

著名的富豪克伦泰，追求了艾米莉一个冬天，但是到了春天就知难而退了。

"那个姑娘自从出了几本书以后，就认为没有一个男人配得上她了！"毕雷瓦多的人们都如此地说。

伊丽莎白阿姨对于艾米莉拒绝克伦泰并不感到可惜——他只不过是德利鲍达华一族的而已！根本就没有显赫的家世，只有满身铜臭！

关于迪迪的近况，艾米莉除了通过报纸，知道他的名声蒸蒸日上，什么都不知道了！他以肖像画家的身份，获得了国际性的地位。他不再为杂志描绘插图，因此，艾米莉也不必再对着自己的面孔了！

在某一个冬天，肯德夫人即将结束一生之前，曾经写给艾米莉一封短信——

"我就要踏上不归路了！我死了以后，你就告诉迪迪那件事

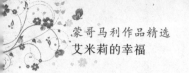

吧！我好几次试着要说出来，但是始终缺乏勇气。我无法对自己的儿子说出那件事情，你就代我说了吧！"

艾米莉寂寞地笑笑，现在告诉迪迪已经太晚了！他好久以前就不再想她了！她却很可能永远地爱着他。那种爱将化成对他的祝福，一辈子包围着他。

在那年的冬季，曾经有一种谣言——德利的鲍达华买了"失望之家"。据说，他即将把一位肥胖而善于持家的女人带进去居住。

艾米莉听到这种谣言后，感到非常地痛苦。在春寒料峭的黄昏，她越过一片枞树林，进入了小小的幽魂一般的屋子。她不信狄恩真的会卖掉这栋房子，因为它属于小山丘。除非移动小山丘，否则的话是不可能移动它的。

这栋小小的房子一定非常地寒冷。在好久好久以前，它里面曾经出现过短暂暖和的火光。如今的它，看起来似乎非常地寂寞，真叫人心疼。窗户没有亮光，小径长满野草。长久不曾被打开的门扉周围，长满了坚硬的杂草。

艾米莉仿佛要拥抱房子一般伸开了两手。猫咪达菲在她的脚边鸣叫着。猫儿厌恶潮湿而寒冷的地方——如今已经年老的它，实在比较喜欢蜷伏在新月山庄的壁炉旁。艾米莉抱起了达菲，把它放在已倒塌的门桩上面。

"达菲——"艾米莉说，"这栋房子有古老的暖炉，暖炉里面有燃尽柴薪的灰烬。我们就重新把柴薪放在里面吧！也许，它们会再度地燃烧起来……"

第二十七章

透过六月黄昏的空气，突然传来了古老的呼叫声——两个高音，以及一个长而静的低音。在窗边的艾米莉铁青着脸孔站了起来。我是在做梦吗？一定是那样，错不了啦！如今，迪迪正在数千里外的东方——艾米莉是凭着蒙特利尔的报导知道这点的——嗯……一定是她又在胡思乱想。

口哨声再度响了起来。艾米莉知道，迪迪确实正在高个儿约翰的树林子里等着她。隔了这么多年，迪迪是真的在呼叫她了！

艾米莉慢条斯理地走了出去，横穿过庭园——迪迪果然在那儿。他俩很自然地穿越了岁月的隔阂，没有任何的鸿沟。在没有任何招呼之下，他把她拉了过来。

他俩有如不曾经历一大段岁月一般，款款地交谈了起来。

"你不要说你不爱我。你的确是爱我的，艾米莉，你说是不是？"

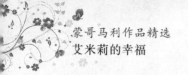

"小小的事件，就足以破坏人们彼此的信任，这实在是很可怕的一件事情。"隔了一会儿，艾米莉如此地说。

"至今为止，我一直都爱着你。你记得我叫你等待的那个夜晚吗？你说夜风对身体不好，以致进入屋里。我以为你故意在逃避我呢！当我听到你跟狄恩之间的事情时——我母亲写信告诉我你已经订婚，我吓了一大跳！这时我才认为你不属于我。那年冬季你病了，我更是急得有如热锅中的蚂蚁似的！直到我听到你跟狄恩结婚的消息，方才死了心。不过，当你从'佛拉毕安'号客轮救了我的命时，我又认为你是属于我的人。于是，我回到毕雷瓦多时又试了一下——想不到你还是拒绝了我，而且，你又不写信给我……"

"我并没有接到你的信呀！"

"什么？没有接到？我确实把信交给你劳拉阿姨了呀！"

"好吧！我就告诉你真相吧！反正，你母亲也一直希望我告诉你……"

于是，艾米莉说出了一切经过。

"想不到我的母亲竟会做那种事情！"

"你就别怪你的母亲啦。你知道你母亲跟你父亲的争吵吗？"

"嗯……母亲都对我说过了！"

"我们就不要再记着这件事情了吧！原谅你的母亲吧！你叫我的那个夜晚，我太骄傲了！本来，我很想去找你，可是——我认为你只是在寻我开心罢了！"

"那时，我就放弃希望了——我认为你在愚弄我。我分明看

到你坐在窗边，有如寒星似的发出光辉——我知道你听得见我的口哨声，但是你完全不理会我，所以我就想忘掉你。我感到好寂寞。伊儿雪并不爱我，我只不过是佩利的替代品而已！不过我仍然幻想着，只要跟她同心协力，就不难赶走寂寞。天晓得！到了祭坛前面她竟然抛弃了我！

"那时，我非常地痛恨女人！因为伊儿雪太伤我的心了！到后来，我真的爱上伊儿雪了，想不到她竟然——"

"在某种方面来说，你的确是爱着她。"艾米莉说这句话时并不感到嫉妒。

"迪迪是来辞行的吗？"伊丽莎白阿姨说。

艾米莉以星星般的眼睛看着伊丽莎白阿姨。

"迪迪来辞行？迪迪已经是我的人了，我也是迪迪的人啦！身心都如此。"艾米莉说。

伊丽莎白阿姨打了一下哆嗦。热恋中的人怎么都变得厚脸皮了呢？或许可以意会，在内心里想想，但是，当着第三者的面说出来，未免……

"艾米莉永远是艾米莉。"劳拉阿姨说。

"在她还没改变心意以前，最好赶紧举行婚礼。"亚蒂舅妈说。

"她就是想擦掉前一次的吻痕！"华雷斯舅舅说。

总而言之，亲戚们都喜欢这次的婚礼。卖五金的凯利爷爷如此地说："啊！这是一件好事呢！"

在新月山庄忙着办喜事时，狄恩写了一封厚厚的信给艾米莉，其中包括赠送"失望之家"以及一切细节。

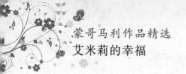
"我的星星，那是我送给你的结婚礼物。你们就搬进去住吧！不要再叫那栋房子失望了！日后，我会时常到那儿看望你俩，请让我居住在你们家的一隅。"

"狄恩真是一个大好人——他不感到痛心是我最大的安慰。"

艾米莉朝向毕雷瓦多的山谷——也就是"明日的小径"站立着。她的背后响起了迪迪热切的脚步声。在她的前面，那栋小小的灰色房子正伫立于向阳的黑色山丘上，仿佛是在说——它再也不会感到寂寞了。